Martina Bick

Die Landärztin

Roman

Ullstein

Ullstein Taschenbuchverlag 2000
Der Ullstein Taschenbuchverlag ist ein Unternehmen
der Econ Ullstein List Verlag GmbH & Co. KG, München
Originalausgabe

Lektorat: Maria Buchwald
Umschlagkonzept: Lohmüller Werbeagentur GmbH & Co. KG, Berlin
Umschlaggestaltung: DYADEsign, Düsseldorf
Titelabbildung: Mauritius
Gesetzt aus der Sabon, Linotype
Satz: Josefine Urban – KompetenzCenter, Düsseldorf
Druck und Bindearbeiten: Elsnerdruck, Berlin
Printed in Germany
ISBN 3-548-24784-9

Kapitel 1

Das Fahrrad lehnte einfach so an einem Baum gegenüber vom Rathaus. Es war schlicht schwarz lackiert, hatte kurze, flache Schutzbleche über dicken Gummireifen, damit der Schmutz bei einer Geländefahrt nicht so sehr gegen die Beine des Radlers spritzte, einen geraden, kurzen Lenker, eine 12-Gang-Schaltung, Handbremsen, einen Gelsattel und sonst nichts. Keine Lichtanlage, keinen Gepäckträger, kein Körbchen – das war sowieso nur etwas für Muttis – und weder Klingel noch Pumpe. Nur eine Halterung für eine Wasserflasche. Ein Rad für Könner. Ein Rad zum Fahren, zum Treten, bergauf, bergab, durch jedes Gelände. Sogar am Strand und im seichten Wasser konnte man damit vorwärtskommen. Ein Mountainbike für echte Mountainbiker.

Freddi war schon dreimal daran vorbeigegangen. Das Städtchen Lensahn, wo er zur Schule ging, lag im tiefsten morgendlichen Frieden. Vor dem Bäckerladen war es still geworden, im Gemeindebüro hatte Frau Lockstedt Sprechstunde, so stand es jedenfalls draußen angeschrieben. Sicher hatte sie keine Zeit, aus dem Fenster zu schauen. Sonst hätte sie das Rad direkt im Blickfeld gehabt. Gehören tat es ihr bestimmt nicht. Ihr gehörte höchstens der alte Drahtesel mit dem altmodischen bunten Netz über dem Hinterrad, der ordentlich abgeschlossen neben der Rathaustür stand.

Freddi drehte noch eine Runde um den Rathausplatz, das Mountainbike immer im Auge. Zum x-ten Male war heute morgen von seinem Rad die Kette abgesprungen. Er hatte sie einfach nicht wieder draufgekriegt. Seine Hände waren schwarz von Schmiere, und er war so wütend gewesen, daß er am liebsten auf dem Fahrgestell herumgesprungen wäre. Er hatte das alte Ding noch nie leiden können. Es war älter als er selbst, kaputt und zerkratzt, ein Geschenk von irgendeinem Nachbarn, der sich ein neues gekauft hatte.

»Für den Jungen ist es noch gut genug«, hatte sein Vater gesagt und ihm zum Geburtstag ein paar neue Reifen aufgezogen. Seitdem mußte Freddi mit dem blöden Ding herumfahren. Jeden Morgen zehn Kilometer von Bevenstedt nach Lensahn und mittags nach der Schule wieder zurück. Im Sommer und im Winter, bei jedem Wetter, sogar bei hohem Schnee. Zur Schule gefahren werden, das gab es bei ihm zu Hause nicht. Vater fuhr mit dem Wagen in die Fabrik, morgens um halb sechs zur Frühschicht. Mutter hatte kein Auto, nicht mal den Führerschein. Der Schulbus kostete Geld, und Geld war bei Familie Scholz immer knapp. Also mußte Freddi mit dem Rad fahren. Genau wie Timmi es später müßte, wenn er einmal größer wäre. Und die kleine Rosi, die jetzt noch nicht mal laufen konnte. Und wie Mutter es tat, mittags, wenn Omi kam, um die Kinder am Nachmittag zu beaufsichtigen. Auch Mutter fuhr mit dem Rad den Weg in die Holzfabrik und zurück. Nur selten, wenn er früher heimkam, brachte Vater sie hin, und wenn er ausnahmsweise, gute Laune hatte, holte er sie abends ab. Wenn er dann noch nicht zu betrunken war.

Freddi war wieder vor dem Rad angelangt. Es sah so ungeheuer schick aus, daß es ihm fast weh tat in der Brust. Es war wie Verliebtsein. Er mußte es einfach haben. Und es war da, ganz einfach so, als hätte es jemand dort für ihn abgestellt. Er mußte an Mareike denken, und wie es wäre, wenn er ihr auf diesem Fahrrad begegnen würde. Er würde an ihr vorbeiflitzen wie ein Windstoß. Sie würde staunen. Und er würde auch nicht mehr zu spät zur Schule kommen, wie heute. Er würde nicht mehr die Schule schwänzen müssen, weil er so spät dran war, daß kein Lehrer ihm noch eine Entschuldigung abnahm.

Freddi ließ seine Finger über das schwarze Metall des Rahmens gleiten. Er war makellos glatt und neu. Er umfaßte den stumpfen Gummigriff am Lenker mit der Linken und zog das Rad vom Baum weg. Es war wirklich nicht abgeschlossen. Und kein Mensch kam angelaufen, um es ihm wegzunehmen. Freddi legte die Rechte auf den Sattel, er hatte genau die richtige Höhe für ihn. Zwölf Gänge. Er musterte die Kettenräder am Hinterrad. Die Kette glänzte schwarz, sie war fachkundig gespannt und nicht zu stark eingefettet. Langsam schob er das Rad an den Rand des Rathausplatzes. Er sah sich nicht um. Noch konnte er sagen, er hätte es sich einfach einmal ansehen wollen. Eigentlich wollte er das ja auch nur. Er wollte nur mal wissen, wie sich so etwas anfühlte. Es lief so leicht neben ihm her, wie ein Hund, den man an einer Leine führt. Obwohl es so stabil war, bewegte es sich federleicht. Freddi schwang ein Bein über den Sattel. Der Lenker stand viel tiefer als der an seinem alten Hollandrad. Blitzschnell umfaßte er über den Lenker und trat instinktiv in die Pedale, um nicht umzufallen. Wie ein Pfeil schoß das Rad mit ihm davon, leichtgängig, sicher und schnell, als würden die Reifen den Boden gar nicht berühren. Auf der Ausfallstraße Richtung Schönwalde gab er ordentlich Gas. Er flog nur so über den Radweg. Die Straße war ein wenig abschüssig, gerade genug, um ihm Schwung zu geben. Er schaltete hoch bis in den zehnten Gang. Im Leerlauf trat er rückwärts und genoß das Tickern der Schaltung. Hinter dem Lensahner Hof war der Radweg zu Ende, und Freddi bog ab in den Wald. Die Wege waren noch feucht vom letzten Regen und voller Pfützen und Schlammlöcher. Freddi preschte auf seinem Mountainbike mitten hindurch und stellte sich in die Pedale, um die Steigungen des Weges mit einem möglichst hohen Gang nehmen zu können. Als er oben am Teich ankam, war er naß bis auf die Haut von Schweiß und Spritzwasser. Das Fahrrad war nicht wiederzuerkennen. Freddi war glücklich.

Kapitel 2

Barbara drehte den großen Regler für die Lautstärke an der Hi-Fi-Anlage etwas höher und wippte mit der Fußspitze den Takt zu *Strange Angel,* ihrem Lieblingssong von Laurie Anderson. Es war schon etwas zu kühl, um noch bei offenem Fenster zu sitzen, aber der Abend war so schön, ihr erster richtiger Sonnenuntergang in Bevenstedt, daß sie das Fenster einfach nicht schließen mochte.

Die Amsel hatte ihr großes Konzert beendet. Sie hockte noch eine Weile vor ihrem offenen Fenster auf der Fernsehantenne des Nachbarhauses, aber sie ließ sich keine neuen Strophen mehr einfallen. Es duftete nach Wald und Erde, nicht mehr nach Dieselabgasen, Dünger und Kuhmist wie tagsüber. Wenn man sich sehr konzentrierte, konnte man sogar einen Hauch Meeresbrise erschnuppern. Die Ostsee war so nah. Wenn sie die Augen schloß, konnte Barbara sich mit ein bißchen Phantasie vorstellen, daß ein Teil ihrer Träume vom Landleben schon wahr geworden war, trotz dieser häßlichen Zweizimmerwohnung in Witwe Claasens Einfamilienhaus, ohne Balkon, geschweige denn einem Garten, direkt an der Hauptstraße. Die beiden Zimmer waren mit wenig abgenutzten, aber gräßlich altmodischen Polstermöbeln vollgestellt. Eine Küche gab es nicht, nur ein enges Bad mit einer vergilbten Sitzbadewanne und einem winzigen

Handwaschbecken. Auf dem Flur stand ein monströser Kleiderschrank, der nach Mottenkugeln und Kölnisch Wasser roch. Alle Räume hatten schräge Wände, weil die Einliegerwohnung unter dem Dach lag, und waren mit einer dezent gestreiften Tapete ausgestattet. Irgend jemand hatte hier alt werden sollen, es dann wohl aber nicht gewollt. Barbara wollte es auch nicht. Doch zumindest hatte sie vom Wohnzimmerfenster aus den Blick auf das Wäldchen und den Sonnenuntergang dahinter.

Seufzend griff sie wieder nach der Wochenendausgabe des *Holsteiner Anzeigers*. Ihre Augen glitten über die letzte Spalte der Immobilienanzeigen. Sie hatte sie alle schon gelesen. Es war nicht ein Objekt dabei, das für sie in Frage käme. Ein Resthof war zu pachten, aber er schien so baufällig zu sein, daß man ihn wahrscheinlich am besten abriß und neu aufbaute. Außerdem war kaum Land dabei. Das war unmöglich. Eine sonnige Terrasse, ein großzügiger Bauerngarten mit kräftigen Blumenstauden, die jedes Jahr größer wurden, ein paar Reihen mit Gemüse, ein Kräuterbeet und drum herum ein paar Beerensträucher mußten schon drin sein. Sonst hätte sie ja in der Stadt bleiben können. Thomas' Träume von Weideland für ein paar Schafe oder Ziegen, einem eigenen Fußballfeld und allerlei Scheunen und Remisen teilte sie gar nicht. Erst mal klein anfangen und sich eingewöhnen in die fremden Lebensumstände war ihr Grundsatz. Erst mal Abschied nehmen von der Stadt.

Um kurz nach acht Uhr klingelte wie erwartet das Telefon.

»Wie sieht's aus?« fragte Barbara. Ihre Stimme klang kühler, als sie wollte.

»Total ausverkauft!« brüllte Thomas ins Telefon. »Die Veranstalter sind selbst von den Socken. Das ist jetzt schon der dritte Laden, der aus den Nähten platzt, wenn wir anrollen.«

»Gratuliere«, sagte Barbara trocken.

»Bist du etwa immer noch sauer, mia bella?« fragte Thomas. »Freust du dich gar nicht, daß wir endlich ein bißchen Erfolg haben?«

Barbara nickte, obwohl Thomas das natürlich nicht sehen konnte. Ja, ja, sie freute sich über seinen Erfolg, aber mußte der sich gerade jetzt einstellen? Schließlich war er es gewesen, der die Idee aufgebracht hatte, aufs Land zu ziehen. Und nun? Nun hockte sie hier mutterseelenallein am Ende der Welt, und er gondelte mit seiner Band durch Deutschland und jagte von einem Erfolg zum nächsten. Auf diese Situation war sie nicht vorbereitet gewesen. Dabei war es schon schwer genug, nach ihrer Zeit als Assistenzärztin im Krankenhaus jetzt die ersten Patienten ambulant in einer Hausarztpraxis zu betreuen. Wenn es nach ihr gegangen wäre, hätte sie diese Erfahrungen lieber in Hamburg gesammelt.

»Aber ja doch«, murmelte sie. »Toi, toi, toi für euch heute abend. Was werdet ihr spielen?«

»Was sagst du? Ich kann dich so schlecht verstehen, auf der Bühne ist gerade Soundcheck. Habe ich dir schon gesagt, daß wir am Wochenende noch einen Extra-Gig in der Nähe von Köln haben? Ist das nicht super?«

»Am Wochenende? Und wann sollen wir uns hier nach einem Haus umsehen?«

»Barbarina, ich komme, ich fliege, sowie wir die Tournee hinter uns haben. Für immer und ewig, sind das nicht gute Aussichten? Du kennst mich doch: Ich halte mein Wort, wenn auch nicht sofort.«

»Ach«, sagte Barbara und versuchte ihre Enttäuschung hinter einem Gähnen zu verstecken. Vielleicht wäre es besser, ihn anzufauchen und ihren Gefühlen freien Lauf zu lassen, aber sie hatte nun einmal gelernt, einzustecken und sich nicht zu beklagen. Sie beendete das Gespräch einsilbig und ein bißchen melancholisch. Thomas merkte nichts.

Nachdem sie den Hörer aufgelegt hatte, sprang sie auf und zerknüllte den *Holsteiner Anzeiger*, bis ihr die Hände weh taten.

Kapitel 3

Rund um den Dorfteich, der zwischen den Grundstücken von Großbauer Petersen und der Landgärtnerei Bruhns lag, hatten sich in Windeseile eine ganze Menge Menschen eingefunden, ehe die Ärztin aus der Gemeinschaftspraxis herbeigelaufen kam. Den Wagen zu nehmen hatte sich nicht gelohnt, denn die Praxis lag gleich um die Ecke. Man machte ihr Platz und wies ihr aufgeregt den Weg zum Unfallort.

Timmi Scholz, vier Jahre alt, lag auf einer braunen Pferdedecke auf dem Bauch, den Kopf unnatürlich eingerollt. Jemand war dabei, ihm die klitschnassen Sachen auszuziehen.

»Ist der Doktor nicht da?« fragte eine ältere Frau in Kittelschürze. »Ich habe doch eben mit ihm gesprochen.«

»Ich bin auch Ärztin«, sagte Barbara Pauli und bat die Leute, etwas zurückzutreten. Dann faßte sie das Kind an den Beinen und stellte es auf den Kopf, bis ihm das Wasser aus dem Mund lief. Es begann zu husten und schnappte nach Luft. Barbara legte den Jungen vorsichtig zurück auf den Boden. Nun griff sie in seine Mundhöhle und machte die Atemwege frei. Der Junge schlug die Augen auf.

Als die Polizei eintraf, atmete er schon wieder gleichmäßig. Barbara horchte ihn ab und kontrollierte seinen Puls; seine Herztöne waren kräftig. Sie packte das Stethoskop zusammen und wickelte das Kind fest in die braune Decke.

Inzwischen hatte sich eine ältere Frau mit grauen, halblangen Haaren, die mit einer Spange seitlich gehalten wurden, durch die Menge gedrängt und beugte sich über das Kind.

»Timmi, mein Junge, was denn mit dir passiert? Mein Gott, er ist ja ganz naß! Er kann doch noch gar nicht schwimmen!«

»Wo wohnen Sie? Er muß sofort ins Warme, wir brauchen Wärmflaschen und heißen Tee.«

»Ich bin Oma Hagen, das ist mein Enkeljunge«, erklärte die Frau und nahm der Ärztin den Jungen ab. »Wir wohnen gleich da drüben; ich hab' heißes Wasser auf dem Herd stehen. Wie konnte das bloß passieren? Der Freddi sollte doch auf ihn aufpassen.«

»Ich gehe mit«, sagte Barbara zu dem Polizisten, der unschlüssig neben seinem Wagen stehengeblieben war. Die Leute gingen langsam zurück in ihre Häuser.

»Soll ich nicht doch sicherheitshalber einen Krankenwagen rufen?«

»Ist wirklich nicht nötig, vielen Dank«, sagte Barbara und reichte dem Beamten die Hand.

»Dr. Barbara Pauli, ich arbeite seit einer Woche in der Gemeinschaftspraxis bei Dr. Stähr.«

Der Polizist legte zum Gruß einen Finger an die Mütze.

»Angenehm, Ellmeier, Oberwachtmeister aus Lensahn. Dann fahre ich mal wieder.«

Vor dem Gartenzaun des Landarbeiterhäuschens von Familie Scholz lehnte ein drahtiger, großer Junge mit messerkurz geschnittenen, dunklen Haaren und einer schwarzen Bomberjacke. Die Hosenbeine seiner Jeans waren schlammbespritzt, auch die Jacke trug Spuren von Sand und Dreck. Seine Hand lag auf dem Lenker eines nagelneuen Mountainbikes, das am Gartenzaun lehnte. Er starrte den beiden Frauen mit mißtrauischer Miene entgegen.

»Was ist denn los?« meinte er und trat hinter ihnen ins Haus. »Was ist denn mit Timmi?«

»Das wirst du schon sehen, was passiert ist«, keifte seine Großmutter. »Das ist Freddi, der älteste Sohn von meiner Tochter«, sagte sie, an Barbara gewandt. »Solltest du nicht auf Timmi aufpassen, nach der Schule? Wo warst du überhaupt? Los jetzt, geh nach oben und hole deine Schwester aus dem Bett. Ich kann nicht alles alleine machen. Timmi wäre fast ertrunken. Gleich kommt dein Vater, dann wirst du was zu hören kriegen.«

Oma Hagen stieß mit dem Ellenbogen die Tür zur Stube auf und ließ das Deckenbündel auf ein schmuddeliges graues Sofa gleiten, auf dem ein paar Kissen in selbstgehäkelten Bezügen prangten. Dazwischen lag Babyspielzeug herum und eine fleckige weiße Stoffwindel, die als Lätzchen gedient hatte und Spuren von Karottenmus trug. Auf dem Couchtisch vor dem Sofa standen ein Aschenbecher voller Kippen und ein halbleerer Kaffeebecher. Daneben lagen ein paar zerfledderte Zeitschriften. In einer Ecke stand ein riesiger Fernseher, in der anderen gab es einen Kachelofen, der muffige Wärme ausstrahlte. Neben dem Wohnzimmerschrank quoll ein Wäschetrockner über von klammer Kinder- und Babykleidung. Die Tapeten, helle Streifen mit Streublümchen, waren zerkratzt und stark nachgedunkelt. Die Luft im Zimmer war feucht und stickig und roch nach kaltem Rauch.

Während die Großmutter in die Küche eilte, um Wärmflaschen und heißen Tee zuzubereiten, nahm Barbara ein paar trockene Sachen vom Wäscheständer und zog sie dem Jungen über. Seine Beine waren mit blauen Flecken übersät, auch an den Armen trug er diese Male. Er war noch ein bißchen benommen und fing an, leise zu weinen. Barbara wickelte ihn fest in eine der Häkeldecken vom Sofa und lehnte ihn halb aufrecht in die Kissen. Dabei redete sie beruhigend auf ihn ein.

»Ich habe zwei Löffel Honig in den Tee getan«, sagte Frau Hagen und reichte der Ärztin den Becher. Er war glühend heiß. »Pfefferminztee. Den mag er wohl trinken.«

Freddi kam mit einem Baby auf dem Arm ins Zimmer. Das Kind war verschlafen und fing an zu weinen, als seine Großmutter es ihm abnahm. Es trug ein ziemlich schmutziges, ehemals rosafarbenes Hemdchen und hatte nackte Füße.

»Was ist denn hier los. Große Versammlung?«

Wie eine Wand stand plötzlich Walter Scholz in der Tür. Seine Stimme klang mürrisch. Er schwankte ein wenig, während er einen Schritt auf Freddi zuging, der zurückwich.

Frau Hagen schilderte mit kurzen, zusammenhanglosen Sätzen, was vorgefallen war. Ihre Stimme klang weinerlich. Das Baby auf ihrem Arm quengelte.

»Und wo hast du dich herumgetrieben, während dein Bruder fast ertrunken wäre?« wandte sich Scholz an seinen ältesten Sohn. Er griff mit der Rechten nach Freddis Wange und packte sie, wie man einen jungen Hund im Nacken faßt und zappeln läßt. Freddi versuchte sich zu befreien, er stieß einen unterdrückten Schmerzensschrei aus. Sein Vater packte noch fester zu.

»Ich war doch gar nicht hier«, rief Freddi heiser. Er hielt den Kopf unnatürlich schief, um den Schmerz zu lindern. Seine Füße in den dicken Baseballschuhen tanzten auf dem Boden.

Walter Scholz ließ ihn für einen Moment los, holte aus und warf seine große Pranke so heftig ins Gesicht des Jungen, daß sein Kopf gegen die Wand schlug. Freddi lehnte einen Augenblick wie betäubt an der Tapete.

Barbara schnappte nach Luft.

»Aufhören!« rief sie und legte einen schützenden Arm um den kleinen Timmi, der apathisch in den Kissen lehnte. Scholz beachtete sie nicht.

»Du weißt schon, wofür« brüllte er. »Was soll das Fahrrad noch da draußen? Hab' ich dir nicht gestern schon gesagt, du sollst es wieder zurückbringen?«

Freddi riß schützend einen Arm vors Gesicht und duckte sich, ehe ein zweiter Schlag ihn zu Boden strecken konnte. Walter Scholz schien sich zu besinnen und zog mit einem lauten Geräusch die Nase hoch. Vor Erregung hatte er einen hochroten Kopf.

»Was ist nun?« sagte er etwas ruhiger. »Was ist hier los?«

»Nichts, Walter«, antwortete seine Schwiegermutter rasch. »Es ist alles in Ordnung. Timmi geht es schon wieder besser. Frau Doktor hat sich um ihn gekümmert, ihm ist nichts passiert. Er hat nur ordentlich Wasser geschluckt.«

»Petersen sollte doch einen Zaun um den Teich ziehen. Dem werd' ich was erzählen«, sagte Scholz. »Verklagen werde ich den. Und du kommst jetzt mit, Freundchen«, er stieß Freddi aus dem Zimmer. »Und danach krieg' ich wohl endlich was zu essen!« brüllte er vom Flur her. Klatschende Geräusche ließen erkennen, daß er erneut auf Freddi einschlug. Dann hörte man die beiden die Treppe hinaufstolpern.

Barbara Pauli schloß ihre Notarzttasche und versicherte sich mit einem letzten Blick, daß ihr kleiner Schützling wirklich über den Berg war. Der Tee war inzwischen so weit abgekühlt, daß er ihn allein trinken konnte. Sie gab der Großmutter noch ein paar Anweisungen und verließ das Haus, mit Erleichterung die frische Luft aufnehmend. Das Mountainbike lehnte noch immer am Gartenzaun. Als sie sich noch einmal umsah, glaubte sie für einen Augenblick, Freddis Gesicht hinter dem runden Giebelfenster unter dem Dach gesehen zu haben.

Dann machte sie sich auf den Weg in die Praxis zur Nachmittagssprechstunde.

Kapitel 4

Doktor Jürgen Stähr war ein hochgewachsener Mann, und durch seine schlanke Figur und die schmale hohe Stirn wirkte er noch größer. Er mußte sich ein Stückchen hinunterbeugen, während er in der obersten Schublade des Karteischranks herumsuchte; dabei pfiff er unablässig immer dieselbe Melodie.

»Hallo Barbara, der kleine Timmi ist schon wieder über den Berg, habe ich gehört? Wie gut, daß Sie gerade hier waren.«

Barbara stellte ihre Arzttasche auf der Theke vor dem Wartezimmer ab. Frau Claasen, die Arzthelferin, war wohl noch nicht aus der Mittagspause zurück. Im Wartezimmer saßen schon eine Menge Patienten.

»Aber Sie sehen ja ganz blaß aus, bekommt Ihnen unsere gute Landluft nicht?« fuhr er fort.

»Es sind wohl eher die Sitten und Gebräuche hier, die mir noch nicht so richtig bekommen, Doktor. Aber ich werde mich schon eingewöhnen.«

»Daran zweifle ich nicht«, sagte Dr. Stähr. Er betrachtete Barbara nachdenklich. »Aber sehr begeistert klingt das nicht.«

»Es geht schon. Ich habe nur gerade Walter Scholz kennengelernt, den Vater vom kleinen Timmi.«

»Ich weiß. Ich habe seine Frau entbunden. Dreimal.«

»Natürlich«, sagte Barbara. »Aber warum eigentlich«, rief sie plötzlich. »Warum bekommen solche Leute Kinder, wenn sie doch nicht mit ihnen umgehen können?«

Dr. Stähr schob Barbara rasch in sein Behandlungszimmer.

»Bevenstedt ist nicht Hamburg«, sagte er und drückte Barbara in den Stuhl, auf dem sonst seine Patienten Platz nahmen. »Es ist bestimmt eine große Umstellung für Sie. Aber in anderthalb Stunden sind Sie mit dem Auto in der Stadt. Sie wissen doch, daß Sie sich jederzeit einen Tag frei nehmen können. Gönnen Sie sich alle Zeit, die Sie brauchen, um hier anzukommen. Zwingen Sie sich nicht, man kann diesen Prozeß nicht beschleunigen, ich weiß das aus eigener Erfahrung. Man braucht sehr lange, um die Menschen hier kennenzulernen. Auch wenn es auf den ersten Blick anders aussieht. Manchmal denke ich, sie sind uns Städtern fremder als die Eingeborenen von Papua-Neuguinea.«

Er lachte. Barbara mußte auch lachen.

»Vielen Dank«, sagte sie und unterdrückte ihr Bedürfnis, sich bei ihm auszuweinen. »Aber ich glaube, es ist besser, wenn ich erst mal ein paar Wochen hierbleibe, um mich mit allem vertraut zu machen.«

»Dann machen Sie jetzt die Hausbesuche«, sagte Stähr. »Mit der Nachmittagssprechstunde werde ich schon allein fertig. Es ist die übliche Runde, wie wir sie neulich besprochen haben.«

Das waren ein paar chronisch Kranke, hauptsächlich alte Leute, die zu Hause versorgt wurden und regelmäßig mit dem Besuch des Doktors rechneten. Meistens genügte ihnen die Gelegenheit, ein bißchen über ihr Leiden zu klagen, manchmal mußte ein Verband gewechselt, eine Dosierung geändert oder eine neue Packung Tabletten verschrieben werden.

Hin und wieder jedoch spitzte sich der eine oder der andere Fall zu, so daß eine Einweisung ins Krankenhaus nach Oldenburg oder Neustadt erforderlich war.

»Und heute abend oder morgen früh schauen Sie mal bei Jupp Putensen vorbei. Er hat angerufen, sein Bein schmerzt ihn wieder. Er hat linksseitig eine oberflächliche Thrombophlebitis. Übrigens, sieht man Sie eigentlich morgen abend auf dem Feuerwehrball?«

Barbara nickte vage.

»Ich denke schon«, sagte sie lau. Wenn Thomas hier wäre, hätten sie sich sicher vergnügt auf einem Dorffest. Was sie allein dort anfangen sollte, war ihr noch nicht recht klar. Wahrscheinlich würde sie die ganze Zeit mit Frau Claasen an einem Tisch sitzen und Likör trinken müssen oder von ein paar Patienten umschwärmt werden, die ein Faible für junge Ärztinnen hatten.

»Werden Sie denn hingehen?«

»Leider bin ich kein großer Tänzer«, sagte der Doktor und deutete auf sein verkürztes Bein. Er hatte in der Jugend Kinderlähmung gehabt und hinkte seitdem. Jeder Weg aus dem Haus war für ihn ein beschwerliches Unternehmen. Außer wenn er mit dem Fahrrad fuhr, was er aus unerfindlichen Gründen fast jeden Abend zu tun pflegte. Barbara hatte es schon mehrmals beobachtet.

»Aber ich werde mich natürlich blicken lassen«, fuhr der Arzt fort.

»Es soll immer sehr gute Grillwürste geben auf den Festen der Feuerwehr«, sagte Barbara und lächelte.

»Das wäre natürlich ein Argument«, meinte Jürgen Stähr. »Es sei denn, man ist Vegetarier. Sehen Sie, jetzt lächeln Sie schon wieder.« Der Doktor ging einen Schritt auf Barbara zu und legte eine Hand auf ihren Arm. »Sie passen wunderbar hierher. Sie sind genau richtig. Ich kann Ihnen gar nicht sagen, wie froh ich bin, daß ich Sie gefunden habe. Mahlzeit, Frau Claasen.«

Die Arzthelferin war so leise ins Zimmer gekommen, daß Barbara sie gar nicht gehört hatte. Sie wurde ein bißchen rot, dabei gab es ja keinerlei Grund dafür. Der Doktor drückte ihren Arm noch einmal und zog dann seine Hand zurück.

»Ich wunderte mich nur, daß die Arzttasche hier auf meinem Platz steht«, sagte Frau Claasen kurz.

Barbara sprang auf und nahm ihr die Tasche aus der Hand.

»Vielen Dank, Herr Stähr«, wiederholte sie und drückte sich an Frau Claasen vorbei. »Ich werde morgen abend natürlich auch kommen.«

Als sie an der Empfangstheke vorbeiging, hatte sie den Eindruck, daß die Miene der Arzthelferin sich ein wenig verdüstert hatte und nicht ganz so honigsüß war wie sonst. Aber vielleicht bildete sie sich das auch nur ein.

Kapitel 5

Freddi hatte die ganze Nacht auf den harten Dielen des Dachbodens wach gelegen und gefroren. Sein Kopf tat ihm weh von den Schlägen, und am Arm hatte er eine Platzwunde; dort hatte Vaters Uhr ihn getroffen. Am meisten aber schmerzte ihn die Scham über die Prügel, über die Strafe und über das Eingesperrtsein. Nicht einmal zur Schule durfte er gehen. Vater hatte gestern abend noch selbst mit seinem Klassenlehrer, Herrn Ochs, telefoniert und ihn entschuldigt. Er sei krank, er habe eine Ohrenentzündung, hatte er als Grund angeführt. Dann hatte er das Mountainbike mit dem Transporter der Firma nach Lensahn zurückgeschafft. Freddi hatte ihn vom Dachfenster aus beobachtet, wie er das tolle Rad einlud. Wahrscheinlich klaute es dort heute abend ein anderer. Er, Freddi jedenfalls, würde es nie wiedersehen.

Als es dunkel geworden war auf dem Dachboden, war Mutter hochgestiegen. Sie hatte ihm etwas zu essen durch die Tür geschoben und war, ohne hereinzukommen, wieder nach unten gegangen. Durch die Tür hindurch hatte sie nur gesagt:

»Timmi schläft jetzt. Aber er hat Fieber.«

Als wäre er schuld daran, daß Timmi in den Scheißteich gefallen war! Immer mußte er auf seine kleinen Geschwister aufpassen! Und wenn sie Unsinn machten, gaben die Großen ihm die Schuld dafür. Er hatte es reichlich satt. Am liebsten hätte er irgend etwas kaputtgemacht, so wütend war er. Aber hier oben auf dem Boden gab es nicht das geringste, was er hätte zerdeppern können. Nur ein altes, leeres Faß in der Ecke, die dünne, gelbe Plastikwäscheleine und den Klammerbeutel. Er könnte sich höchstens eine Schlinge knüpfen und sich am Dachbalken aufhängen. Dann würde Vater schön doof gucken morgen früh. Er wäre schon kalt und starr. Und Vater und Mutter wären schuld daran. Und Timmi.

Freddi überlegte, wie der Knoten beschaffen sein mußte, damit die Schlinge sich auch gut zuzog. Bis ihm einfiel, daß er Onkel Jupp einmal zugesehen hatte, als der einen Knoten knüpfte, um für Schlappi, den Bluthund, einen Würger zu basteln. Wenn er ein wenig übte, würde er ihn schon wieder fertigbringen. Aber dann war es so finster, daß er beschloß, erst einmal eine Runde zu schlafen, bis der Mond aufginge.

Aber der Mond ging nicht auf in dieser Nacht, und Freddi wachte und schlief ein und träumte und wurde ganz schwach davon. Als der Morgen dämmerte, war er so steifgefroren, daß er sich gar nicht mehr bewegen konnte. Er kroch zur Tür, aß ein paar Bissen Brot, auf das seine Mutter dünn Margarine gestrichen hatte, und trank ein paar Schluck Wasser. Mit dem restlichen Wasser kämmte er sich mit den Fingern die Haare. Dann fühlte er sich ein bißchen besser. Er nahm sich zusammen und beschloß, sich nicht unterkriegen zu lassen. Als er Vaters Auto abfahren hörte – er war nicht hochgekommen, um ihn wieder rauszulassen, was Freddi im stillen gehofft hatte –, fing er an, Kniebeugen zu machen, bis ihm ein bißchen warm wurde. Er ließ die Arme kreisen, bis die Gelenke knackten, und warf sich schließlich auf den Boden für ein paar Liegestütze. Am Ende fing er an, mit kleinen, dribbelnden Schritten den Dachboden zu umkreisen. Er fühlte sich deutlich besser, wenn auch immer noch zerschlagen und müde.

Irgendwann kam seine Großmutter hoch und klopfte an die Tür.

»Freddi? Hast du gut geschlafen, Junge? Ich bringe dir später etwas Warmes zu essen. Hast du denn auch etwas zu trinken?«

»Bring mir ein paar Dosen Cola«, flüsterte Freddi und lehnte sich mit der Wange gegen das alte Holz der Bodentür. Er hörte Großmutter keuchen. Sie hatte wieder ihren schlimmen Husten.

»Das darf ich doch nicht, Junge. Nur Wasser und Brot, hat dein Vater gesagt. Bis Sonntag morgen.«

»Sonntag?« rief Freddi. »Der spinnt ja! Ich will morgen abend auf den Feuerwehrball! Laß mich hier raus, Oma, es ist gemein, mich einzusperren.«

»Psst«, machte seine Großmutter. »Sei nicht so ungezogen. Wir müssen froh sein, daß dein Bruder noch lebt. Nachher kommt der Doktor und sieht nach ihm. Er hat schlimmes Fieber und weint. Vielleicht hat er doch noch Wasser in der Lunge.«

»Aber dafür kann ich doch nichts. Ich war doch gar nicht da!«

Er hörte, wie seine Großmutter sich wieder entfernte, und schlug wütend mit der Faust gegen die Tür. Noch zwei ganze Tage! Und zwei Nächte! Das konnte er unmöglich aushalten! Und er hatte doch gar nichts getan!

Kapitel 6

Die Apfelplantage von Jupp Putensen lag etwas außerhalb des Dorfes an der Landstraße nach Grömitz. Am Straßenrand machte ein großes Schild in Form eines Apfels auf den Obstverkauf aufmerksam, auch wenn das Angebot sich jetzt saisonbedingt auf ein paar übriggebliebene Kisten Apfelmost beschränkte. Touristen, die in den nahen Ostseebädern ihren Urlaub verbrachten, hielten trotzdem zuweilen an, um frische Äpfel zu kaufen. Kopfschüttelnd schickte Jupp sie dann wieder weg.

Barbara Pauli fuhr mit ihrem Ford Fiesta bis auf den Hof und parkte den Wagen vor einem baufälligen Hühnerstall. Die Hühner hatten in dem morschen Zaun, der ihren Auslauf eingrenzen sollte, ein Schlupfloch gefunden und pickten zwischen dem Gerümpel, das überall herumstand. An einer flachen Baracke lehnte ein etwas kleineres Apfelschild, und über der Tür ließ sich mit etwas Mühe ein ins Holz gebrannter Schriftzug entziffern: Hofladen. Besonders vertrauenserweckend sah das Geschäft gerade nicht aus.

Auf der anderen Seite des Hofplatzes erstreckte sich eine zweite flache Baracke mit einer großen, verglasten Veranda, die offenbar das Wohnhaus darstellte. Neben der Tür lehnte ein altmodisches Fahrrad mit Hilfsmotor. Halb im Gestrüpp verborgen, war ein verbeulter Ford Transit geparkt, auf dessen Seiten der unvermeidliche Apfel prangte. Zwei Hunde kläfften ohne Unterlaß in ihrem Verschlag. Auf der Fensterbank der Veranda saß eine Katze und betrachtete die Ärztin aus verschlafen blinzelnden Augen. Von Jupp Putensen war weit und breit keine Spur.

Barbara klopfte an die Scheiben der Behausung und rief laut seinen Namen. Kurz darauf tauchte der alte Mann am anderen Ende des Hofes auf. Humpelnd, den langen grauen Bart vorne ins Hemd gesteckt, eine fleckige Schlägermütze im Genick. Er trug lange Gummihandschuhe.

»Frau Doktor, wenn mich nicht alles täuscht«, sagte der Apfelbauer und hielt seine behandschuhten Hände hoch, als wolle er sich ergeben. »Tut mir leid, ich mache mich gleich hübsch. Mußte gerade die große Giftspritze saubermachen.«

Barbara holte ihre Tasche aus dem Wagen und wartete ein wenig ärgerlich neben der Veranda. Ganz so schlecht schien es dem Kranken ja nicht zu gehen, wenn er noch arbeitsfähig war.

»Immer rein in die gute Stube«, sagte Jupp Putensen und scheuchte Barbara wie ein Huhn ins Haus. »Keine Bange, ich beiße nicht. Man muß ja froh sein, wenn die Ärzte heute noch auf dem Land leben wollen, nicht wahr?«

Er machte für Barbara einen Stuhl am Küchentisch frei. Im Hause herrschte die gleiche Unordnung wie draußen auf dem Hof. Nur die Luft war schlechter. Es war stickig und roch stark nach Kohlenstaub. Der alte Küchenherd wurde trotz des milden Wetters beheizt.

Der Alte ließ sich auf dem zweiten Küchenstuhl nieder und sah die Ärztin an, als wolle er ergründen, was er für sie tun könne. Als Barbara schwieg, wurde er ernst.

»Ich war nur mal eben draußen nachsehen, ob die Spritzen alle in Ordnung sind. In ein paar Tagen fängt die Plantage an zu blühen, dann muß alles parat sein, verstehen Sie?«

»Eigentlich bin ich hier, um mir Ihr krankes Bein anzuschauen«, sagte Barbara kühl. »Vielleicht wären Sie mal so freundlich und machen Ihren Unterschenkel frei. Dr. Stähr sagte, Sie hätten große Schmerzen.«

»Nun mal langsam, junge Deern. Wir sind doch hier nicht beim Militär. Erst mal genehmigen wir uns einen Klaren, wenn Sie gestatten. Oder trinken Sie nicht im Dienst?«

Barbara schnappte nach Luft und trommelte mit zwei Fingern ungeduldig auf ihre Ledertasche.

Jupp Putensen schien zu verstehen, daß seine Masche nicht ankam. Er beobachtete die Ärztin, schüttelte den Kopf und ließ seine Hand ratlos auf die Tischplatte fallen.

»Daß ihr jungen Leute so gar keine Lebensart mehr habt. Immer nur schnell, schnell, nicht wahr? Kein Wort zuviel, bloß keine Zeit verlieren. Aber haben Sie schon mal darüber nachgedacht, was Zeit eigentlich ist, junge Frau?«

»Wenn Sie sich so wohl fühlen«, sagte Barbara scharf, »könnten Sie ebensogut am Montag in die Sprechstunde kommen, Herr Putensen. Die Hausbesuche machen wir eigentlich nur bei Patienten, die sich selbst nicht helfen können. Wie ich sehe, sind Sie durchaus noch fähig, mit dem Wagen in die Praxis zu fahren.«

»Mit welchem Wagen?«

»Draußen steht ein Transporter.«

»Der steht da, aber das heißt doch nicht, daß er auch fährt«, konterte Putensen. »Wenn ich Glück habe, springt er nach der Ernte an, wenn ich ausliefern muß. Und im Herbst, wenn ich in die Mosterei fahre. Im Winter darf er ruhn, genau wie die Bäume – und wie die Menschen es auch hin und wieder tun sollten. Wollen Sie nun meinen Apfelschnaps probieren, oder soll ich mit mir selbst anstoßen?«

»Also gut, aber nur einen kleinen. Ich habe ja bald Feierabend.«

»Das hört sich schon besser an, junge Frau. Wenn unser Doktor nicht so von Ihnen geschwärmt hätte, hätte man eben meinen können, Sie wären von der Polizei. Man muß sich doch mal kennenlernen, bevor man die Hosen runterläßt, nicht wahr?« Er lachte und goß zwei kleine Schnapsgläser randvoll mit einem bernsteinklaren Selbstgebrannten. »Prosit.«

»Prost, Herr Putensen.«

»So.« Der Apfelbauer stellte sein Glas zurück auf den Tisch und fing an, das linke Hosenbein seiner braunen, schmierigen Stoffhose hochzukrempeln. »Da haben wir den Salat«, kommentierte er die böse Venenentzündung.

Barbara stand auf und legte sein Bein auf einen Stuhl, um es besser untersuchen zu können. Der Mann hatte bestimmt Schmerzen, die er mit seiner burschikosen Art und mit Hilfe von diversen Schnäpsen überspielte.

»Leben Sie hier ganz alleine?« fragte sie, während sie die Schwellungen und Verfärbungen sorgfältig in Augenschein nahm. »Haben Sie keine Hilfe auf dem Hof?«

Jupp Putensen lachte. Es klang ein bißchen resigniert.

»Eine Hilfe hatten wir nie, meine Frau und ich. Und seitdem sie letztes Jahr gestorben ist, Gott hab' sie selig, da muß ich eben allein zurechtkommen. Nun, was sagen Sie? Muß das Bein ab?«

»So schlimm ist es wohl noch nicht, Herr Putensen.«

»Ich heiße Jupp. So heiße ich schon immer und für alle. Auch für Frau Doktor, ist das klar?«

»Klar«, sagte Barbara und legte eine Gummimanschette um seinen Oberarm, um den Blutdruck zu messen. Das Ergebnis war miserabel. »Aber klar ist auch, daß Sie viel zu hohen Blutdruck haben. Wußten Sie das schon? Am liebsten würde ich Sie ins Krankenhaus einweisen, Jupp. Nehmen Sie irgendwelche Medikamente?«

Sie holte ihr Handy aus der Jackentasche und begann die Nummer des Krankenhauses in Oldenburg zu wählen.

»Kommt gar nicht in die Tüte«, sagte Jupp Putensen ruhig und fing an, sein Hosenbein wieder herunterzukrempeln. »Ins Krankenhaus gehe ich nicht, da brauchen Sie gar nicht erst zu telefonieren.«

»Sie müssen unbedingt gründlich untersucht und medikamentös eingestellt werden. Ich kann so die Verantwortung für Sie nicht übernehmen.«

»Das sollen Sie auch gar nicht. Sie sollen mir nur eine neue Salbe verschreiben. Meine ist nämlich alle. Schön wäre es natürlich auch, wenn Sie gleich eine Tube dabeihätten. Dann muß ich nicht erst in die Apotheke nach Lensahn. Bis ich da hinkomme, bin ich schon halb krepiert.«

»Es gibt keine Salbe, die Ihnen helfen könnte«, sagte Barbara.

»Natürlich gibt es die. Hat der Doktor mir doch gegeben. Diese gelbe, wie heißt sie noch? Hier liegt ja noch die alte Tube. Arnika, genau. Wie die Schwester von der Schwägerin meiner Frau, Arnika.«

»Arnikasalbe kann Ihre Beschwerden ein kleines bißchen lindern, mehr nicht. Wir müssen aber etwas gegen Ihren Bluthochdruck tun. Sie könnten sonst einen Schlaganfall bekommen, Jupp. Ihr Herz könnte versagen. Es ist ernst, wirklich.«

»Ach wo, der Doktor kennt mich schon zwanzig Jahre, der weiß, daß er mich von hier nicht wegkriegt. Alles halb so schlimm. Ich habe nur die blöden Stützstrümpfe nicht getragen, in der letzten Zeit. Ist so schwer, sie anzuziehen am Morgen, verstehen Sie? Ich bin nicht mehr so gelenkig. Und jetzt geben Sie mir meine Salbe, und dann trinken wir noch einen Schnaps.«

Barbara steckte das Telefon wieder in die Tasche und holte ihren Rezeptblock heraus.

»Ich schreibe Ihnen außer der Salbe einen Betablocker auf. Haben Sie jemanden, der die Medikamente für Sie abholt? Sonst kann der Apotheker sie Ihnen auch bringen lassen. Es kann sein, daß Sie kalte Füße bekommen von den Tabletten und daß Sie häufig zur Toilette müssen. Das ist normal. Ich werde natürlich auch mit Dr. Stähr über Ihren Fall sprechen.«

»Tun Sie das. Der Doktor weiß, daß Unkraut nicht so leicht vergeht.«

»Außerdem sollten Sie das kranke Bein hochlagern, wenn Sie sitzen, und unbedingt die Stützstrümpfe wieder anziehen. Ich werde jemanden vorbeischicken, damit man Ihnen in den nächsten Tagen dabei hilft. Und überlegen Sie sich bitte, ob Sie sich nicht doch lieber für eine Weile ins Krankenhaus legen wollen. Es geht vor allem darum, daß Sie unter Kontrolle sind, und um eine gründliche Untersuchung.«

Jupp Putensen grinste und stöpselte die Flasche erneut auf.

»Noch 'nen Kleinen, Frau Doktor?«

»Nein, danke, ich muß jetzt los.«

»Und ich dachte, Sie erzählen mir noch, wie es meinem kleinen Freund Timmi geht. Ich habe gehört, er ist in den Feuerwehrteich gefallen.«

»Es geht ihm den Umständen entsprechend gut. Gestern abend hatte er noch ziemlich hohes Fieber, aber heute morgen war es schon runter auf achtunddreißig fünf. Übermorgen kann er sicher wieder aufstehen.«

Jupp Putensen kippte den Schnaps in einem Zug herunter und nickte.

»Ich kenne sie alle, die Jungs aus unserem Dorf. Sind alle gute Jungs, auch der Freddi. Darf man nichts drauf geben, was die Leute reden.«

Barbara griff nach ihrer Tasche.

»Ich glaube, sein Vater ist zur Zeit anderer Ansicht.«

»Anderer Ansicht«, wiederholte Putensen. »Walter wird mit dem Jungen nicht fertig, so ist das. So war das schon immer. Verprügelt hat er ihn, als würde er davon besser werden. Dabei hat der Junge einen guten Kern. Das spüre ich. Aber auf mich hört ja keiner. Tun Sie mir einen Gefallen? Passen Sie ein bißchen auf Freddi auf. Sie können das.«

Barbara machte ein skeptisches Gesicht.

»Doch, doch, Sie können das.«

Barbara winkte und deutete an, daß der Alte wegen ihr nicht extra aufstehen mußte. In seinen Augen lag ein seidiger Glanz, ob es der Alkohol war oder ob ein Hauch von Sentimentalität ihn streifte – sie wußte es nicht.

Kapitel 7

Gleich hinter der Farm des Apfelbauern begann der Koppelweg, eine Stichstraße in die Felder, die zwar asphaltiert, jedoch so schmal war, daß zwei Autos nicht aneinander vorbeipaßten. Am Anfang der Pappelallee, hinter der ersten Kurve, lag das ehemalige Pfarrhaus, das seit Jahren leer stand. Ein halbverrottetes Schild mit der Aufschrift »Zu verkaufen« hing an dem morschen Bretterzaun, der das Grundstück einfaßte. Hohes Gestrüpp, Brennesseln und Knöterich überwucherten die Nebengebäude und die große Scheune, die ziemlich baufällig aussah.

Barbara parkte ihren Wagen so nah wie möglich am Haus und rüttelte an der Gartenpforte. Sie war abgeschlossen und der Griff so eingerostet, daß er sich gar nicht mehr bewegen ließ. Sie holte ihre Gummistiefel aus dem Wagen und machte sich daran, eine Lücke im Zaun zu suchen.

Sie wurde rasch fündig. Wo die hohe Pappelallee begann, die man auch vom Dorf aus sehen konnte, hörte der Zaun abrupt auf und gab über einen schmalen, trockenen Graben den Weg auf das Grundstück frei.

Das Wohnhaus war ein kleines, zweistöckiges Gebäude mit spitzem Giebel und zwei flachen Erkern rechts und links neben der Eingangstür. Die Fenster waren alle noch heil, aber so zugewachsen, daß man kaum ins Innere des Hauses sehen konnte. Barbara riß ein paar Ranken des Knöterichs ab und trat die Brennesseln vor den Fenstern herunter.

Das Zimmer links neben der Haustür war einmal die gute Stube gewesen. Ein paar Plüschmöbel staubten noch vor sich hin. Ein alter Sekretär, in dem sicher der Holzwurm wohnte, stand an der Wand dem Fenster gegenüber. Er war wahrscheinlich einmal das Prunkstück des Zimmers gewesen. Die Deckenlampe war von Spinnweben ganz zugewachsen. Das Zimmer hatte den Charme einer altmodischen, gutbürgerlichen Stube; jedenfalls war es nicht bäuerlich eingerichtet.

Durch die kleinen Fenster in der Haustür konnte man den Flur erkennen, der mit schwarzweißem Terrazzo belegt war. Eine solide wirkende Holztreppe führte in den ersten Stock. Vor dem Zimmer rechts neben der Haustür waren die Fensterläden geschlossen. Barbara bahnte sich einen Weg durch das Gestrüpp rund um das Haus herum und entdeckte als nächstes das Fenster einer großen Wohnküche, die noch vollständig eingerichtet zu sein schien. Sogar der Brotkorb stand noch auf dem Tisch.

Aber am besten gefiel Barbara der verwunschene Garten hinter dem Haus. Es war ein Garten wie aus einem Märchenbuch. Vor der großen Terrasse, von der wahrscheinlich eine Hintertür in den Flur oder in die Küche des Hauses führte, waren noch die Blumenrabatten zu erkennen, die durch niedrige Buchsbaumhecken unterteilt waren. Zwischen allen möglichen Wildkräutern blühten Goldköpfchen und wilde Rosen, eine riesige falsche Johannisbeere war über und über mit roten und lilafarbenen Blütendolden bedeckt ebenso wie der Fliederbusch auf der anderen Seite der Terrasse. Zwischen den Steinplatten, die ganz mit Moos bedeckt waren, sprossen Gänseblümchen und blaue Veilchen, und die alte Obstbaumwiese hinter den Beeten war gelb vom Löwenzahn.

Ein kleiner Teich war hoch mit Schilf umwachsen.

Genauso hatte sie sich ihren Garten vorgestellt: Da war Platz für Blumenbeete und eine große Wiese, Büsche und Bäume für Beeren und Obst. Rechts hinter der Scheune lag eine wilde Dornenwiese, die aussah, als wäre sie jahrelang nicht gemäht worden. Hier könnte man eine Ziege anpflokken oder ein paar Gänse laufen lassen. Sogar Enten konnte man halten, wenn es einen Teich gab, hatte Thomas aus einem seiner Bücher über das alternative Landleben ihr vorgelesen. Der Gedanke an Thomas kühlte Barbaras Begeisterung schlagartig ab.

»Könnte man ganz hübsch machen, hier«, sagte plötzlich jemand so dicht hinter ihr, daß Barbara bis ins Mark erschrak.

»Entschuldigen Sie, aber Ihr Wagen blockiert die Straße. Ich komme leider nicht daran vorbei. Sind Sie die neue Besitzerin? Mein Name ist Ochs, Hans-Peter Ochs. Wir wohnen etwa hundert Meter weiter auf dem alten Resthof vom Sattlerbauern.«

Barbara musterte den Mann, der lächelnd in die Sonne blinzelte. Er sah aus, wie einer Camel-Reklame entsprungen. Er trug beige Baumwollhosen mit großen Taschen auf den Oberschenkeln, ein kariertes Flanellhemd, eine Wildlederweste und dunkle Sportschuhe. Er hatte dichte, schwarzgelockte Haare und ein markantes, ebenmäßiges Gesicht mit einem einnehmenden Lächeln. Seine Augenbrauen waren zusammengewachsen, was ihm ein burschikoses Aussehen gab.

Barbara nannte ihren Namen und reichte ihm die Hand.

»Vor allem der Garten«, sagte Peter Ochs. »Den hat die alte Dame immer besonders gut in Ordnung gehalten.«

»Kannten Sie die früheren Besitzer?« fragte Barbara.

»Kennen wäre zuviel gesagt. Colette, meine Frau, war ein paarmal bei der alten Dame, kurz bevor sie ins Altersheim gebracht wurde. Ihr Mann war schon lange tot. Die beiden Kinder sind weggezogen. Der Sohn lebt, glaube ich, in Amerika. Die Tochter hat sich nie um die Mutter gekümmert. Wahrscheinlich ist sie inzwischen verstorben, und die Kinder wollen das Haus nun verkaufen. Haben Sie den Tip von einem Makler?«

»Nein. Frau Claasen, unsere Arzthelferin, hat mir gesagt, daß das Haus leer steht.«

»Sind Sie etwa die neue Ärztin aus der Gemeinschaftspraxis? Komisch, irgendwie habe ich mir das gleich gedacht«, sagte Ochs. »Ich bin hier der Lehrer. Bevenstedt hat natürlich keine eigene Schule mehr, aber man ist trotzdem noch so etwas wie *der* Dorflehrer. Da fällt mir ein, haben nicht die Plettenbergs das alte Pfarrhaus gekauft? Da gab es doch eine Versteigerung – ich erinnere mich nicht mehr genau. Bestimmt weiß Colette, wem es jetzt gehört. Colette bekommt jeden Dorfklatsch mit, auch wenn sie immer sagt, daß sie mit den Leuten gar nichts zu tun haben will.«

»Wir wollten eigentlich auf einem richtigen Bauernhof leben«, sagte Barbara. »Dies ist ja mehr – ein Haus eben. Ohne Diele, ohne Tenne, verstehen Sie?«

»Die echten Dorfromantiker, wie? Kommen Sie aus Hamburg? Das merkt man gleich. Ich habe auch in Hamburg studiert. Aber ich bin auf dem Dorf aufgewachsen. Und meine Frau auch, allerdings in Frankreich. Aber das macht nicht soviel Unterschied. Provinz ist Provinz, das gilt wahrscheinlich überall.«

»Leben Sie schon lange in Bevenstedt?«

»Sechs Jahre. Reichlich lange. Wir haben zwei Kinder, Xenia kommt jetzt in die Schule. Sie müssen uns mal besuchen. Einfach immer weiter geradeaus gehen, bis der asphaltierte Weg zu Ende ist. Ein Feldweg führt noch weiter durch die Rapsfelder.«

»Ist es nicht sehr einsam hier? Ich weiß gar nicht, ob ich nicht lieber näher am Dorf wohnen würde.«

»Um Gottes willen. Mir reicht das Dorf, wenn ich am Mittag aus der Schule komme. Ich bin aufs Land gezogen, weil ich meine Ruhe haben wollte. Nicht, um dauernd die Motorsägen, Rasenmäher, Trecker und alle möglichen Landmaschinen meiner Nachbarn ertragen zu müssen.«

»Da haben Sie auch wieder recht.«

»Wollen Sie allein hier einziehen?«

»Wenn ich das wüßte«, murmelte Barbara.

Der Lehrer grinste.

»Noch nicht so festgelegt, wie?«

Barbara schüttelte den Kopf.

»Mein Freund ist Musiker. Er ist viel unterwegs.«

»Das kann sich schnell ändern. Wenn man erst mal ein Haus hat, kommt die Familie wie von allein hinterher. Uns soll es jedenfalls recht sein. Eine Ärztin in der Nachbarschaft – was kann man sich Besseres wünschen. Und Ihr Freund kann hier soviel Musik machen, wie er will, hier stört er niemanden. Wenn Sie Hilfe brauchen, wir sind in ein paar Minuten hier. Außerdem kennen wir alle wichtigen Handwerker persönlich, das ist was wert auf dem Land. Die Leute arbeiten hier mehr oder weniger mit Familien- und Nachbarschaftshilfe. Als Zugezogener einen guten Handwerker zu finden ist ziemlich kompliziert. Wir können ein Liedchen davon singen. Wir haben drei Jahre lang renoviert. Fragen Sie uns ruhig, wenn es losgeht mit dem Umbau.«

Bei dem Wort Umbau wurde es Barbara mulmig – plötzlich sah sie einen Berg Arbeit vor sich, an den sie bisher noch nicht gedacht hatte. Ein Haus kaufen konnte man auch allein, wenn man das nötige Geld dazu hatte. Aber umbauen? Instand setzen? Einrichten? Mit Handwerkern verhandeln? Dazu mußte sie ihren beruflichen Pflichten nachkommen, den Garten in Ordnung bringen, und eigentlich hatte sie auch ihre Freunde in Hamburg nicht ganz vernachlässigen wollen. Wie sollte das alles zusammengehen?

»Wenn Sie bei Doktor Stähr in der Praxis arbeiten, sehen wir uns sowieso bald wieder. Der Doktor hat mir Krankengymnastik verordnet. Vielleicht habe ich jetzt Lust, öfter mal zu üben. Sind Sie auch so eine Naturheilkundlerin?«

»Mein Spezialgebiet ist die Geburtshilfe«, sagte Barbara. »Außerdem habe ich eine Ausbildung in Chirurgie.«

»Oje, ich kann kein Blut sehen. Jetzt muß ich aber machen, daß ich nach Hause komme«, sagte der Lehrer und trat zurück in den Schatten. »Wenn Sie Ihren Wagen ein paar Meter weiter vor in den Feldweg stellen, kann ich mühelos dran vorbeifahren.«

Barbara warf einen letzen Blick auf »ihren« Garten und ging hinter dem Lehrer her ums Haus herum.

»Kommen Sie heute abend auch auf den Feuerwehrball?« rief Peter Ochs aus dem Auto heraus. »Dann lernen Sie gleich meine Frau kennen. Sie ist immer schrecklich neugierig auf neue Leute im Dorf. Außerdem sucht sie dringend eine Freundin.«

Er lachte freundlich, als Barbara ihn passieren ließ, und winkte, als sie sich mit einem kurzen Hupen verabschiedete.

Kapitel 8

So kalt, wie es nachts auf dem verdammten Dachboden war, so warm wurde es tagsüber, wenn die Sonne auf das Dach schien. Freddi lag auf der Luftmatratze, die seine Mutter ihm vor der zweiten Nacht heimlich gebracht hatte. Sie war hereingekommen, als es dunkel war. Freddi hatte schon geschlafen und einen ordentlichen Schrecken gekriegt, als sie plötzlich vor ihm stand, im Licht einer Taschenlampe. Sie hatte ihm die Matratze zum Aufblasen gegeben und einen Schlafsack dazu. Dann hatte sie sich mit ihm hingesetzt und ein Abendgebet gesprochen. Das hatte ihm wirklich am wenigsten gefehlt. Aber seine Mutter kam aus der Gegend von Paderborn, aus einer streng katholischen Familie. Ihrem Mann zuliebe war sie evangelisch geworden. Als sein Vater vor ein paar Jahren aus der Kirche ausgetreten war, um die Kirchensteuer zu sparen, hätte sie sich am liebsten scheiden lassen, wenn das nicht ebenso unvereinbar mit ihrem Glauben gewesen wäre. Also verzieh sie ihrem Mann, konvertierte aber nochmals und wurde wieder katholisch. Die Kinder nahm sie mit von einer Konfession in die andere. Für den evangelischen Konfirmationsunterricht war Freddi damals noch zu jung gewesen. Als er katholisch wurde, war er eigentlich schon zu alt für den Kommunionsunterricht. Außerdem mußte er jede Woche mit dem Bus nach Neustadt fahren, wo es die nächste katholische Gemeinde gab. Erst hatte er versucht, Mutter von dem Vorhaben abzubringen. Aber sie bestand darauf, daß er zur Erstkommunion ging. Also stieg Freddi jede Woche in den Bus nach Neustadt, und an der nächsten Station stieg er wieder aus. Von dem Geld für die teure Busfahrkarte kaufte er sich Zigaretten – bis sie dahinterkam und er eine ordentliche Tracht Prügel bezog. An seinem vierzehnten Geburtstag war Freddi aus der Kirche ausgetreten, seitdem war das Thema für ihn erledigt.

Am Samstag nachmittag war die Sonne langsam von einer Seite des Daches zur anderen gewandert, und gegen fünf Uhr wurde die Luft endlich wieder frischer. Freddi hängte sich in das Dachfenster. Das Wetter wäre phantastisch, um angeln zu gehen. Überdies mußte er unbedingt zum Feuerwehrball. Er konnte von hier aus die Hinterseite vom Gasthof Mohr sehen, wo der junge Kellner, den die Familie Mohr immer am Wochenende anheuerte, wenn viel Betrieb war, auf dem Hof die roten Läufer ausbürstete, die auf der Treppe vor der Bühne lagen. Alle würden dasein heute abend, alle, nur er nicht. Mareike würde vergebens auf ihn warten, und dann würde wahrscheinlich ein anderer kommen und mit ihr flirten.

Wütend ballte Freddi die Fäuste. Er machte einen Klimmzug am Fensterrahmen, und das Blech bog sich gefährlich unter seinem Gewicht. Er war schon einmal draußen auf dem Dach gewesen, damals, mit seinem Vater, als der Sturm etliche Dachziegel weggerissen hatte. Aber das war weiter oben in der Nähe des Schornsteins gewesen. Der Vater hatte eine Leiter auf den First gelegt, so daß man sich gut festhalten konnte. Schwindelig war Freddi nicht gewesen. Im Gegenteil, er hatte den Ausblick über das leicht hügelige Land mit den grünen und gelben Ackerflächen genossen. Sogar die Ostsee hatte er von da oben aus sehen können, zum Greifen nah.

Freddi sah sich um, und sein Blick fiel auf das alte Faß, das unter der Dachschräge stand. Es war leer, er hatte es schon am ersten Tag inspiziert. Er rollte es unter das Dachfenster und stellte sich in die Luke. Bis zur Regenrinne sah es gar nicht weit aus. Er konnte sich noch am Dachfenster festklammern, während er mit den Füßen versuchte, an dem Schneegitter Halt zu finden. Vom Dach bis zum Boden mochten es sechs oder sieben Meter sein. Vielleicht auch etwas mehr. Er mußte es so einrichten, daß er auf dem Dach des Geräteschuppens landete, das allerdings von hier aus nicht zu sehen war. Der Schuppen war knapp zwei Meter hoch und mit Teerpappe gedeckt, dort konnte der Aufprall nicht allzu hart ausfallen. Der Zeitpunkt war günstig. Sein Vater saß sicher schon am Tresen und war nicht mehr ganz nüchtern, und seine Mutter war mit dem Haushalt und den Vorbereitungen für Sonntag beschäftigt. Timmi mußte noch das Bett hüten, und Rosi war zu klein, um ihm in die Quere zu kommen. Die Großmutter blieb samstags immer in ihrem Zimmer und ruhte sich aus.

Von der Tonne aus war es leicht, sich in die Dachluke hochzustemmen, und mit Schwung landete Freddi mit dem Po auf dem Fensterrahmen, während seine Beine noch im Bodenraum schlenkerten. Keine Wolke war am Himmel, die Luft war sommerlich lau. Freddi war froh, dem stickigen Dachbodengefängnis entronnen zu sein. Wie hatte er es nur so lange dort aushalten können? Er wagte einen Blick über den Rand des Daches, indem er sich so weit wie möglich vorbeugte. Er zog seinen Gürtel aus der Hose und befestigte ihn an dem Metallring, durch den die Dachluke verschlossen wurde. Nun hatte er über einen Meter Länge gewonnen. Vorsichtig zog er die Beine aus der Dachluke und ließ sich, beide Hände um den Ledergürtel geschlungen, langsam auf dem Dach hinuntergleiten, bis seine Füße in der Regenrinne Halt fanden. Es fühlte sich fest und stabil unter seinen Füßen an, aber Freddi war vorsichtig. Er war schon über zu viele morsche Dächer gekrabbelt, wie alle Jungen aus dem Dorf. Er wußte, daß man Regenrinnen und Schneegittern nicht trauen konnte. Er wagte einen vorsichtigen Blick nach unten. Bingo. Er hing genau über dem Geräteschuppen. Wenn er es schaffte, senkrecht nach unten zu fallen, mußte er genau auf dem Dach landen. Hoffentlich brach das alte Ding nicht unter ihm zusammen.

Er rutschte mit den Füßen vorsichtig über die Dachrinne, den unteren Teil des Gürtels umklammernd, doch plötzlich rutschte ihm das Ende aus den verschwitzten Händen. Der Sturz war rasend schnell und kurz. Freddi hörte, wie er auf die Dachpappe krachte und wie ein paar Holzbalken unter ihm nachgaben. Schmerz verspürte er keinen. Er rappelte sich rasch auf, rutschte vom Schuppen und spähte um die Hausecke. Niemand hatte den Lärm gehört. Geduckt, unter den Fenstern entlang, rannte er vom Grundstück.

Kapitel 9

Zuerst hatte Barbara das flaschengrüne Samtkleid anziehen wollen. Aber als sie es am Nachmittag anprobierte, kam es ihr viel zu fein vor für einen Feuerwehrball. Die Frauen aus dem Dorf würden denken, sie hielte sich für etwas Besseres, wenn sie in so einem stadtfeinen Kleid ankäme. Die schwarzen Lackpumps waren auch nicht für eine Tanzdiele in einem Dorfgasthof gemacht. Ratlos inspizierte sie ihren Kleiderschrank. Das dunkelblaue Kostüm, das sie zur Staatsprüfung getragen hatte, war zu streng für einen Ball. Das helle Sommerkleid mit den Puffärmeln wäre womöglich zu kühl, der schwarze Hosenanzug zu keß, die Samthose mit dem indischen Hemd zu ausgefallen. Aber sie trug nun einmal keine Dirndl und Glockenröcke.

Kurz nach sieben sah sie die ersten Dorfbewohner über die Straße gehen und dem Gasthof zustreben. Frau Bruhns, die Mutter des neuen Lehrlings in der Arztpraxis, Besitzerin der Landgärtnerei Bruhns, trug ein bodenlanges, mit großen Blüten bedrucktes Kleid mit gewagtem Dekolleté und Spaghettiträgern, dazu silberne Sandaletten und eine Pelzstola. Ihr Mann stolzierte in einem weißen Smoking neben ihr her, offenbar schon jetzt nicht mehr ganz nüchtern. Junge, Junge, da hätte sie sich aber blamiert in einem Dirndl. Als nächstes entstieg dem Taxi aus Lensahn vor dem Gasthof eine stattliche Dame in einem perlenbesetzten schwarzen Goldlamékleid, das ihr in früheren Zeiten vielleicht einmal gepaßt hatte. Jetzt sah es aus wie eine Wurstpelle. Wenn sie sich nicht täuschte, handelte es sich bei der Dame um Anna-Luisa Täck, die ortsansässige Redakteurin des *Holsteiner Anzeigers*. Barbara hatte schon ein paar mal mit Vergnügen ihre Kolumne »An Land beobachtet« gelesen. Sie war mit einem Kapitän zur See verheiratet gewesen, hatte Frau Claasen berichtet, der von irgendeiner großen Fahrt nicht zurückgekommen war. Aus Langeweile hatte die gut versorgte Witwe zu schreiben begonnen, und inzwischen war sie für die Lokalnachrichten aus ganz Ostholstein zuständig.

Wachtmeister Ellmeier – in nagelneuer Uniform – schloß gerade sein Fahrrad neben dem Gasthof ab und reichte Frau Täck spontan seinen Arm, um sie feierlich in den Saal zu geleiten.

Also kam Barbara doch auf das Flaschengrüne zurück, das schon ein bißchen nach ihrem Kleiderschrank – Mottenkugeln und Kölnisch Wasser – roch. Sie nahm reichlich Chanel No. 5, frisierte sich die kurzen Haare mit Haarspray und einem klebrigen Haarlack aus Thomas' Beständen und stolperte eilig in ihren schwarzen Lackschuhen über das Kopfsteinpflaster zum Gasthof Mohr. Vorsichtshalber hatte sie sich noch rasch ihre schwarze Strickjacke über die Schultern gelegt, obwohl es im Laufe des Abends drinnen im Saal sicher bullenheiß werden würde.

Vor der Tür des Gasthofs prallte sie mit Jupp Putensen zusammen, der aussah wie frisch gebadet. Er hatte seine Haare mit einer gehörigen Portion Pomade gebändigt und im Nacken mit einem roten Gummiband zusammengebunden. Sein schwarzes Jackett war so kräftig ausgebürstet worden, daß es auf den Schultern glänzte wie die Haut eines Räucheraals. Seine Hosenbeine waren zu lang, aber sauber und legten sich über den frisch gewichsten Schuhen in Falten. Jupp drängte Barbara seinen Arm geradezu auf. Einen Kopf kleiner als sie, aber stolz wie ein Pfau humpelte er neben ihr in den Saal.

»Heute habe ich mal die schönste Frau des Dorfes an meiner Seite«, raunte er ihr zu und klemmte sie fest an sich, den ganzen Saal bis zur Bühne durchmessend. Dann rückte er ihr einen Stuhl zurecht.

Barbara sah sich hilfesuchend um. War denn nirgendwo anders ein Platz für sie reserviert? Warum war sie nicht mit Frau Claasen zusammen hergekommen, dann wäre sie gar nicht erst in die Verlegenheit geraten, einem Kavalier wie Jupp entrinnen zu müssen.

Resigniert ließ sie sich neben ihm nieder. Jupp winkte den Kellner herbei und bestellte Getränke. Ihnen gegenüber saß ein angegrautes Ehepaar, das einträchtig schweigend Barbara begutachtete. Der Mann mußte einer der Bauern sein, aber welcher, das wußte Barbara nicht. Großbauer Petersen, der Gemeindevertreter für Bevenstedt, war es jedenfalls nicht. Der litt unter Bluthochdruck, und seinen kugelrunden, blanken Schädel, der rot leuchtete wie eine Geranie, konnte man nicht so leicht verwechseln. Die Bäuerin trug ein hellgraues Brokatkleid, das ihren mächtigen fleischigen Busen und den Nacken stramm umspannte. Sie hatte die Hände über dem Bauch gefaltet und schien sich kaum rühren zu können in ihrem steifen Korsett. Vor ihr stand ein Glas Bowle, genau so eins, wie es der Kellner nun auch vor Barbara hinstellte. Barbara verabscheute Bowle, vor allem Maibowle, in der neben kunterbunten Dosenfrüchten nur viel grüner Farbstoff anstelle von frischem Waldmeister in der gefährlich süßen Alkoholmixtur herumschwamm.

Neben dem schweigsamen Bauernpaar waren ein paar Plätze frei. Am Ende des Tisches hatte sich eine laute Runde aus Leuten zusammengefunden, die Barbara allesamt nicht kannte. Ein paar Tische weiter entdeckte sie Frau Claasen. Sie winkte sehnsüchtig zu ihr herüber. Frau Claasen winkte zurück und zeigte auf einen freien Platz neben sich. Aber da legte sich schon Jupps große Pranke mit den schwarzen Fingernägeln auf ihren Arm.

»Prösterchen, Frau Doktor. Nun wollen wir mal anstoßen auf unsere Gesundheit, was?«

Barbara nahm ihr Glas und nickte dem Apfelbauern zu.

»So gefallen Sie mir schon besser«, sagte Jupp. »Nun müssen Sie nur noch ein bißchen freundlicher schauen. Sie werden sehen, ich kriege Sie schon noch hin. Lassen Sie den alten Jupp man machen, der hat es noch bei jeder geschafft.« Er tätschelte ihr väterlich den Arm und ließ die Gläser aneinanderklirren.

»Ihr Apfelschnaps hat mir besser geschmeckt«, seufzte Barbara. Sie mochte kaum an der Bowle nippen.

»Das will ich wohl meinen«, sagte Jupp befriedigt und winkte den Kellner wieder herbei.

Doch ehe er etwas bestellen konnte, kam der Lehrer von der Bühne her an den Tisch und stützte sich mit den Händen auf die Tischfläche.

»Hier stecken Sie also«, strahlte er und begrüßte alle am Tisch mit einem breiten Lächeln. »Meine Frau brennt darauf, Sie kennenzulernen.«

Peter Ochs griff nach Barbaras Handgelenk und zog sie einfach am Apfelbauern vorbei von ihrem Platz. Barbara nickte Jupp entschuldigend zu und ließ sich auf die andere Seite des Saals entführen, wo sie der Lehrersgattin präsentiert wurde wie ein kostbares Geschenk, das diese sich schon lange gewünscht hatte.

Die Französin sprang auf, ergriff Barbaras Hand und zog sie gleichzeitig an sich, um ihr zwei oder drei Küsse auf jede

Wange zu geben. Barbara hatte selbst eine Vorliebe für gutes Parfum, aber das von Colette roch noch hundertmal besser als ihr eigenes. Ihre kastanienroten schulterlangen Locken, die so dicht waren wie ein Pelz, ließen ihr schmales Gesicht noch zierlicher wirken. Sie hatte lebhafte grüne Augen und eine Nase voller Sommersprossen. Sie trug ein langes schwarzes Kleid mit einer breiten Klöppelspitze im Ausschnitt und hatte sich ein bedrucktes, dunkles Fransentuch um die Schultern gelegt.

»Ich bin ja so froh, Sie endlich kennenzulernen«, sagte sie in tadellosem Deutsch mit leichtem französischen Akzent. »Sie glauben ja nicht, wie langweilig das Landleben sein kann, wenn man niemanden zum Reden hat. Man wird ganz verrückt davon. Ich habe lange in Berlin gelebt, ich bin Kostümbildnerin, und am Theater waren wir immer wie eine große Familie. Hier verzweifle ich manchmal vor lauter Einsamkeit. Aber dann schaue ich mir meine Kinder an, und ich sehe, wie gesund und frei sie hier aufwachsen. Wir haben einen wunderschönen Garten, ein Pony, zwei Hunde, drei Katzen, ein Kaninchen, ein Huhn – ja, nur eines, das andere ist davongelaufen, wie ich es am liebsten tun würde! Die Hühner, die sind wie ich, sagt Peter immer. Sie müssen uns bald besuchen.«

Sie hielt inne, um Luft zu holen, und Barbara setzte sich auf den angebotenen Stuhl an dem Tisch, wo außer dem Lehrerehepaar auch Anna-Luisa Täck Platz gefunden hatte, allerdings ohne den Dorfpolizisten. Sie war gerade in ein Gespräch mit einem ehrwürdigen, fast weißhaarigen Herrn im Smoking vertieft, wobei sie die Kunst beherrschte, so leise und doch so deutlich zu sprechen, daß man im Umkreis von einigen Metern jedes ihrer Worte verstehen konnte, obwohl es offenkundig äußerst vertraulich war. Es ging um einen Fabrikanten, der allseits bekannt war, und um ein Kulturvorhaben, das er sponsern sollte. Kurz, es ging um Geld. Der alte Herr nickte ununterbrochen.

Als der Kellner vorbeikam, bestellte Colette, ohne zu fragen, ein Glas für Barbara und eine weitere Flasche Beaujolais.

»Den habe ich hier eingeführt. Früher gab es nur Amselfelder, kennen Sie den? Ungenießbar«, sie schüttelte sich. »Ich habe gesagt, wenn ihr ein bißchen Stil haben wollt, liebe Leute, dann laßt euch vom mir eine Weinliste zusammenstellen, wie ihr sie in Frankreich nicht besser findet. Mein Vater ist nämlich Winzer, müssen Sie wissen. Kein großer, er produziert nur für den Hausgebrauch, aber in Frankreich gehört es einfach dazu, daß man sich ein bißchen auskennt mit Weinen. Sie wollen doch nicht im Ernst diese Bowle trinken? Das ist pures Gift!«

Während Colette das Gespräch weiter allein bestritt, setzte Barbara sich so, daß sie etwas besser den Saal überblicken konnte.

»Da ist er ja«, rief Colette plötzlich und winkte aufgeregt.

Barbara hatte keine Ahnung, wen sie meinte. Auf der Bühne hatte sich ein großes Blasorchester aufgebaut, das in Kürze jedes Gespräch unmöglich machen würde. Fast alle Männer waren aus dem Saal verschwunden und befanden sich jetzt oben auf der Bühne.

»Doktor Stähr«, rief Colette und winkte so heftig, als befände sie sich an der Reling eines auslaufenden Ozeanriesen.

Der Arzt stand am Rande der Tanzfläche und hatte den Arm um die Schultern einer Frau in einem dunklen Tweedkleid gelegt. Dieses winterliche Wollkleid hatte Barbara heute abend schon einmal gesehen. Auch das weiße Tüchlein, das so um den Hals gebunden war, daß ihr zwei Zipfel neckisch über die Schulter flatterten. Aber erst als die beiden sich umdrehten, erkannte Barbara die Arzthelferin Frau Claasen.

Sie wandte sich erschrocken ab. Einen Augenblick später setzte die Musik ein.

Kapitel 10

Vor dem Gasthof kam ihm Theo entgegen.

»Haste mal 'ne Kippe?« fragte Freddi. Theo schüttelte den Kopf und hielt ihm seine brennende Zigarette hin. Freddi nahm gierig einen tiefen Zug. Genießerisch stieß er den Rauch wieder aus und zog dann noch einmal.

»Ich denke, du hast Hausarrest«, bemerkte Theo.

»Wer sagt das?«

»Deine Alte. Sie ist schon drinnen. Dein Alter auch. Hat schon einen in der Krone.«

»Das war mir klar.«

»Vielleicht ist er jetzt auch gerade mit den Bläsern auf der Bühne.«

Freddi schüttelte den Kopf.«

»Ist letzte Woche rausgeflogen. Alkohol im Dienst!«

»Das ist die einzige Möglichkeit, wie man den verdammten Häger loswerden kann«, lachte Theo.

Elmar Häger, der Leiter des »Bläserkreises Bevenstedt«, war Organist in der Klosterkirche in Cismar. Einen eigenen Kirchenmusiker konnte sich Bevenstedt nicht leisten, und mangels Kirchenorgel hätte er auch keine wirkliche Betätigung gehabt. Darum mußte man für den örtlichen Bläserkreis einen externen Musiker verpflichten, sehr zum Leidwesen der kulturbeflissenen Bürger des Dorfes. Diese hatten sich zum Ziel gesetzt, über kurz oder lang dafür zu sorgen, daß die Kirchenorgel restauriert würde und wieder ein eigener Musiker ins Dorf käme, der dann auch den Bläserkreis wieder mit dem nötigen Einfühlungsvermögen führen sollte. Dem gehörten ausnahmslos alle männlichen Einwohner des Ortes an, sowie sie kräftig genug waren, um ein Blasinstrument zu halten. Nur schwerwiegende Gründe konnten einen Mann von dieser geselligen Pflicht befreien. Selbst offenkundigste Unmusikalität wurde nicht gelten gelassen. Ein Pfarrer im Dorf war teuer und nutzte eigentlich niemandem. Musik aber mußte sein.

Bis jetzt hatte jedenfalls noch Elmar Häger das Sagen. Und als erklärter Alkoholgegner war er besonders unnachgiebig, was die Trinkgewohnheiten der Mitglieder anging. Falsche Noten mußten hingenommen werden. Trunkenheit am Instrument hingegen wurde streng geahndet.

Theo zog ein zerknittertes Zigarettenpäckchen aus der Hosentasche.

»Das ist meine letzte. Und ich bin pleite«, sagte er und wich Freddis Hand aus. »Geh doch rein und schnorr woanders.«

»Du bist auch kein Kumpel mehr«, sagte Freddi. »Ich habe zwei Tage auf dem Dachboden gehockt, keine Kippen und nichts Anständiges zu Essen.«

»Bist du ausgebüxt, oder was?« bohrte Theo. »Dann laß dich da drin man nicht erwischen.«

»Danke für den Tip. Wär' ich von allein nicht drauf gekommen. Hast du Mareike schon gesehen?«

»Nö«, sagte Theo und zündete die letzte Zigarette an, nahm einen Zug und reichte sie seinem Freund.

»Du kannst durchs Klofenster steigen. Bei Herren ist mal wieder die Luke offen, habe ich vorhin gesehen. Am besten, die Saalwache sieht dich gar nicht erst.«

»Ist ja gut«, sagte Freddi und schlenderte davon. Es wurde langsam dunkel. Die Außenbeleuchtung des Gasthauses wurde angeschaltet, genau wie die Straßenlampen. Freddi genoß die Zigarette bis zum letzten Tabakkrümel und schlenderte einmal rund um das Gasthaus. Das Getöse des Bläserkreises war auch draußen so laut zu hören, daß man dazu tanzen konnte, wenn man auf deutsche Volkslieder stand. Später am Abend würden sie dann noch eine zweite Vorstellung geben mit dem *Ententanz, Auf der Reeperbahn nachts um halb eins* und anderen Klassikern. Zwischendurch lockte wie immer ein Einmannunterhalter mit seiner Yamaha-Orgel die Leute auf die Tanzfläche. Am Ende gab es Disco bis zum Morgengrauen.

Freddi überquerte den Hof des Gasthauses. Der alte Schäferhund war in seinem Zwinger, Freddi kannte ihn gut. Er jaulte ein bißchen, bis er gekrault wurde, dann gab er wieder Ruhe. Aus den Küchenfenstern drangen Essensdünste, dort wurde auf Hochtouren gearbeitet. Das Bläsergetöse war auch hier hinten ohrenbetäubend.

Hinter den Küchenfenstern lagen die Klofenster, erst das der Damentoilette, dann das vom Herrenklo. Das Fenster der Herrentoilette war nicht vergittert. Aus irgendwelchen Gründen hielt man die Einstiegsgefahr dort wohl für nicht so groß. Freddi konnte kaum zählen, wie oft er schon durch dieses Fenster in den Gasthof eingestiegen war. Ein paarmal zusammen mit Theo, ein paarmal allein. Geklaut hatten sie kaum je etwas, nur einmal ein Portemonnaie aus einem Jakkett, das ein später Gast auf dem Flur hatte hängenlassen. Es waren nur zwanzig Mark drin gewesen. Es war einfach eine Art Sport, hin und wieder mal bei Mohr reinzuschauen. Einmal hatten sie sich in der Küche so richtig den Bauch vollgeschlagen. Theo hatte noch ein paar Würste mit nach Hause genommen. Sein Vater fragte nicht nach, woher die Sore kam. Und seine Mutter, die Schwester von Freddis Vater, war schon vor langer Zeit abgehauen.

Mit einem Satz zog Freddi sich am Fenstersims hoch. Er hatte Glück, die Kabine unter dem Fenster war frei. Er ließ sich leise wie ein Kater auf die Erde gleiten und verriegelte sachte die Tür. Es gab drei Kabinen, er konnte in Ruhe abwarten, bis er sicher war, daß sich außer ihm niemand im Toilettenraum aufhielt. Dann konnte er auf den Gang hinausschlüpfen.

Er hockte sich einen Augenblick auf den Klodeckel und atmete tief durch.

»Ich habe es jetzt schwarz auf weiß«, sagte plötzlich eine Stimme. Freddi erschrak bis ins Mark, bis er begriff, daß man nicht mit ihm sprach. »Und ich werde nicht schweigen wie die anderen. Dein Spiel ist aus, und das weißt du auch.«

»Du hast ja keine Ahnung, es war doch alles ganz anders«, antwortete eine andere Stimme. Diese Stimme kannte Freddi. Sie gehörte Kalle Diem. Er verhielt sich mucksmäuschenstill.

»Geh und stell dich endlich der Polizei«, fuhr die erste nun lauter fort. Freddi spitzte die Ohren. War das nicht Ludger Frien?

»Das hättest du wohl gern«, erwiderte Kalle Diem. »Du hast mich doch schon ruiniert, ich bin total am Ende, was willst du denn noch? Willst du mich auch noch in den Knast bringen?«

Frien lachte böse.

»In den Knast bringst du dich ganz allein, mein Lieber. Du hast dir das alles ganz allein zuzuschreiben. Am Dienstag morgen gehe ich mit den Unterlagen zur Polizei. Du hast also noch Gelegenheit, dich selbst zu stellen. Vielleicht kommst du dann mit einer Bewährungsstrafe davon. Und was das Geld angeht – ich lasse mit mir reden. Aber erst, wenn du diese Sache aus der Welt geschafft hast. Du hast eine letzte Chance, nutze sie.«

»Das kannst du doch nicht machen! Ich war es doch gar nicht. Ich bin unschuldig!«

Ein Wasserhahn wurde aufgedreht, dann sprang der Händetrockner an. Frien antwortete noch irgend etwas, aber Freddi konnte nichts mehr verstehen. Dann verließen die beiden Männer den Toilettenraum.

Freddi schloß leise seine Kabine auf und spähte um die Ecke. Der Raum war leer.

Kapitel 11

Die Montagssprechstunde war, wie immer, besonders voll. Im Krankenhaus war das genauso gewesen. Barbara hatte eine Weile in der Notaufnahme gearbeitet. Dort war es natürlich am Freitag- und Samstagabend besonders hoch hergegangen wegen der vielen Unfälle, oft nach Alkoholgenuß. Trotzdem hob sich der Montag immer von den anderen Tagen ab. Samstags und sonntags brachen die Krankheiten aus, ohne daß der Hausarzt zu erreichen war. Montag morgens strömten diese Patienten in die Arztpraxen, um sich Rat und Hilfe zu holen. Montags wollten grundsätzlich mehr Menschen krank geschrieben werden als mittwochs oder donnerstags, freitags so gut wie nie. Auch viele chronisch Kranke hatten die Angewohnheit, am Wochenanfang erst mal ihren Hausarzt zu konsultieren.

Ganz so schlimm war es in der Gemeinschaftspraxis Stähr-Pauli nicht, aber es war schon viel Betrieb an diesem Montag, und kurz vor neunzehn Uhr, als nur noch ein einziger Patient im Wartezimmer saß und in den zerlesenen Zeitschriften blätterte, verließ Barbara ihr Sprechzimmer für einen Augenblick durch eine Seitentür und schaute bei Frau Claasen in die Aufnahme.

»Ist Karl-Heinz Diem wirklich der letzte, oder stehen noch Hausbesuche an? Ich bin total kaputt.«

Frau Claasen hatte schon Hut und Mantel übergezogen und war gerade dabei, die Rollschränke abzuschließen.

»Nein, Barbara, für heute ist Schluß. Wenn Sie wollen, setze ich zu Hause schon mal das Essen auf. Sie haben heute mittag ja nichts Warmes bekommen, oder?«

»Stimmt«, sagte Barbara und lächelte dankbar. »Warum ißt der Doktor eigentlich nicht mit uns? Eine bessere Köchin als Sie findet er sicher nicht so leicht in Bevenstedt.«

Frau Claasen nahm das Kompliment gelassen hin.

»Der Doktor ist Vegetarier«, sagte sie halb flüsternd, als wäre dies eine Intimität, die sie eigentlich gar nicht ausplaudern durfte. »Ich würde mich ja bemühen, es ihm recht zu machen, aber er hat mich bisher noch nie darum gebeten. Soll ich nun Herrn Diem hereinbitten? Er will nur ein Rezept für seine Frau, glaube ich.«

»Ich kenne seine Frau ja gar nicht«, sagte Barbara. »Wie kann ich da ein Rezept für sie ausstellen? So etwas mache ich nicht gern. Was hat sie denn?«

»Ich habe Ihnen ihre Karteikarte vorsichtshalber mit reingelegt. Sie ist ein besonderer Fall. Dr. Stähr sagt immer ›unsere Madonna‹ zu ihr. Vielleicht haben Sie sie auf dem Ball gesehen, sie kam ziemlich spät und hat den ganzen Abend über mit Herrn Frien getanzt. Sie wissen schon, das ist der Holzhändler, dem auch die Fabrik gehört.«

Barbara überlegte einen Augenblick und mußte dann feststellen, daß sie sich an das Ende des Balls nicht besonders gut erinnerte. Der Rotwein von Colette und ihre anregenden Gespräche hatten sie ganz und gar in Beschlag genommen. Sie schüttelte den Kopf.

Der letzte Rolladen fuhr mit lautem Krachen ins Schloß.

Barbara ging über den Flur in die Kaffeeküche und trank einen Schluck Leitungswasser, das immer noch ungewohnt schmeckte: glasklar wie Quellwasser, ein bißchen nach Eisen, ganz anders als das Hamburger Wasser. Dann betrat sie ihr Sprechzimmer, in dem Karl-Heinz Diem schon wartete. Er war ein großer, stattlicher Mann mit dicken Muskelpaketen unter dem dunkelblauen Pullover. Sein Gesicht war von Wind und Wetter gegerbt, mit eisblauen Augen fixierte er sein Gegenüber. Er hatte blonde, modisch geschnittene Haare, im Nacken kurz und mit einer prächtigen Tolle über der Stirn, die er gern mit Schwung nach hinten warf. Barbara schätzte ihn auf unter Dreißig und stellte mit einem Blick auf die Karteikarte fest, daß sie recht hatte. Er war bisher nur einmal in der Praxis gewesen, wegen eines Überbeins an der rechten Hand. Dr. Stähr hatte ihn an einen Chirurgen in Oldenburg verwiesen und anschließend die Narbe nachbehandelt. Sonst gab es keine Einträge.

»Was führt Sie zu mir«, begann Barbara und registrierte, daß ihr der gutaussehende Mann gefiel. Nach so vielen alten und kranken Leuten war es eine Wohltat, diese kraftstrotzende Gesundheit vor sich zu sehen.

»Ich komme wegen meiner Frau«, sagte Diem leise.

Barbara Pauli erschrak. Sie richtete sich auf und beobachtete den Mann mit höchster Aufmerksamkeit. Irgend etwas stimmte nicht mit ihm. Seine Stimme war schwach und tonlos wie die Stimme eines Schwerkranken.

»Was ist mit Ihrer Frau?« fragte sie.

»Nichts Besonderes«, sagte Diem und schaute auf den Boden. Er stützte sich mit den Ellbogen auf den Knien ab. Zwischen den Händen faltete er immer wieder ein Stück Papier, das schon ganz schmutzig und zerknittert aussah. »Sie möchte nur ein neues Rezept haben. Der Doktor hat es mir immer mitgegeben.«

Barbara Pauli schlug die zweite Karteikarte auf, die Frau Claasen ihr bereitgelegt hatte.

»Nicole Diem, geborene Stratmann, geb. am 2. 11. 1975 in

Kiel. Chronisch depressive Verstimmungen mit zeitweisen schweren Schlafstörungen« lautete der letzte Eintrag. »Pat. besteht auf Verordnung von Benzodiazepinen – Verdacht auf Abhängigkeit.« Benzodiazepine waren Nacht-Tranquilizer, die den Tiefschlaf veränderten. Versuchte man, die Medikamente nach einer Weile abzusetzen, klagten die Patienten häufig über vermehrte Schlafstörungen, Schwindel, Kopfschmerzen und andere Symptome.

»Ihre Schlafpillen sind alle. Sie kann einfach nicht einschlafen ohne die Dinger. Ich fahre gleich nach Neustadt, die Hirsch-Apotheke hat Notdienst«, sagte Diem.

Barbara versuchte, dem Mann in die Augen zu schauen, aber Karl-Heinz Diem wich ihrem Blick aus.

»Ich müßte mir die Patientin erst ansehen«, sagte Barbara zögernd. »Ich kann nicht einfach ein Schlafmittel verordnen. Noch dazu ein so starkes.«

Diem sah auf. Eine zornige Falte trat zwischen seine Augen.

»Ist Dr. Stähr denn nicht da? Er kennt Nicole. Sie hat einfach mal wieder über den Durst getrunken am Samstag auf dem Ball, danach kriegt sie immer ihren Moralischen.«

»Das mag richtig sein. Ich muß sie mir trotzdem ansehen. Vielleicht braucht sie ganz andere Hilfe als ein Schlafmittel. Das kann ich von hier aus nicht beurteilen. Haben Sie etwas dagegen, wenn ich Sie nach Hause begleite?«

Diem sah mürrisch auf den Boden, als lägen dort noch ein paar Argumente für ihn herum, und schüttelte dann verständnislos den Kopf.

»Meinetwegen. Aber ich bin zur Fuß hier.«

»Nehmen wir meinen Wagen«, sagte Barbara.

Das Haus der Diems lag im Neubauviertel, kurz vor dem Ortsausgang an der Ausfallstraße nach Oldenburg. Auf einem geteerten Platz vor der Garageneinfahrt stand ein langer Lastzug, der ziemlich neu wirkte. Das Führerhaus sah richtig schick aus, wie das eines amerikanischen Trucks. Barbara pfiff bewundernd durch die Lippen.

»Ist das Ihrer? Der sieht ja toll aus.«

»Gehört mehr oder weniger der Bank«, sagte Diem, aber ein bißchen Stolz lag trotzdem in seiner Stimme. Er schien überhaupt etwas lebendiger geworden zu sein, seitdem sie die Praxis verlassen hatten. Vielleicht hatte er notorische Angst vor Ärzten, es gab solche Leute. Auch unter großen, starken Männern. Vor allem, wenn sie eine Injektion oder Blutentnahme über sich ergehen lassen mußten.

Der Neubau der Diems war nicht weniger schick. Ein großzügiger Bungalow mit Walmdach, Außenkamin und riesiger Terrasse. Die Fenster in der unteren Etage waren mit eisernen Rolläden versehen, und im Obergeschoß waren überdachte Balkone angebracht. Der Garten war noch nicht angelegt, überall lagen große Sand- und Erdhaufen herum.

Barbara parkte auf der Straße vor der Garage, deren Tor geschlossen war.

»Kann ich hier stehenbleiben?«

»Natürlich. Der Wagen meiner Frau ist in der Werkstatt. Darum bin ich ja auch zu Fuß gekommen. Den Truck wollte ich nicht extra anschmeißen.«

Karl-Heinz Diem schloß die Haustür auf und stieß einen kurzen Pfiff aus, so wie man einen Hund ruft.

»Ich bin oben«, ertönte eine mädchenhafte Stimme.

Diem sprang mit wenigen Schritten die breite, geschwungene Steintreppe hoch und beugte sich, fast oben angekommen, über das Geländer, um seine Frau zu informieren.

»Die Ärztin ist mitgekommen. Sie möchte dich sehen.«

»Aber warum denn?« hörte Barbara Nicole Diem fragen, worauf ihr Mann leise und hastig auf sie einsprach. Schließlich rief er herunter: »Machen Sie es sich im Wohnzimmer bequem. Meine Frau kommt gleich. Nehmen Sie sich einen Drink, wenn Sie wollen. Es ist alles da.«

Barbara ging langsam über die geräumige Diele ins Wohnzimmer, das aussah wie ein Möbellager. Schwarze und weiße Ledermöbel standen überall herum, aber an den Wänden hing kein einziges Bild. Eine noch nicht ganz aufgebaute Hi-Fi-Anlage und ein riesiger Fernseher standen auf dem Boden. Aber alles sah aus, als sei es hier nur vorübergehend abgestellt worden und würde bald wieder abgeholt. Die Diems mußten gerade erst eingezogen sein. Es roch noch nach Farbe und hinter der Wohnzimmertür aus getöntem Glas sah Barbara Farbeimer stehen. Eine Leiter lehnte neben der Terrassentür.

Ehe Barbara die Hausbar, die aus einer Ansammlung von halbvollen und leeren Bacardi- und Colaflaschen und ein paar Gläsern bestand, genauer in Augenschein nehmen konnte, kam Diem mit seiner Frau die Treppe herunter und schob sie vor sich ins Wohnzimmer wie eine schüchterne Schülerin, die zum ersten Mal ihre neue Klasse betritt.

»Das ist meine Frau Nicole«, erklärte er überflüssigerweise, und Barbara drückte kurz die kleine, weiche Hand, die ihr halbherzig hingehalten wurde.

Frau Diem sah aus wie eine Anziehpuppe. Sie war klein und zierlich, hatte einen kräftigen Schopf hellblond gefärbter Locken und trug einen kurzen rosafarbenen Bademantel. Ihre Füße waren bloß. Ihr Gesicht war ungeschminkt, man sah jedoch noch Spuren von Lidschatten über den blauen Augen, und sie hatte sich schnell die Lippen hellrosa angemalt. Wenn sie lächelte, leuchteten ihre weißen spitzen Zähne zwischen den vollen Lippen auf. Eine Frau wie ein Kind. Der mächtige, muskulöse Diem wirkte daneben wie ein Baum.

»Können wir uns kurz setzen?« schlug Barbara vor, denn

das Ehepaar Diem schien mit der Situation völlig überfordert zu sein.

»Bitte schön«, sagte Nicole und wies auf das schwarze Sofa, auf dem ein paar Zeitschriften und ein Mohairpullover herumlagen. Ein Stapel Bügelwäsche blockierte den Ledersessel daneben. »Ich bin heute zu nichts gekommen«, entschuldige sie sich. »Ich habe mich einfach nicht wohl gefühlt.«

Sie sah auf zu ihrem Mann, der sich schließlich in Gang setzte und die Sachen mit ein paar ungeduldigen Gesten auf die Erde fegte.

»Frau Doktor will sehen, wie es dir geht, bevor sie dir ein neues Rezept ausstellen kann.«

»Aber ich habe doch noch Tabletten«, sagte Nicole und sah überrascht von Barbara zu ihrem Mann.

»Aber sie wirken ja nicht mehr«, sagte Kalle Diem barsch.

»Dr. Stähr hat Ihnen sehr starke Schlaftabletten verschrieben«, sagte Barbara. »Es ist unmöglich, daß die nicht wirken. Was sind denn Ihre Beschwerden?«

Frau Diem sah wieder ratlos zu ihrem Mann. Wenn sie nicht so akzentfrei deutsch gesprochen hätte, hätte man glauben können, sie sei der deutschen Sprache nicht mächtig. Entweder war die Frau strohdumm, oder irgend etwas war hier faul.

»Du hast gesagt, du kannst nicht einschlafen«, sagte Diem und funkelte seine Frau an. »Und du brauchst neue Tabletten. Jetzt erzähl nicht wieder etwas anderes.«

»Ja«, sagte Nicole Diem eingeschüchtert. »Mein Mann hat recht. Ich brauche andere Tabletten, die alten wirken einfach nicht mehr. Soll ich sie mal holen?«

»Nein«, sagte Barbara. »Lassen Sie sie ruhig, wo sie sind. Wenn sie Ihnen nicht helfen, lassen Sie sie einfach weg. Wollen Sie nicht einmal in meine Sprechstunde kommen, damit wir in Ruhe Ihre Probleme bereden können? Was halten Sie davon, Frau Diem?«

Nicole Diem schwieg. Barbara fing an, ihre Entscheidung, Karl-Heinz Diem nach Hause zu folgen, zu bedauern. Warum hatte sie ihm nicht einfach die verdammten Tabletten aufgeschrieben und war nach Hause gegangen? War sie denn von der Heilsarmee? Wenn die beiden hier in einer Ehekrise steckten oder sonst irgendwelche Probleme hatten, würden sie mit ihr sowieso nicht darüber sprechen. Es ging sie ja auch schließlich nichts an.

»Ich kann Ihnen jedenfalls nicht einfach ein starkes Schlafmittel verschreiben, ehe ich Sie eingehend untersucht habe«, sagte Barbara und stand auf. »Sonst müssen Sie morgen früh zu Dr. Stähr gehen. Vielleicht kann er Ihnen helfen.«

Nicole Diem blieb sitzen und starrte weiter auf den Boden. Ihr Mann erhob sich.

Schweigend geleitete er die Ärztin zur Tür.

»Tut mir leid«, sagte er, und seine Stimme war wieder so tonlos wie zuvor in der Praxis. »Wir haben im Augenblick ein paar Sorgen. Nicole nimmt sich alles so sehr zu Herzen. Der Bau und so weiter«, er machte eine vage Geste. »Das war alles ein bißchen zuviel für sie. Tut mir leid, daß Sie sich umsonst herbemüht haben. Aber könnten Sie nicht doch einmal eine Ausnahme machen?«

»Nein«, sagte Barbara bestimmt. »Ich würde Ihnen gerne helfen, aber nicht auf diese Weise. Machen Sie zusammen noch einen kleinen Spaziergang, das wirkt manchmal Wunder, wenn man nicht einschlafen kann. Und trinken Sie keinen Alkohol, der stört den Schlaf wesentlich, auch wenn man zu Anfang meint, besser einschlafen zu können. Wenn es ihr heute abend noch schlechter gehen sollte, rufen Sie mich unbedingt an. Meine Nummer haben Sie doch, oder?«

»Sicher«, sagte Diem und öffnete die Haustür. »Die haben wir.«

»Sind Sie nicht von hier?« fragte Barbara, als sie schon auf der Treppe stand. »Aus Bevenstedt, meine ich?«

»Ich bin hier aus der Gegend. Aber meine Frau kommt aus der Stadt. Sie kann sich nicht richtig eingewöhnen. Und die anderen nehmen sie nicht auf in ihre Kreise. Wenn's einem dann noch gutgeht, besser als den anderen ...«

»Geht's Ihnen denn wirklich so gut?« fragte Barbara.

»Könnte im Grunde besser gehen. Wenn die Sache mit der Scheinselbständigkeit nicht wäre ...«

»Was meinen Sie?«

»Diese neue Verordnung, nach der man nicht mehr als selbständig gilt, wenn man hauptsächlich für einen einzigen Auftraggeber arbeitet. Das macht das Fuhrgeschäft kaputt. Wir haben doch alle unsere festen Auftraggeber. Aber glauben Sie, daß die uns darum fest einstellen wollen? Die sind doch froh, daß sie uns an der langen Leine haben.«

»Sie haben geschäftlich darunter zu leiden?«

Diem winkte ab und sah über Barbaras Kopf hinweg aufs Dorf.

»So schnell kriegen die mich nicht klein. Mich nicht, da haben die sich geschnitten. Tschüs, Frau Doktor.«

Ehe Barbara sich verabschieden konnte, hatte Diem schon die Tür geschlossen.

Kapitel 12

Barbara schlief schlecht in dieser Nacht, und am Morgen wachte sie erst auf, nachdem das Piepen des Weckers sich quälend in ihre Träume gebohrt hatte. Sie fühlte sich matt und sorgenvoll und stellte sich lange unter die Dusche, um sich vom heißen Wasser trösten zu lassen.

Wie oft schon hatte sie sich vorgenommen, sich von Thomas zu trennen, weil ihre Lebensweisen einfach zu verschieden waren! Vor allem während des Studiums und ihrer langen Ausbildung. Wenn sie morgens früh rausmußte, manchmal schon um fünf Uhr, um zur Frühschicht ins Krankenhaus zu hetzen oder zu einer Vorlesung, einem Praktikum, ging er gerade erst ins Bett. Er fing erst abends an, richtig aufzuleben. Sie blieb nachts nur wach, wenn sie Nachtschicht hatte. Wenn sie dann mittags oder am späten Vormittag nach Hause kam, stand Thomas gerade auf. Wenn er in Kneipen gespielt hatte, roch er penetrant nach Tabak und Alkohol, obwohl er nicht rauchte und kaum Alkohol trank, während sie vor Müdigkeit und Gereiztheit fast ausflippte. Irgendwie hatte er es aber doch immer wieder geschafft, sie zu halten, zu bezaubern mit seiner Musik, mit seinen versponnenen Plänen und Träumereien und mit seiner Großherzigkeit.

»Das ist doch nur die Ausbildung, die so hart ist«, hatte er immer gesagt. »Wenn du erst Frau Doktor bist, kannst du genauso lange schlafen wie ich. Wir suchen für dich eine schöne Landarztpraxis mit lauter netten Patienten, die dich anhimmeln und vergöttern – was willst du mehr? Du verdienst genug Geld und bist dein eigener Herr – ich schmeiße den Haushalt und passe auf unsere Kinder auf, und dabei komponiere ich einen Hit nach dem anderen.«

Damals hatte sie sich köstlich amüsiert über seine Spinnereien. An einem Morgen wie diesem konnte sie gar nicht mehr darüber lachen. Sie mußte noch immer viel zu früh aufstehen, war mitnichten ihr eigener Herr, und von Anhimmelei und Vergötterung der Patienten konnte auch keine Rede sein.

Sie trocknete sich mit einem kratzigen Handtuch ab und rieb einen kleinen Fleck in der Mitte des beschlagenen Spiegels trocken. Dann betrachtete sie sich mit kritisch zusammengekniffenen Augen.

»Was sagst du dazu, Tante Tina?« murmelte sie leise. »Soll ich auf Thomas warten, soll ich ihm noch einmal eine Chance geben, oder soll ich zurückgehen in die Stadt und mich endgültig von ihm trennen und von seinen Flausen vom romantischen Leben auf dem Land?«

Ihr Spiegelbild zog ernst die Augenbrauen zusammen, bis sie wie ein dunkler Balken über den schmalen Augenschlitzen standen. Tante Christina war ledig geblieben, ihr ganzes Leben lang. Sie hatte nur für ihren Beruf gelebt – sie war Fachärztin für innere Medizin und Oberärztin im St.-Jürgen-Krankenhaus in Bremen gewesen. Nicht einmal für sie, Barbara, war sie bereit gewesen, ihren Lebensstil zu ändern, als Barbaras Eltern bei einem Autounfall starben und die Elfjährige als Vollwaise zurückließen. Tante Tina hatte sie ins Internat geschickt. Nur in den Ferien hatte sie zu ihr kommen können, dann allerdings war sie ganz für sie dagewesen. Und bei ihrem Tod vor zwei Jahren hatte sie Barbara ein ansehnliches Sparguthaben hinterlassen.

Mit einemmal stieg Barbaras Laune sprunghaft an. Als wäre der Himmel aufgerissen und die Sonne wieder zum Vorschein gekommen. Sie mußte plötzlich an Thomas' Gesicht denken, wenn er sich an die große Kirchenorgel in der Altonaer Friedenskirche setzte. Ein Lächeln auf den Lippen, wie ein großer Genießer, dem gerade ein köstliches Menü vorgesetzt wurde. Ganz ohne Gier, aber erfüllt von der Vorfreude auf das Kosten allerfeinster Qualität. Seine Hände, die über den Tasten schwebten wie die Hände eines geübten Operateurs, der genau wußte, wie sein erster Schnitt aussehen würde, der nicht die geringste Angst hatte zu versagen. Dieser Blick, der konzentriert nach innen ging. Das Lauschen auf die Sprache der Noten, die zu übersetzen er sich zur Aufgabe gemacht hatte. Und wenn er dann anfing zu spielen, leicht und beseelt, fast selig vor Glück, dabei ihren Blick suchend...

»Danke, Tantchen«, sagte Barbara und schlang sich das Handtuch um den Kopf wie einen Turban. »Ich gebe ihm noch einmal eine Chance.«

Kapitel 13

Ab Montag durfte Freddi wieder zur Schule.

Am Sonntag morgen, nachdem sein Vater aus seinem Rausch erwacht war und ein paar klare Minuten hatte, ehe er zum Frühschoppen ging, kam er hoch auf den Dachboden, auf den Freddi sich nach seinem nächtlichen Ausflug vorsichtshalber wieder zurückgezogen hatte. Er lag auf der Luftmatratze und las in einem Comic. Die Tür war nur angelehnt.

»Hat deine Mutter die Tür aufgelassen«, bemerkte Walter Scholz und ließ offen, ob dies eine Feststellung, eine Anklage oder eine Frage war. »Viel zu gutherzig, die Weiber.« Ächzend ließ er sich neben seinem Ältesten auf dem umgekehrten Faß nieder.

Freddi starrte, ohne aufzusehen, in seinen Comic. Wenn er sich ganz ruhig verhielt, konnte er vielleicht den unweigerlichen Schlägen entgehen.

Sein Vater zog an der Zigarette, die er immer im Mundwinkel hängen hatte, und ließ den Rauch geräuschvoll ausströmen.

»Willst wohl nicht mit mir sprechen, was?«

Freddi ließ das Heft sinken, sah aber nicht auf, um dem Blick seines Vaters nicht zu begegnen.

»Hm«, brummte Walter Scholz. Es klang abschließend,

aber auch ein bißchen ratlos. Schließlich raffte er sich zu einer Art Kommentar auf: »Eines Tages wirst du mich schon noch verstehen. Ich will ja nur dein Bestes, Junge. Ich kann dir doch nicht alles durchgehen lassen. Wer hat dir denn beigebracht, Fahrräder zu klauen?«

»Niemand«, sagte Freddi.

»Also von mir hast du das nicht.«

Freddi schwieg.

»Wir waren immer ehrliche Leute. Nicht mal in der Not würden wir stehlen gehen, deine Mutter und ich.«

»Aber Mama hat früher immer anschreiben lassen bei Edeka, und wenn die Plettenbergsche nicht aufgepaßt hat, hat sie zwei Pakete Butter eingepackt statt einem.«

Walter Scholz hob drohend die Hand. Eine dicke Ader auf seiner Stirn schwoll an.

»Sag das nicht noch mal, Junge, sonst prügel ich dich so lange, bis du die Wahrheit auf deinem Hinterteil ablesen kannst. Nicht nur stehlen tust du, sondern auch noch lügen!«

Freddi biß sich auf die Zunge. Er wußte ganz genau, daß er die Wahrheit sagte, und Vater wußte das auch. Er hatte doch manchmal selbst dabeigestanden und hinterher nur mit Mutter geschimpft, weil sie so unvorsichtig gewesen war. Und Vater selbst hatte schon so oft Holz gestohlen und fischte schwarz, weil die Angelkarte so teuer war. Er prahlte sogar damit in der Kneipe, wenn er einen zuviel gehoben hatte. Aber Freddi würde den Teufel tun, solche Details jetzt zu erwähnen. Das hieße ja, um Schläge betteln.

»Was soll ich nun mit dir machen?« fuhr Walter Scholz fort. »Was soll ich noch machen, damit aus dir mal ein anständiger Mann wird?«

Er fing langsam an, seinen Gürtel aus der Hose zu ziehen. Freddi hielt die Luft an. Er fürchtete nicht so sehr die Schmerzen, aber die Demütigung, geprügelt zu werden wie ein Hund, brachte sein Herz zum Rasen. Am liebsten würde er davonrennen, immer weiter, bloß weg, und nie wieder zurückkommen. Er umklammerte sein Comicheft und biß sich auf die Lippen, bis sie ganz weiß wurden.

»Steh auf und zieh deine Hosen runter«, sagt Scholz und erhob sich. Trotz seiner Trunksucht war er immer noch ein starker und kräftiger Mann, viel stärker als Freddi, der allerdings wendiger war. Aber Angst und Wut lähmten den Jungen. Er blieb sitzen und wehrte den zischenden Lederriemen mit den Armen ab. Ein Schlag riß ihm einen roten Striemen ins Gesicht, der wie Feuer brannte. Freddi sprang auf und stolperte zur Tür. Sein Vater folgte ihm und riß ihn zurück. Er brüllte unentwegt etwas, Freddi verstand nicht, was. Die Hiebe gingen ohne Pause auf ihn nieder. Schließlich blieb Freddi wehrlos am Boden liegen.

Walter Scholz keuchte von der Anstrengung. Er ließ sich wieder auf dem Faß nieder und steckte sich eine neue Zigarette an. Dann fummelte er den Gürtel wieder in die Hose.

»Das wird dir eine Lehre sein, mein Junge. Ich schlage dich nicht gern, aber was sein muß, muß sein. Geh jetzt runter zu deiner Mutter, und zieh dir saubere Sachen an. Heute ist der Tag des Herrn. Da wollen wir Gnade vor Recht ergehen lassen.«

Seitdem hatte Freddi seinen Vater nicht wiedergesehen. Er hatte auch kein Verlangen danach. Die Striemen am Hals und auf dem Rücken brannten immer noch, aber Freddi war Schmerzen gewohnt und hatte schon vor langer Zeit aufgehört zu jammern, weil er sich sonst noch elender fühlte.

Am Montag morgen hatte er sich einen Schal um den Hals gebunden und die Haare mit Wasser straff auf die Seite gekämmt, auf die ihn der schlimme Hieb getroffen hatte. Sein altes Fahrrad kam ihm jetzt wie eine Staatskarosse vor, und als er sich draufschwang und auf der Landstraße nach Lensahn zur Schule fuhr, fühlte er sich so frei und glücklich wie ein Vogel.

Auch am Dienstag morgen fuhr er pünktlich zu Hause los. Der Sommer war in den Tagen, die er auf dem Dachboden verbracht hatte, ein kleines Stückchen näher gerückt. Die Kastanien blühten, und die Wegränder säumte der Löwenzahn. Seit ein paar Tagen blühte der Raps, bald würde er die ganze Gegend mit seinem grellen Gelb und seinem scharfen Geruch dominieren.

Freddi trat kräftig in die Pedale, auch auf die Gefahr hin, daß seine Kette wieder absprang. Vor dem letzten Haus des Neubaugebiets, dem Bungalow von Karl-Heinz und Nicole Diem, rollte er etwas langsamer. Der große schwarze Truck von Kalle stand vor der Tür, das war ungewöhnlich an einem Wochentag. Der Spediteur fuhr am Morgen meistens früh los und kam erst spät abends zurück. Einmal hatte Freddi Nicole in dieser Zeit besucht. Nicole war eine tolle Frau. Aber so leicht zu haben, wie man sich im Dorf erzählte, war sie nicht. Jedenfalls nicht für einen wie ihn. Nicht, daß sie nicht begriffen hätte, was er von ihr wollte. Genau wie seine Cousine damals, mit der er es oben bei Johns auf dem Heuboden gemacht hatte. Für ihn war es das erste Mal gewesen, für seine Cousine nicht. Sie hatte genau gewußt, was sie wollte, und es ihm gezeigt. Mit Nicole war es natürlich etwas ganz anderes. Sie war gewissermaßen eine Fachfrau. Sie hatte tatsächlich ein Negligé getragen, am hellichten Tag. Aber irgend etwas hatte sie von ihm erwartet, was er ihr nicht gegeben hatte. Geld konnte es doch wohl nicht sein. Er hatte nichts, das konnte sie sich ja denken. Inzwischen war Freddi aber zu der Auffassung gelangt, daß sie doch Geld erwartet hatte, und sich vorgenommen, es noch einmal bei ihr zu versuchen, wenn er ein paar Mark beisammenhatte.

Er war schon fast an dem Bungalow vorbeigeradelt, als er sich noch einmal umdrehte und plötzlich Nicole oben auf dem Balkon stehen und winken sah. Sie trug nur ein weißes T-Shirt und sonst nichts und wedelte aufgeregt mit den Armen.

Freddi bremste und schob sein Rad zurück bis zu dem Neubaugrundstück der Diems. Er lehnte es mit dem Lenker vorsichtig gegen die Stoßstange des Trucks.

»Was ist los?« rief er, indem er die Hände zur Schallverstärkung an den Mund legte. »Ich muß zur Schule.«

Nicole winkte heftig weiter, als ob es um Leben und Tod ginge, und rief irgend etwas, das Freddi nicht verstehen konnte. Dann verschwand sie. Einen Augenblick später öffnete sie unten die Haustür und kam ihm entgegengelaufen.

Kapitel 14

Als Barbara in den Hof des Apfelbauern einbog, war es genau fünfeinhalb Minuten vor acht Uhr. Sein Notruf hatte sie vor ungefähr zehn Minuten auf dem Weg von ihrer Wohnung bei Frau Claasen in die Praxis erreicht.

Sie parkte den Wagen direkt vor dem Wohnhaus, nahm ihre Arzttasche von der Rückbank und lief auf die Eingangstür zu. Der Hund im Zwinger bellte und tobte, und die schwarze Katze saß wieder auf dem Sims des Küchenfensters und musterte Barbara aus wachsamen grünen Schlitzaugen. Die Tür war abgeschlossen. Von Jupp Putensen fehlte jede Spur.

Was er ihr am Telefon erzählt hatte, war eindeutig gewesen: Kein Schwitzen, kein Fieber, aber starke Schmerzen in der Brust. Er sei wie immer um halb sieben Uhr aufgestanden, habe sich jedoch wieder hinlegen müssen, weil ihm schlecht geworden sei. Nur vorsichtshalber habe er sie informieren wollen, weil sie sich doch immer solche Sorgen um ihn mache.

Barbara legte die Hände auf die Scheibe des Küchenfensters und spähte ins Innere. Da war niemand, nur das bereits bekannte heillose Durcheinander. Die Katze kniff verträumt die Augen zu und fing an zu schnurren, als Barbara ihr übers Fell strich. Dann sprang sie von der Fensterbank und stolzierte mit majestätisch erhobenem Schwanz in Richtung Stall.

Barbara ging hinter ihr her. Vielleicht fütterte Jupp seine Tiere. Vielleicht war es nur ein leichter Infarkt, und er war aufgestanden, weil er das Gefühl hatte, daß ihm wieder wohler war – trotz Barbaras Anweisung, unbedingt liegen zu bleiben.

Die Tür zum Stall war nur angelehnt. Drinnen war es dämmrig, und Barbara mußte einen Augenblick warten, bis ihre Augen sich an das trübe Licht gewöhnt hatte. Es roch durchdringend nach Mist und Schimmel.

»Herr Putensen? Jupp, sind Sie hier?«

Niemand antwortete. Zwei Ziegen mit drei süßen Zicklein fraßen stumm ihr frisches Heu, das auf einer kleinen Krippe in der Ecke lag. Hier hatte er also schon gefüttert. Auch die Karnickel, ein paar prächtige schwarzweiße Rammler, mümmelten an frischem Grün. Beunruhigt zog Barbara die Stalltür hinter sich zu und blieb unschlüssig auf dem Hofplatz stehen. Vielleicht versteckte sich der Alte vor ihr, weil er Angst hatte, daß er diesmal um die Einweisung ins Krankenhaus nicht herumkam. Vielleicht lag er auch hilflos in irgendeiner Ecke seines Hauses und konnte sich nicht rühren. Eine Tür aufzubrechen hatte sie in ihrer Ausbildung nicht gelernt.

Sie holte ihr Handy aus der Tasche. Ehe sie die Nummer der Feuerwehr in Lensahn eingeben konnte, fing das Ding an zu piepen.

»Barbara, wo sind Sie?« Die Stimme von Jürgen Stähr klang höchst beunruhigt.

»Ich bin bei Jupp Putensen, ein Notruf«, antwortete Barbara. »Verdacht auf Herzinfarkt. Aber ich kann den Mann auf seinem Grundstück nicht finden.«

»Es gibt einen weiteren Notruf. Bei den Diems im Neubaugebiet ist etwas passiert.«

»Ich komme«, sagte Barbara und ließ das Handy sinken, ohne es auszuschalten. Ihr Blick war auf den alten Ford Transit gefallen. Sie konnte von hier aus durch die Windschutzscheibe sehen. Auf dem Fahrersitz, den Kopf auf dem Lenkrad, saß der Apfelbauer. Sie riß die Wagentür auf und ließ den Mann sacht vom Sitz auf die Erde gleiten. Er bewegte die Lippen; was er sagte, war jedoch nicht zu verstehen. Barbara griff nach seinem Puls, er ging ruhig, nicht allzu kräftig, aber regelmäßig. Sie injizierte ihm rasch ein Schmerzmittel und rief den Krankenwagen. Dann hielt sie seine Hand, bis Putensen sich ein bißchen erholte. Er bewegte immerzu die Lippen.

»Sie bringen mich doch nicht etwa ins Krankenhaus«, waren die ersten Worte, die sie verstehen konnte.

»Wie kommen Sie darauf?« sagte Barbara. »Wir fahren jetzt erst mal in den Dorfkrug und genehmigen uns einen kleinen Frühschoppen.«

»Versprochen ist versprochen«, murmelte er und versuchte so etwas wie ein Grinsen.

Kapitel 15

Vor dem Bungalow der Diems stand, wie am Vorabend, Kalles großer schwarzer Truck. An seiner Stoßstange lehnte ein altes, klappriges Fahrrad. Hinter dem Truck war ein Polizeiwagen geparkt, als Barbara um kurz vor neun Uhr im Neubaugebiet ankam. Ehe sie klingeln konnte, wurde die Haustür aufgerissen. Freddi Scholz stand in die Tür. Barbara fragte sich einen Augenblick lang, was er hier wohl zu suchen hatte.

»Er ist oben auf dem Dachboden«, sagte der Junge statt einer Begrüßung.

Barbara lief die Treppe hoch. Im ersten Stock standen zwei Polizisten. Sie sahen etwas ratlos aus und legten kurz die Hand an die Mützen, ehe sie die Ärztin durchließen.

»Wir haben ihn vorsichtshalber nicht angerührt. Ich nehme an, er ist tot«, sagte der Ältere. Es war nicht Wachtmeister Ellmeier.

Barbara stieg die ausziehbare Leiter hoch bis auf den Dachboden. Es roch noch frischem Holz und Teer. Der Dachboden war leer, bis auf die Leiche von Karl-Heinz Diem, die an einem starken Tau vom Dachbalken herunterbaumelte. Unter ihm lag ein umgefallener Hocker. Der Kopf des Mannes hing so schief, daß auch eine Laie auf den ersten Blick erkennen konnte, daß der Mann sich das Genick gebrochen hatte.

Barbara rief einen Polizisten herauf, der mit seinem Taschenmesser das Tau durchschnitt. Gemeinsam versuchten sie, den fallenden Körper abzustützen, damit er langsam zu Boden glitt. Dann untersuchte Barbara rasch den Toten und schloß ihm die Augen. Sie ließ sich im Schneidersitz auf dem Boden nieder. Ihr war ein bißchen schwindelig.

»Ist er hinüber?« fragte der andere Polizist, der halb aus der Bodenluke herausragte.

Barbara nickte. Sie hatte zwar in der Pathologie gelernt, Leichen zu sezieren, und auch auf der Unfallstation und später in der Chirurgie hatte sie manchen Toten erlebt. Aber diesen Mann, den sie gestern abend erst bei voller Gesundheit kennengelernt hatte, heute morgen tot vom Dachbalken schneiden zu müssen, das war doch etwas anderes. Sie hatte einen leichten Schock, konstatierte sie nüchtern, während sie mit eiskalten Händen ihre Knie umklammerte.

»Soll ich Ihnen behilflich sein?« fragte der Polizist.

»Nicht nötig, danke. Rufen Sie bitte den Leichenwagen.«

»Ist schon passiert, Frau Doktor. Aber die haben gerade einen kleinen Engpaß. Verkehrsunfall auf der B 501, oben vor Altenkrempe.«

»Verdammt«, murmelte Barbara Pauli und ließ offen, wem der Fluch galt. »Sagen Sie ihnen, sie sollen den Leichnam gleich in die Gerichtsmedizin bringen. Wo ist Frau Diem?«

»Unten auf dem Sofa. Wäre wohl gut, Sie würden mal nach ihr sehen. Sie wirkte ziemlich mitgenommen.«

»Ich komme.«

Barbara atmete tief durch und spürte, wie ihre Kräfte wieder zurückkamen. Dann stand sie langsam auf und klopfte ihre Hosenbeine ab. Es war noch nicht mal staubig hier oben, so neu war das Haus. Nur ein bißchen Sägemehl hatte sich auf ihren Jeans abgesetzt.

Der kräftige Karl-Heinz Diem, keine neunundzwanzig Jahre alt, lag wie schlafend auf dem Boden. Seine Gesichtshaut war etwas blasser als zu Lebzeiten, aber er sah immer noch blendend aus, als ob er gerade aus dem Fitneßstudio käme. Es war ein Jammer. Und ein Rätsel, was so einen jungen Mann in den Selbstmord getrieben haben mochte.

Der Vormittag verging mit dem Warten auf die Kriminalpolizei, den Leichenwagen und die Spurensicherung. Als die Leute von der Kripo endlich da waren, wollten sie mit allen Beteiligten einzeln sprechen und lange Protokolle aufnehmen. Draußen vor dem Haus hatten sich Neugierige und Schaulustige versammelt.

Nicole Diem hatte einen leichten Nervenzusammenbruch erlitten. Barbara gab ihr ein Beruhigungsmittel und dunkelte das Wohnzimmer ab. Sie blieb so lange an ihrer Seite, bis ihre ältere Schwester Sandra aus Kiel eintraf und sich ihrer annahm.

»Ich wußte ja immer, daß das nicht gutgehen würde«, lammentierte Sandra Jahn. Sie war der gleiche Typ Frau wie Nicole; eine Figur wie eine Barbiepuppe, enge Lederhosen, großes Dekolleté und eine dicke Schicht Make-up unter dem blondierten Haarschopf. »Aber die beiden wollten ja unbedingt aufs Land ziehen. Meine Schwester ist die Ruhe hier gar nicht gewöhnt. Außerdem ist ihr der Haushalt bestimmt über den Kopf gewachsen.«

Barbara machte sie darauf aufmerksam, daß nicht Nicole, sondern ihr Mann sich umgebracht habe.

»Aber ja doch, ich weiß«, sagte Sandra Jahn affektiert. »Man muß sich eine Frau wie Nicole eben auch leisten können. Das habe ich ihm ja schon bei der Hochzeit gesagt. Aber auf mich wollte er natürlich nicht hören.«

Nicole Diem, die vollkommen weggetreten wirkte, erklärte man für nicht vernehmungsfähig. Die Kripobeamten notierten sich alle Namen, sprachen ausgiebig mit Barbara und mit Freddi, der noch immer im Hause herumlungerte. Dann wurde die Leiche abtransportiert, und Barbara durfte endlich gehen.

»Soll ich dich irgendwo absetzen?« fragte sie, als sie endlich mit Freddi vor dem Haus stand.

Freddi schüttelte den Kopf.

»Ich habe mein Fahrrad hier«, meinte er.

»Ach komm, steig ein, wir fahren nach Lensahn und gehen einen Eiskaffee trinken. Irgend etwas brauche ich jetzt auf den Schreck.«

»Na gut«, sagte Freddi und schlenderte mit einer Miene zu Barbaras schwarzem Ford, die besagte, daß diese Art Kleinwagen weit unter seinem Niveau waren.

Kapitel 16

Freddi schnallte sich mit einer widerwilligen Grimasse an und hockte auf dem Beifahrersitz, als würde er am liebsten bei der erstbesten Gelegenheit aus dem Wagen springen. Er preßte die Lippen aufeinander, als wolle er um jeden Preis etwas geheimhalten, und sah stur geradeaus auf das schwarze Band der Landstraße, das Barbaras Ford Meter um Meter schluckte, bis sie an der Kreuzung der Schulstraße – Lensahner Straße an einem Stopschild stehenbleiben mußte.

Barbara behielt den von links kommenden Verkehr im Auge, bis die Bahn frei war. Als sie den Kopf wieder nach rechts wandte, kreuzte ihr Blick den Freddis für einen winzigen Augenblick. Er war zu kurz für ein Lächeln.

»Ist das dein Schulweg, oder fährst du hinten durch die Felder?« fragte sie.

»Hintenrum«, murmelte Freddi und starrte wieder vor sich auf die Landstraße.

»Das ist zwar ein bißchen weiter, aber nicht so gefährlich für Radfahrer«, sagte Barbara. Keine besonders geschickte Bemerkung. Fünfzehnjährige Jungen lebten natürlich lieber riskant.

Freddi antwortete nicht mal mit einem Wimpernzucken. Wie vereist hockte er auf seinem Sitz.

In Lensahn drosselte Barbara die Geschwindigkeit auf die

vorgeschriebenen 50 km/h und überholte vorsichtig die Radler. Die Schule schien gerade aus zu sein, aus allen Seitenstraßen strömten Pulks von Jungen und Mädchen aller Altersstufen. Freddi ließ sich noch tiefer in die Polster sinken. Bestimmt wollte er nicht gesehen werden mit einer älteren Frau im Auto, noch dazu einer Respektsperson wie der Ärztin.

»Ich muß auch bald nach Hause«, murmelte er. »Sonst merkt meine Alte was.«

»Was meinst du?« fragte Barbara und hielt Ausschau nach einem Parkplatz in der Nähe der Eisdiele. »Kannst du zu Hause nicht erzählen, daß du Frau Diem bei einem Unglücksfall beizustehen hattest? Und anschließend mit der Polizei und mit mir über die Sache sprechen mußtest? Schließlich bist du ein Zeuge.«

Freddi ließ geräuschvoll den Atem entweichen. Es klang wie ein Ächzen. Barbara sah ihn an.

»Soll ich mitkommen und deiner Mutter erklären, was geschehen ist?«

Freddi schüttelte den Kopf und wandte sich ab. Barbara manövierte den Wagen behutsam in eine Parklücke und stieg aus. Freddi verriegelte die Beifahrertür und warf sie mit festem Schwung ins Schloß. Widerstrebend ging er hinter Barbara her in die Eisdiele. Er schien erleichtert zu sein, daß sie die einzigen Gäste waren.

Barbara bestellte sich einen Eiskaffee. Freddi warf keinen Blick in die Eiskarte. Er studierte mit größtem Interesse die Überschriften der *Kieler Nachrichten,* die auf dem Nachbartisch ausgebreitet waren. Barbara begann zu zweifeln, ob ihre Idee, ihn hierherzuschleppen, so gut gewesen war.

»Für mich dasselbe«, murmelte Freddi.

Genausogut hätte er verkünden können, daß er grundsätzlich niemals Eis essen würde, dachte Barbara. Eigentlich hatte sie ihm vorschlagen wollen, sich einen großen, tollen

Eisbecher zu bestellen herunter. Der Junge brachte klar und deutlich zum Ausdruck, daß er sich von ihr nicht einwickeln lassen wollte. Dabei hatte sie gar nicht vorgehabt, ihn zu kaufen, oder doch? Sie beschloß, die Stille zwischen ihnen eine Weile auszuhalten, und versuchte, sich zu entspannen. Die beiden Eiskaffees wurden gebracht, und Freddi fing genau wie sie an, mit dem Strohhalm die süße Flüssigkeit aus dem Glas zu saugen.

»Gar nicht schlecht«, brummte Freddi, wahrscheinlich um nicht gar zu unhöflich zu erscheinen.

»Woher kennst du eigentlich Nicole und Karl-Heinz Diem? Du kennst sie doch ganz gut, nicht wahr?«

Freddis Miene verdüsterte sich wieder.

»Kann schon sein«, meinte er. »Kalle kenne ich schon lange. Aus dem Dorf.«

Plötzlich fiel Barbara etwas ein. Sie öffnete ihre Handtasche und holte ein Fünfmarkstück aus dem Portemonnaie.

»Wärst du wohl so nett und holst mir eine Schachtel Marlboro?« fragte sie und lächelte ihn gewinnend an. »Aber nicht diese leichten Dinger. Die richtigen, bitte.«

Freddi sprang auf und verschwand im Gang zu den Toiletten. Es war vielleicht keine besonders gute Idee für eine Hausärztin, dachte Barbara, aber irgendwie mußte sie ihn zum Sprechen bringen. Freddi kam zurück, riß mit einer geübten Bewegung das Zellophanpapier von der Schachtel und legte sie vor Barbara auf den Tisch. Barbara schob die Kappe zurück und bot Freddi eine Zigarette an. Man konnte förmlich spüren, wie in Freddis vereistem Herzen ein Türchen aufging.

»Ich nehme einfach mal an, daß du schon sechzehn bist«, sagte sie und tat so, als suche sie in der Handtasche nach Feuer, das sich dort mit hundertprozentiger Sicherheit nicht befand.

Freddi ließ ein silbern glänzendes Feuerzeug zwischen ihnen aufflammen. Barbara hoffte, daß sie nicht allzu dilettantisch an dem Glimmstengel herumfummelte. Sie paffte in paar Züge und unterdrückte mit Mühe einen Hustenreiz.

»Der Diem hat sich aufgehängt, weil er 'ne Menge Ärger hatte«, sagte Freddi bedächtig.

»Darum bringt man sich doch nicht gleich um«, meinte Barbara. »Hatte er Ärger mit seiner Frau?«

»Unsinn.«

»Er hatte sich wohl finanziell übernommen, oder?«

»Aber das war nicht das Problem.«

»Hatte er berufliche Probleme?«

»Kalle hatte echt schlimme berufliche Probleme. Der Frien hat ihn abserviert. Das war das Problem.«

»Holzhändler Frien? Ist er für ihn gefahren?«

»Klar. Kalle hat alles für Frien transportiert.«

»Ach so. Und dann gab es Streit?«

Freddi kniff die Augen zusammen und wedelte den Rauch zwischen ihnen weg.

»Der Frien ist ein richtiger Ausbeuter. Der frißt seine Leute mit Haut und Haaren. Erst lockt er sie an mit wer weiß was für tollen Angeboten, und dann nimmt er sie aus wie Weihnachtsgänse.«

Barbara hing an seinen Lippen und nickte ihm immer wieder ermunternd zu. Wenn Freddi so weitermachte, würde es doch noch ein richtiges Gespräch werden.

»Erst hat er Kalle die Kohle geliehen für den Lastzug«, fuhr Freddi fort. »Und dann, als das Ding vor der Tür stand, hat er Kalle hängenlassen.«

»Warum?«

Kalle zuckte die Achseln.

»Früher war Kalle bei Frien festangestellt. Er hat so 'nen alten Mercedes gefahren. Den fährt jetzt der Ivan, Alexej oder wie er heißt. Der arbeitet für die Hälfte. Und dem Kalle hat er den neuen Truck vorfinanziert, weil es für Frien billiger war, wenn Kalle auf eigene Rechnung fuhr. Vor allem, wenn die Geschäfte mal nicht so gut gingen. Dann mußte Kalle sehen, wo er blieb.«

»Du weißt ja gut Bescheid.«

Freddi drückte seinen Zigarettenstummel aus und warf einen begehrlichen Blick auf die Schachtel.

»Du kannst dir gerne noch eine nehmen«, sagte Barbara und hoffte, daß niemand sie hörte. Aber die Kellnerin der Eisdiele saß hinter der Theke und las Zeitung, und das Radio dudelte ein Lied von Peter Maffay.

»Der Diem hätte sich doch andere Auftraggeber suchen können«, bemerkte Barbara.

»Hat er aber nicht.«

»Immerhin kann es ihm so übel nicht gegangen sein. Das neue Haus ...«

Freddi zuckte die Achseln, zog eine Zigarette aus der Schachtel und ließ sie in der Brusttasche seines Flanellhemdes verschwinden. Dann sog er den Rest Eiskaffee aus dem Glas, die Sahne ließ er zurück. Das Gespräch schien für ihn beendet zu sein. Der Deal war gelaufen, zwei Zigaretten gegen ein paar Insiderinformationen.

»Sie sind Nichtraucherin«, stellte er fest und lächelte zum ersten Mal, während er zusah, wie Barbara mit ihrer Zigarettenglut im Aschenbecher kämpfte. Sie holte ihr Portemonnaie aus der Tasche. Ihre Augen tränten vom Rauch.

»Gelegenheitsraucherin«, verbesserte sie. »Sag mal, woher hast du eigentlich diese Striemen am Hals?« Sie fuhr mit dem Handrücken über ihren Hals, um die Stelle zu bezeichnen.

Freddi zog den Hemdkragen bis zu den Wangenknochen hoch.

»Das ist nichts«, sagte er, fand aber nicht so schnell zu seinem abweisenden Ton vom Anfang des Gesprächs zurück.

Barbara steckte die Zigarettenschachtel in ihre Tasche und legte das Geld für das Eis auf den Tisch.

»Das sind Striemen wie von einer Peitsche«, sagte sie. »Ich habe ja einmal miterlebt, wie dein Vater dich geschlagen hat.«

»Das geht Sie gar nichts an«, stieß Freddi hervor, und seine Stimme klang heiser und belegt.

Vor dem Eiscafé blieb Freddi an Barbaras Wagen stehen, als ob er überlege, ob er wirklich noch einmal einsteigen sollte.

»Das geht mich eine ganze Menge an«, widersprach Barbara »Ich bin Ärztin, und wenn jemand verletzt ist, habe ich die Pflicht, mich darum zu kümmern. Womit hat er dich geschlagen? Mit einem Riemen? Mit einer Peitsche? Oder mit der Hundeleine?«

Sie stieg in den Wagen und startete abrupt den Motor. Freddi ließ sich auf den Beifahrersitz gleiten.

»Er nimmt immer seinen Gürtel«, murmelte er.

Barbara fuhr mit zuviel Gas an.

»Dieses Schwein«, zischte sie.

Freddi musterte sie erstaunt von der Seite. Barbara sah auf die Straße.

»Macht er das öfter?«

Freddi zuckte die Achseln.

»Je nachdem.«

»Je nachdem, wieviel er getrunken hat?«

»Je nachdem, was los war«, sagte Freddi und grinste.

»Ganz egal, was du getan hast«, sagte Barbara. »Er hat kein Recht, dich zu prügeln. Wenn er es wieder tut, kommst du zu mir in die Praxis und zeigst mir deine Verletzungen. Dann hetzen wir ihm das Jugendamt auf den Hals.«

Freddi schwieg, aber es war eine andere Art Schweigen als auf der Hinfahrt. Seine Hände mit den kurzen schwarzen Fingernägeln lagen jetzt ruhig und entspannt auf den Knien.

Barbara fuhr zügig zurück nach Bevenstedt und hielt vor dem Haus der Familie Scholz.

»Ich warte hier, bis du drin bist. Wenn deine Mutter dir nicht glaubt, wo du warst, komm raus und sag mir Bescheid. Dein Rad kannst du auch später noch abholen.«

Freddi ließ den Gurt aufschnappen und öffnete die Beifahrertür. Ehe er ausstieg, zögerte er einen Moment, dann murmelte er: »Danke« und verschwand in seinem Elternhaus.

Kapitel 17

»Der Junge hat kein Gefühl für Unrecht, weil er nie erfahren hat, was Recht ist«, sagte Barbara heftiger, als sie beabsichtigt hatte.

Hans-Peter Ochs zog eine Grimasse und sah dabei lächelnd seine Frau an. Er deutete mit seinem Campariglas in Richtung Barbara und meinte:

»Da haben wir ja eine richtige Florence Nightingale ins Dorf bekommen, was?«

Colette Ochs lächelte ihr bezauberndes Theaterlächeln. Sie mußte es den Schauspielern, für die sie die Kostüme genäht hatte, abgeschaut haben.

»Sie scheinen in den paar Tagen, die Sie hier sind, schon eine ganze Menge erlebt zu haben«, sagte sie.

»Trotzdem«, sagte der Lehrer und schüttelte den Kopf. »Ihren sozialen Touch in Ehren, aber ich weiß schon, was ich von meinen Pappenheimern zu halten habe. Und Freddi Scholz ist ein fauler, verdorbener Bursche. Okay, er ist vielleicht ein begabter Junge, der nie richtig gefördert wurde. Aber wie viele gibt es von dieser Sorte, Frau Doktor? Lassen Sie es mich Ihnen eins sagen: Auf dem Land verkommen viele Talente. Hier passiert nichts, wenn ein Kind musikalisch ist oder gerne zeichnet. Man hat keine Zeit für so etwas und keine Gelegenheit, die Begabung der Kinder zu entwickeln. Fragen Sie mal Colette, wie schwer es war, eine Blockflötenlehrerin für Xenia zu organisieren. Aus Kiel kommt diese Frau angefahren, anderthalb Stunden im Auto. Wer soll denn sonst so etwas bezahlen?«

Colette nickte und rückte die Salznüsse näher an Barbara heran. Sie saßen auf der Terrasse vor dem aufwendig umgebauten alten Resthof des Sattlerbauern. Hier war alles so, wie man es sich als Städter wünschte: freier Blick über die Felder, ein großer, bunter Bauerngarten mit Spielfläche für die Kinder, eine Schaukel im Apfelbaum, ein Hund und eine Katze und Vogelnester in der Weißdornhecke. Drinnen waren die alten Fachwerkbalken freigelegt, ein großer Kamin wärmte die Diele, von der eine riesige Wohnküche abging. Im ersten Stock gelangte man über eine offene Galerie in vier geräumige Zimmer, eins hübscher und sonniger als das andere. Die beiden Kinder Xenia und Philippe strotzten nur so vor Gesundheit. Colette nähte und bastelte alles selbst, kochte leidenschaftlich gern Marmelade und legte Gemüse ein.

»Es ist aber doch ein Unterschied, ob Kinder gefördert werden können oder nicht oder ob sie geprügelt und mißhandelt werden«, fand Barbara. »Zu kurz kommen ist das eine, systematisch verdorben werden das andere.«

»Ich denke auch...«, begann Colette und wurde von ihrem Mann unterbrochen:

»Sie haben ja recht. Unser Freddi ist *der* typische Underdog schlechthin. Vater Trinker, Mutter schwache Persönlichkeit, Großmutter schmeißt den Haushalt, zwei kleine Geschwister, auf die er immer aufpassen muß – jedenfalls hat er das früher immer behauptet, wenn er mal wieder keine Hausaufgaben gemacht hatte.«

»Die Prügel haben Sie vergessen«, warf Barbara ein.

»Geschlagen, fälschlich beschuldigt und so weiter. Aber ich versichere Ihnen, es gibt viele solche Kinder hier. Aber es gibt nicht viele, die es wie Freddi verstehen, sich unentwegt ins Unrecht zu setzen. Er ist hundertprozentig immer dabei, wenn irgendwo etwas kaputtgeht, etwas gestohlen wurde oder wenn es eine Prügelei gibt. Und natürlich ist er nie schuld. Immer ein großes Maul, aber nie die Verantwortung übernehmen. Neulich hat er dafür gesorgt, daß ein Kollege von mir ins Krankenhaus gebracht werden mußte. Er hatte Freddi mehrfach ermahnt, den Unterricht nicht zu stören, bis ihm schließlich der Geduldsfaden riß. Ihm rutschte die Hand aus, er wollte Freddi einen Klaps geben. Freddi hielt ihm jedoch die Spitze seines Bleistifts entgegen. Der Mann rammte sich die Mine in die Hand: Gefahr einer Blutvergiftung. Wer ist schuld? Natürlich der Lehrer. Schlagen im Unterricht ist natürlich verboten. Tut der Kollege normalerweise auch nicht. Aber wer gerät nicht hin und wieder in Rage?«

Barbara schwieg. Sie hatte plötzlich Lust auf eine Zigarette.

»Ich kann auf Anhieb fünf meiner Schüler aus der 7b nennen, bei denen es zu Hause genauso zugeht wie bei Freddi. Aber nicht einer hat diesen Widerspruchsgeist und diese kriminelle Energie. Nicht einer von diesen Prügelknaben würde einem anderen Kind das Frühstücksbrot klauen. Ist bei Freddi schon vorgekommen.«

»Vielleicht hatte er Hunger?« warf Barbara scharf ein.

»Er hat es an einen verwilderten Hund verfüttert, der dauernd auf dem Schulhof herumstreunt und in die Rabatten scheißt.«

»Das kann ich mir gut vorstellen«, meinte Barbara und konnte sich ein Lächeln nicht verkneifen.

»Ich kann darin keine lobenswerte soziale Tat entdecken. Aber das ist nur ein kleines Beispiel am Rande. Hat Ihnen noch niemand von der Sache mit der Kollekte erzählt?«

»Ach Peter, jetzt hör doch endlich auf. Du bist ja ganz

besessen von der Schlechtigkeit dieses Jungen. So schlimm finde ich das alles gar nicht. Die Scholzens sind wirklich eine schreckliche Familie. Xenia ist mal mit Timmi Scholz hier aufgekreuzt, er ist vier oder fünf Jahre alt. So was von verdreckt, ich hatte direkt Angst, er würde uns Läuse ins Haus bringen. Die Kinder werden schon arg vernachlässigt.«

Der Lehrer schwieg. Er drehte sein Glas, bis die Mischung von Campari und Orangensaft über und unter den Eisstükken ganz gleichmäßig verteilt war. Dann trank er es mit einem Zug aus.

»Ich habe ja gar nichts dagegen, daß wir endlich wieder ein soziales Gewissen im Dorf haben – wo wir schon ohne Pfarrer auskommen müssen.«

Er lachte, und Colette ging ins Haus, um nach dem Essen zu sehen. Philippe war schon im Bett, und Xenia übernachtete bei einer Schulfreundin, so daß sie den Abend einmal ganz für sich hatten.

Barbara holte ihre Zigarettenschachtel aus der Tasche.

»Darf ich?«

Peter Ochs sprang auf.

»Ich hole Ihnen einen Aschenbecher.«

Statt seiner kam Colette mit Aschenbecher und Feuerzeug zurück auf die Terrasse.

»Geben Sie mir auch eine«, bat sie. »Peter darf das natürlich nicht sehen. Sie sind also auch so eine Ärztin, die raucht? Ich habe mal gehört, daß viele Ärzte starke Raucher, Trinker und manche sogar drogenabhängig sein sollen wegen der irren physischen und psychischen Belastung. Stimmt das? Außerdem muß ich unserm Gast doch Gesellschaft leisten, was?« Sie zündete sich routiniert eine Zigarette an. »Ist es eigentlich wahr, daß Sie bei den Diems waren, als er gefunden wurde? Das ist ja furchtbar aufregend. Ist es nicht schrecklich? Die arme Frau, wenn ich mir vorstelle, daß sie ihn selbst gefunden hat ...«

»Das war ein ganz schöner Schock für Nicole Diem. Ich muß sagen, dafür hat sie ganz gut Haltung bewahrt.«

Colette lachte und zog genußvoll an ihrer Zigarette. Sie rauchte auf Lunge und inhalierte den Rauch lange und tief, ehe sie ihn langsam wieder ausströmen ließ.

»Diese Nicole, die kleine Hure«, sagte sie plötzlich leise.

Barbara sah sie erstaunt an.

»Wußten Sie das nicht? Nicole ist in Kiel anschaffen gegangen. Sie war Callgirl in den besten Kreisen. Und dann kam der schöne Kalle, und hat sie vom Fleck weg geheiratet. Ich dachte, das hätte Frau Claasen Ihnen schon erzählt.«

Barbara schüttelte den Kopf.

»Hier kann man ganz schön viel erleben, was? Ich sagen Ihnen eins, hier ist es manchmal spannender als in Berlin. Dort haben wir ganz ruhig und beschaulich in Kreuzberg gewohnt. Und hier passieren andauernd die unglaublichsten Dinge. Das Landleben ist ganz und gar nicht beschaulich.«

»Und Nicoles Schwester ...«

»Die ist, glaube ich, immer noch in dem Gewerbe tätig. Peter hört manchmal von ihr durch einen ehemaligen Schüler, der jetzt in Kiel arbeitet. Nicole wollte wohl Schluß damit machen, als sie Kalle geheiratet hat, aber wer weiß? Vielleicht hat sie hier ja neue Kundschaft gefunden? Als ich hörte, daß Kalle Diem sich das Leben genommen hat, dachte ich gleich, daß es mit Nicole zusammenhängen muß.«

»Das wäre natürlich eine Erklärung. Aber wie soll man das beweisen?«

»Ach wissen Sie, kommt Zeit, kommt Rat, sagt meine Mutter immer. Meine Eltern leben auch auf dem Land, auf einem richtigen Bauernhof in der Nähe von Sens, hundert

Kilometer östlich von Paris. Meistens hat sie recht. Über kurz oder lang kommt in einem Dorf alles ans Licht, man kann nichts wirklich Wichtiges verbergen. Man muß nur ein bißchen Geduld haben.«

Colette drückte schnell ihre Kippe aus und wedelte, um den Rauch zu vertreiben, als Peter Ochs mit Schürze und Kochlöffel aus der Küche kam.

»Ertappt«, rief er und drohte seiner Frau mit dem Kochlöffel. »Sie kann es einfach nicht lassen«, sagte er zu Barbara. »Und ich dachte, Sie hätten einen guten Einfluß auf sie.«

Barbara schaffte es diesmal schon besser, ihre Kippe auszudrücken, ohne sich die Finger zu verbrennen.

»Ich scheine insgesamt nicht Ihren Erwartungen zu entsprechen«, meinte sie.

»Unsinn, Sie sind goldrichtig. Genau wie die Kartoffeln. Kommst du mal und guckst nach dem Fleisch, Liebling?«

»Wissen Sie, was ich glaube?« sagte Colette und beugte sich zu Barbara hinüber. »Ich glaube, daß Kalle Diems Vater auch seine Finger im Spiel hat. Den müssen Sie mal kennenlernen. So was von asozial, dagegen ist eine normale Kreuzberger Absteigerfamilie harmlos. Er wohnt kurz vor Lensahn. Ich weiß nicht mehr, wie das Kaff heißt, es besteht aus drei Häusern. Und dann gibt es da noch einen jüngeren Bruder, Theo. Das ist so ein langer, dünner, nicht halb so attraktiv wie der schöne Kalle war. Dafür ist der richtig gefährlich. Er hängt immer mit Ihrem Schützling Freddi zusammen. Ich glaube, die beiden sind auch schon mal zusammen erwischt worden, wie sie versucht haben, ein Auto zu knacken.«

»So ein Großer mit dunklen Haaren und ein bißchen Bart? Dann habe ich ihn am Samstagabend mit Freddi vor dem Dorfkrug stehen stehen.«

»Ich komme schon«, rief Colette in Richtung Küche. »Sie dürfen meinen Mann nicht immer wörtlich nehmen. Er ist gar nicht so schlimm, wie er immer tut. Er hat mit Freddi auch schon alles mögliche versucht. Sogar mit dem Vater hat er einmal gesprochen. Aber man kommt an diese Leute einfach nicht heran. Und jetzt hole ich uns mal einen Schluck Sekt, damit wir Brüderschaft trinken können, okay?«

Kapitel 18

Der Hof des alten Diem war das letzte Haus in der Kurve vor Lensahn auf der Landstraße von Bevenstedt, in Richtung Oldenburg. Er bestand aus vier Gebäuden, von denen drei kurz vor dem Zusammenbruch zu stehen schienen. Nur das Wohnhaus sah einigermaßen solide aus.

Zur Straße hin prangte ein großes blaues Schild: Entrümpelungen, Kleintransporte, Haushaltsauflösungen – Harald Diem & Söhne. In der Garage befand sich ein alter Mercedes-Pritschenwagen. Der alte Pferdestall und die große Scheune waren voller altem Hausrat.

Die Pforte stand offen, aber Freddi sprang gleich am Anfang des Grundstücks über den Zaun, ohne dabei die Hände aus den Hosentaschen zu nehmen. Er umrundete das Wohnhaus auf einem Trampelpfad durch dichtes Gebüsch; dort hatte früher einmal der Gemüsegarten gelegen. Aus den Fenstern im Erdgeschoß drang kein Licht, nach hinten waren eiserne Rolläden heruntergelassen. Es war kurz nach elf Uhr abends. Theos Schlafzimmer lag auf der Ostseite des Hauses im ersten Stock. Sein Vater schlief im Zimmer gegenüber. Oben gab es keine Rolläden. Theos Fenster stand einen Spalt offen.

Freddi stützte sich mit den Füßen am Ablaufrohr der Regenrinne ab und zog sich mit einer heftigen Kraftanstrengung hoch, bis er mit dem Kinn über den Fenstersims ragte. Er faßte nach, und einen Augenblick später konnte er sich durchs Fenster schwingen.

Drinnen war es etwas wärmer als draußen und so dunkel, daß Freddi einen Augenblick warten mußte, bis seine Augen sich daran gewöhnt hatten. Er hörte die leisen Atemzüge seines schlafenden Freundes, dann zeichneten sich seine Umrisse auf dem Bett ab. Seine rechte Hand leuchtete blaß zwischen dem Bettzeug. »He, Alter, wach auf«, flüsterte er. »Ich bin es, Freddi.«

Theo Diem stöhnte und begann sich zu bewegen. Plötzlich fuhr er hoch.

»Wer ist da?«

»Ich bin es«, sagte Freddi. »Alles in Ordnung.«

Theo knipste die Nachttischlampe an.

»Bist du verrückt geworden?«, stammelte Theo. Sein dunkles Haar hing ihm ins Gesicht. »Was machst du denn hier? Wie spät ist es überhaupt?«

»Gleich halb zwölf Uhr. Steh auf, es gibt was zu tun.«

Theo gähnte und ließ sich wieder in die Kissen sinken.

»Du mußt nicht ganz dicht sein.« Er legte eine Hand über die Augen und schwieg einen Moment lang. Dann fragte er plötzlich: »Hast du schon das von meinem Bruder gehört?«

»Darum bin ich ja hier.«

»Ach ja, du warst ja dabei, als Nicole ihn gefunden hat. Mann, ich begreife es nicht. Der Alte ist total fertig.«

»Schläft er schon?«

»Vorhin saß er noch in der Küche mit der zweiten Flasche Nordheimer. Geheult hat er, wie ein Baby.«

»Hm«, machte Freddi.

»Davon wird Kalle auch nicht wieder lebendig«, fuhr Theo fort. »Den Alten fuchst wahrscheinlich besonders, daß er nicht an das Haus ran kann. Er hat gleich mit Nicole Streit angefangen. Und der Truck gehört quasi Frien. Oder der Bank.«

»Eben«, sagte Freddi.

»Willst du hier schlafen? Hast du wieder Ärger?«

Freddi schüttelte den Kopf.

»Ich habe gedacht, wir gehen mal bei Frien gucken, ob wir ihm nicht einen kleinen Denkzettel verpassen können.«

»Jetzt?«

»Nee, morgen mittag um zwölf, wenn alle Arbeiter Mittagspause machen und auf dem Hof rumstehen.«

Theo nahm die Hand vom Gesicht und starrte Freddi verständnislos an.

»Du meinst, wir sollen jetzt zu ihm hingehen?«

»Schrei es doch noch lauter raus«, sagte Freddi. »Damit dein Alter dich hört.«

»Der ist im Koma«, sagte Theo und schwang die Beine aus dem Bett. »Ist ja gut, ich bin gleich fertig.«

Er gähnte und wankte aus dem Zimmer.

Kapitel 19

»Du solltest eigentlich sofort zu Professor Wilhelms in die Uniklinik fahren«, meinte Marianne Frien, während sie ihrem Mann eine Tasse Kaffee einschenkte. Ludger Frien sah ungeduldig zu, wie seine Tasse sich füllte. Die Milch hielt er schon in der einen Hand. In der anderen hielt er die Zeitung.

»Mein Gott, in der Firma ist eingebrochen worden, und da soll ich nach Kiel in die Uniklinik fahren«, protestierte er, gab ein paar Tropfen Kondensmilch in die Tasse und hob sie gleich an die Lippen. »Teufel, ist der Kaffee wieder heiß. Diese neue Warmhaltekanne ist unmöglich. Ich verbrenne mir jeden Morgen die Lippen.«

»Soll ich dir nun einen Termin bei Wilhelms besorgen oder nicht? Annes Mann kennt ihn vom Studium her, ich glaube, sie waren beide in derselben Studentenverbindung. Jedenfalls würde sie ein Wort für uns einlegen, sonst kriegt man bei ihm nicht so einfach einen Termin. Der Mann ist eine Koryphäe auf dem Gebiet der Orthopädie.«

»Wir wollen doch nicht gleich mit Kanonen auf Spatzen schießen, meine Liebe. Einen einfachen Hexenschuß sollte doch wohl auch unser Dorfquacksalber in den Griff bekommen, oder?«

»Sprichst du von deinem Schwager Jürgen oder von der

neuen Ärztin, dieser Dr. Pauli? Angeblich ist sie zwar ganz hübsch, aber ob sie eine so ernste Sache wie ein kompliziertes Rückenleiden kurieren kann, wage ich zu bezweifeln.«

»Marianne, es ist mein Rücken.«

»Und du bist mein Mann, Ludger. Ich bin es, die dich zu pflegen hat, wenn du wieder flachliegst. Das geht jetzt schon seit Monaten so, daß du alle paar Wochen einen Anfall hast und vor Schmerzen die Wände hochkriechen möchtest. Ich tippe auf einen Bandscheibenvorfall, und Anne hat auch gesagt...«

»Deine Freundin Anne soll sich da bitte heraushalten. Sie ist erstens Musikkritikerin...«

»Musikwissenschaftlerin.«

»Sage ich doch. Und zweitens Hypochonderin, die sich selbst und anderen Leuten mit Wonne Krankheiten andichtet. Ich gehe heute zu Jürgen und damit basta. Er wird mir schon irgendwas verschreiben. Außerdem gibt es auch noch diesen Knochenbrecher in Oldenburg, der gar nicht so schlecht sein soll. Ahhhh, aber heute ist es wirklich besonders schlimm. Ich glaube, ich muß gleich heute mittag hin, sobald die Kripo da war.«

Frien erhob sich mit schmerzverzerrtem Gesicht. Er war groß, über einen Meter neunzig, und kräftig, aber nicht fett. Er trug wie immer schwarze Manchesterhosen, wie es sich für einen gelernten Zimmermann gehörte, dazu ein kariertes Hemd und eine Lederweste. Man hätte aus seiner Aufmachung nicht unbedingt schließen können, daß er großen Wert auf sein Äußeres legte, aber alle Kleidungsstücke waren teuerste Maßschneiderei, die Marianne in Fachgeschäften für ihn anfertigen ließ. Gewöhnlich hielt er sich kerzengerade, heute jedoch krümmte er sich unter dem stechenden Schmerz in seiner Lendenregion. Mit Hexenschuß ließ sich sein Dauerleiden nicht mehr erklären, das wußte er selbst.

»Wann ist Markus heute mit der Aufnahmeprüfung dran?« fragte er und versuchte, sich sein Kordjackett anzuziehen. Aber er kam einfach nicht in den linken Ärmel hinein, bis Marianne aufsprang und ihm half. Frien stöhnte.

»Ab neun Uhr. Darum ist er doch schon gestern nach Hamburg gefahren und über Nacht bei Leonie geblieben.«

Frien schüttelte den Kopf.

»Hoffentlich schafft er es. Er ist gut, der Junge. Du hättest ihn doch heute morgen hinfahren können. Man muß doch ausgeschlafen sein für eine Prüfung.«

»Meinst du nicht, daß der Junge so langsam aus dem Alter heraus ist, wo er von Mami irgendwohin gefahren werden will? Außerdem hat er gestern noch mit Leonie geübt«, sagte seine Frau milde. »Sie begleitet ihn auf dem Klavier.«

»Saxophon und Klavier?«

»Natürlich. Markus hat mir die Noten gezeigt. Sie spielen Stücke von Milhaud, Ravel und Ibert. Außerdem spielt Markus ein Solostück von Debussy. Ja, du kannst schon stolz sein auf deinen Jungen.«

»Mir reicht es eigentlich, wenn er einen guten Blues hinlegt. Und das kann er, weiß Gott. Also, hab einen schönen Tag. Warte nicht mit dem Mittagessen auf mich.«

Frien beugte sich zu seiner Frau hinunter und hauchte ihr einen Kuß aufs Haar, tiefer kam er heute nicht.

Die Holzverarbeitungsfabrik Frien und Sohn – der Sohn war er, Frien war sein Vater gewesen – lag, durch einen Privatweg verbunden, nur fünf Fußminuten vom Bungalow der Familie Frien entfernt an der Ausfallstraße nach Riepsdorf, von wo aus man in den Wald gelangte. Ludger Frien hatte aus der kleinen Holzhandlung seines Vaters eine nach neusten Techniken fertigende Zelluloseproduktion auf die Beine gestellt, die sich zwar mit der Konkurrenz in Skandinavien bei weitem nicht messen konnte, aber aufgrund des Standortvorteils und großzügiger Subventionen des Landes Schleswig-Holstein immer solide schwarze Zahlen schrieb. Ludger Frien war schlau genug gewesen, nicht zu groß werden zu wollen, so daß er immer noch alleiniger Geschäftsführer war und auch wirklich noch allein jedes Geschäft von Anfang bis Ende überblickte. Er konnte sowohl seine Bilanzen lesen, als auch einem neuen Hilfsarbeiter in der Zuschneiderei zeigen, wie man mit der Bandsäge umging. Er wußte, wie man auch die letzte mechanische Bewegung oder Abwärme, die im Betrieb entstand, in dienstbare Energie umsetzen konnte. Er war zwar ein Unternehmer vom alten Schlag, andererseits aber war ihm klar, daß man heutzutage, an der Schwelle zum 21. Jahrhundert, nicht mehr nur an sich allein denken durfte. Man durfte nicht einmal nur an seinen Betrieb, seine Leute denken, man mußte global denken. Man mußte umweltfreundlich produzieren, wenn man überleben wollte. Man mußte sein fortschrittliches Denken herausstreichen und durfte sein Licht nicht unter den Scheffel stellen. Aus diesem Grund plante Ludger Frien sogar eigens, einen Werbefachmann für seine Firma einzustellen, einen Mann, der all das verstand und zu vermitteln wußte, was Frien sich durch seine Firma, sein Lebenswerk, aufgebaut hatte. Er hatte nur noch nicht den richtigen Mann gefunden.

»Nanu, zu Fuß unterwegs!« rief Susanne Stähr.

Im selben Augenblick hörte Frien das leise Schnauben des Pferdes von seiner Schwester. Er drehte sich vorsichtig mit dem ganzen Körper um.

»Was hast du denn?« erkundigte sich seine Schwester. »Du siehst ja aus wie ein Fragezeichen.«

»Hexenschuß«, bemerkte Ludger Frien lakonisch und tätschelte den nervösen Hengst, der seine schaumigen Lefzen an

Friens Jackett abreiben wollte. Er war erhitzt von einem flotten Ritt und kaute ungeduldig auf dem Zaumzeug.

»Schon wieder? Das häuft sich ja bei dir in letzter Zeit! Geh doch zu Jürgen, oder noch besser, zu Barbara Pauli. Jürgen hat endlich eine gefunden, die für ihn die Arbeit tut. Und jung und hübsch ist sie auch.«

Susanne Stähr lachte und schwang sich aus dem Sattel. »Was Jürgen natürlich nicht im geringsten interessiert, wie du weißt.«

Frien lachte gequält. Seine Schwester war für ihre spitze Zunge bekannt und nicht selten gehaßt. Er selbst hatte als Junge oft unter ihr leiden müssen. Ihre Ehe mit dem geduldigen Arzt hatte sie wie mit einem schleichenden Gift durch ihre boshafte Art zerstört. Letzten Endes litt sie selbst am meisten darunter. Aber sie ließ es sich nicht anmerken. Nur wer sie sehr gut kannte, kannte auch ihre Depressionen. Man wäre nicht darauf gekommen, wenn man sie so sah: Strahlend schön noch in ihrem fünfzigsten Lebensjahr, schlank wie eine Gerte, immer tipptopp gekleidet, eine von den Reichen und Schönen. Sie war Tierärztin, hatte es aber nicht nötig zu arbeiten. Ludger hatte Vaters Firma übernommen, und Susanne hatte ein ansehnliches Wertpapiervermögen geerbt. Sie verstand es, ihr Kapital immer wieder so gewinnbringend anzulegen, daß sie schon jetzt ausgesorgt hatte. Ihr derzeitiger Lebensgefährte, ein wesentlich jüngerer Anwalt aus Hamburg, unterstützte sie dabei mit Rat und Tat. Sie hatte keine Kinder, nur ein paar edle Reitpferde, eine Hausangestellte und Rüdiger, ihren Jagdhund. Keine Verantwortungen und keine Belastungen. Susanne Stähr, geborene Frien, war ganz eindeutig auf der Sonnenseite des Lebens geboren und geblieben.

»Willst du etwa so in die Firma gehen?« Vorsichtig legte sie einen Arm um die Hüfte ihres Bruders.

»Fang du jetzt nicht auch noch an, mich zu bemuttern.

Marianne hat heute morgen schon das Ihre getan. Stell dir vor, in der Firma ist heute nacht eingebrochen worden.«

Susanne Stähr blieb abrupt stehen. Der Hengst schnaubte ungeduldig. Susanne Stähr faßte das Halfter kürzer.

»Und? Schlimm? Hattest du etwa Löhne im Tresor?«

»Ach was. Dilettanten. Bis zum Tresor sind sie gar nicht vorgedrungen, und gestohlen wurde, soweit ich weiß, nichts. Kinkerlitzchen. Wie sieht es eigentlich mit deinen Grundstücksverhandlungen aus?«

»Schlecht. Ich habe gestern bei den Plettenbergs ein bißchen Dampf gemacht. Sie wollen immer noch nicht verkaufen. Aber was sagst du dazu, daß der Diem sich aufgehängt hat?«

»Der Mann hatte kein Format«, murmelte Frien. »Mir war immer klar, daß er bei der erstbesten Gelegenheit versagen würde. Ich habe gleich einen Termin mit einem neuen Spediteur. Aus Plön«, fügte er hinzu. »Die Leute aus dem Dorf sind einfach zu degeneriert.«

»Ludger, sonst wirfst du mir immer vor, ich sei arrogant. Hast du dem Diem vielleicht zu sehr zugesetzt? Du wolltest doch noch einmal mit ihm sprechen.«

Frien schüttelte den Kopf und stöhnte auf.

»Diese Schmerzen machen mich wahnsinnig«, sagte er und hielt sich die Seite. »Ich glaube, ich muß doch nach Kiel fahren.«

»Soll ich dich zu Jürgen bringen? Wir können ihn auch anrufen. Mein Gott, du bist ja ganz blaß. Komm, stütz dich auf mich.«

»Danke, es geht schon wieder.«

Susanne Stähr zog ihr Handy aus der Tasche ihrer Lederjacke und tippte rasch die Nummer der Arztpraxis ein.

»Frau Claasen? Hier Stähr. Ich würde gern mit Jürgen sprechen.«

Susanne Stähr sah ihren Bruder an, während sie der Antwort der Sprechstundenhilfe lauschte und eine Grimasse zog. »Ist er wieder Vögel beobachten gegangen? Hält er denn gar keine Sprechstunde mehr? Ich glaube, ich muß mal wieder vorbeikommen und nach dem Rechten schauen. Und wo ist die neue Kollegin?... Ach, die macht jetzt die Hausbesuche, wie praktisch. Ja, wenn Sie sie erreichen können, das wäre nett. Meinem Bruder geht es wirklich nicht gut. Vielleicht kann sie rasch vorbeikommen und ihm eine Spritze geben. Er sieht aus wie das Leiden Christi. Hexenschuß, ja, mal wieder ein Volltreffer. Wiederhören, Frau Claasen, ich weiß, ich muß dringend Ihr neues Rezept für die Erdbeertorte probieren.«

Sie schaltete das Handy aus und steckte es zurück in die Jakkentasche. »Jetzt hat die alte Schachtel was zu tratschen. Mein Gott, wenn ich daran denke, wie die mir das Leben zur Hölle gemacht hat seinerzeit. Am liebsten hätte sie Jürgen auf Händen zu seinen Patienten getragen. Ihr Halbgott in Weiß.«

»Du warst aber auch nicht gerade freundlich zu ihr«, sagte Frien. Sie waren am Werkstor angelangt. »Willst du noch mit hereinkommen?«

»Ich bin immer die Freundlichkeit selbst«, parierte Susanne Stähr die leise Kritik ihres Bruders und schwang sich auf den Hengst, der sofort anfing zu tänzeln. »Vor allem mit Bediensteten und Untergebenen, so wie Mama es uns beigebracht hat, Bruderherz. Und nun gute Besserung und viel Freude mit Frau Dr. Pauli. Sie wird wohl im Laufe des Vormittags hier eintrudeln und dich mit ihren begnadeten Händen heilen. Von mir willst du ja doch keine Spritze entgegennehmen, wie ich dich kenne.«

Frien lächelte gequält und wankte auf sein Büro zu, das in dem flachen Gebäude hinter dem Werkstor untergebracht war.

Kapitel 20

Jupp Putensen saß auf der Bettkante und war damit beschäftigt, seine Brille mit einem Taschenmesser zu reparieren. Er trug ein weißes Krankenhausnachthemd mit kurzen Ärmeln, aus denen blaß und hager seine alten Knochen herausragten. Sein graues Haar hing ihm strähnig und zu lang ins Gesicht. An beiden Handgelenken klebten Kanülen, die mit dünnen Schläuchen mit den beiden Infusionsflaschen rechts und links von seinem Bett verbunden waren. Seine Hände zitterten so sehr, daß er es einfach nicht schaffte, die kleine Schraube an seiner Brille festzuziehen.

Er sah erst auf, als Barbara die Tür zu seinem Krankenzimmer hinter sich schloß.

»Ach nee«, sagte er zur Begrüßung. »Sie?«

»Tag, Herr Putensen. Ich muß doch mal sehen, wie es Ihnen geht.«

Jupp begann zu grinsen. Sein Gebiß lag auf dem Nachttisch in einem Wasserglas mit Reinigungslösung. Er hielt sich eine Hand vor den Mund, wobei er fast den rechten Infusionsschlauch abriß.

»Das ist aber nett von Ihnen«, meinte er. Er hielt die Brille hoch. »Ich kriege es einfach nicht wieder hin. Dabei ist es nur ein kleiner Handgriff.«

Während Barbara ihr Glück versuchte, kroch Jupp Putensen wieder unter die Decke. Barbara spülte sein Gebiß und suchte nach einem Kamm, damit er sich ein bißchen zurechtmachen konnte.

»Die Schwestern haben ja keine Zeit für solche Kleinigkeiten«, sagte Jupp. Er sah jetzt schon viel passabler aus. Einen Rasierapparat hatte er nicht mit; Barbara notierte es auf einem Zettel, damit der nächste Besucher ihn mitbringen könnte.

»Meinen Sie nicht, ich dürfte mir zur Abwechslung einen kleinen Selbstgebrannten genehmigen? Sie haben nicht zufällig ein Fläschchen mitgebracht?«

Barbara schüttelte den Kopf.

»Hier gibt es nur Pfefferminztee. So etwas habe ich seit meiner Kindheit nicht mehr getrunken«, sagte Jupp. »Sobald ich diese Schläuche hier los bin, laufe ich denen davon. Mein Gott, was würde ich geben für ein Gläschen kaltes Bier. Das kann doch nicht schaden!«

Barbara lachte.

»Sie hatten einen Herzinfarkt, Herr Putensen. Sie können froh sein, daß Sie überhaupt noch leben. Sie müssen wirklich einen Schutzengel haben. Glauben Sie nicht, daß Sie von nun an selbst ein bißchen besser auf sich aufpassen sollten?«

Jupp sah vor sich auf die Bettdecke.

»Wissen Sie, Frau Doktor, ich hänge gar nicht mehr so am Leben. Wenn es aus mit mir gewesen wäre, nun dann wäre es eben ausgewesen. Jetzt alles umkrempeln, wo ich so viele Jahre gelebt habe, wie es mir gefällt – nee, das ist nicht drin. Den Jupp Putensen, den ändert keiner mehr. Sie auch nicht, so hübsch Sie auch sind. Ja, ja, wackeln Sie man nicht mit dem Kopf. Sie sind eine ganz hübsche Deern, und man sollte dafür sorgen, daß Sie bald einen Mann und eine nette Familie um sich haben, anstatt sich um so alte Unverbesserliche wie mich zu kümmern.«

Barbara erhob sich von der Bettkante.

»Ach Gott, jetzt ist sie mir wieder böse. Dabei freue ich mich doch so, daß Sie hier sind. Ich wollte Ihnen nur ein paar Komplimente machen.«

»Tun Sie mir lieber den Gefallen und bleiben Sie so lange im Bett, wie die Ärzte es für notwendig halten.«

Jupp schloß die Augen und kreuzte die Hände über der Bettdecke.

»Kennen Sie eigentlich den alten Diem?« fragte Barbara.

Jupp riß die Augen wieder auf.

»Den Halunken«, sagte er. »Und ob ich den kenne.«

»Warum ist er ein Halunke?«

»Ein Verbrecher sogar.«

»Was meinen Sie denn damit?« Barbara ließ sich wieder auf der Bettkante nieder. »Sein Sohn, der Karl-Heinz, hat sich nämlich vorgestern umgebracht.«

»Nein!« rief Jupp Putensen leise und drehte den Kopf weg.

Barbara biß sich auf die Lippen. Etwas mehr Behutsamkeit wäre wohl angebracht gewesen.

»Doch«, fuhr sie zaghaft fort. »Er hat sich auf seinem Dachboden erhängt. Etwa um die gleiche Zeit, als Sie Ihren Herzinfarkt hatten. Da hat die Nicole ihn jedenfalls gefunden.«

Jupp Putensen drehte den Kopf langsam wieder zu Barbara herum. Er hatte Tränen in den Augen.

»Karl-Heinz war mein Patensohn«, sagte er nach einer Weile. »Er ist der Enkel von meiner Schwester gewesen. Meine Schwester ist auch schon lange tot. Sind ja alle längst tot. Warum lebt so ’n alter Kerl wie ich eigentlich noch? Je schlechter die Menschen, desto länger leben sie, meinen Sie nicht auch, Frau Doktor?«

Barbara schüttelte den Kopf.

»Der alte Diem«, wiederholte Jupp gedankenvoll. »Dieser Verbrecher. Der hat ihn auf dem Gewissen. Kalle war zu gut für diese Welt, wenn Sie verstehen, was ich meine.«

»Nicht ganz. Immerhin hat er sich doch wohl etwas übernommen, finanziell, meine ich.«

»Na und? Dürfen junge Leute keine Flausen mehr im Kopp haben, heutzutage? Er war doch jung und gesund, er hätte seine Schulden schon wieder zurückgezahlt. Aber was sein Vater angerichtet hat, das kann keiner wiedergutmachen. Keiner.«

»Sie spannen mich auf die Folter.«

Jupp Putensen hatte die Augen geschlossen. Er sah bleich und durchsichtig aus.

»Und wenn ich Ihnen nächstes Mal eine Dose Bier mitbringe ...?« fragte Barbara leise.

Jupp öffnete ein Auge.

»Sie sind mir die Richtige. Aber 'n lütter Kurzer muß auch noch dabeisein.«

»Aber dann will ich auch die Wahrheit wissen.«

»Die ganze Wahrheit und nichts als die Wahrheit«, murmelte der Alte. Dann schlief er ein.

Kapitel 21

»Endlich! Guten Tag, Frau Doktor. Sie werden sicher Verständnis dafür haben, daß ich liegenbleibe.«

Ludger Frien lag mit angezogenen Knien auf dem Fußboden auf dem Rücken und streckte Barbara Pauli seine linke Hand zum Gruß entgegen.

Der Anruf von Frau Claasen hatte Barbara erreicht, als sie sich anschickte, das Krankenhaus in Oldenburg zu verlassen. Sie hatte gerade mit dem Oberarzt über das Wetter in Ostholstein und die Prognosen für einen Jahrhundertsommer geplaudert, als das Handy mal wieder Alarm schlug.

»Ich bin auf dem schnellsten Wege hergekommen«, sagte sie und kniete sich zu ihrem Patienten auf den Boden.

Ludger Friens Zustand hatte sich von Minute zu Minute verschlimmert, seitdem er sein Büro betreten hatte. In liegender Stellung war der Schmerz gerade noch auszuhalten. Jede Berührung machte ihn halb wahnsinnig. Frau Leopold, seine Sekretärin, stand aufgeregt daneben.

»Soll ich nicht doch den Rettungshubschrauber rufen?« fragte sie alle paar Minuten.

Barbara tastete vorsichtig die Rückenmuskeln des Kranken ab und prüfte die Kraft in seinen Beinen. Frien stöhnte vor Anstrengung, den Schmerz unter Kontrolle zu halten. Schließlich zog Barbara seine Schuhe aus und kniff ihm in die Zehen.

»Spüren Sie das?«

»Ich weiß nicht.«

»Und hier?«

»Aber ja.«

»Na prima. Dann sind ja noch ein paar Nervenstränge in Ordnung. Ich gebe Ihnen jetzt eine Injektion gegen die Schmerzen, damit sich Ihre Muskeln wieder entspannen können. Sie sollten so bald wie möglich zu einer genauen Röntgenuntersuchung ins Krankenhaus gehen. Ich tippe auf einen Bandscheibenvorfall.«

»Das ist aber im Augenblick ganz unmöglich, Frau Doktor. Können Sie mich nicht erst mal vorübergehend wieder auf die Beine bringen? Das hat Jürgen doch auch immer geschafft.«

Barbara Pauli zog eine Spritze auf und desinfizierte eine Stelle unterhalb von Friens rechter Hüfte.

»Sie können jederzeit Doktor Stähr konsultieren, aber Sie sollten sich beeilen. Auch er wird Ihnen auf Dauer nicht helfen können, solange kein Röntgenbild vorliegt. Am besten wäre es, gleich eine Computertomographie zu machen, damit man den Zustand Ihrer Bandscheiben genau sieht.«

Sie setzte die Spritze und wandte sich dann an Frau Leopold.

»Ich glaube, Sie brauchen sich jetzt keine Sorgen mehr zu machen«, sagte sie zu ihr. »Herrn Frien wird es gleich etwas besser gehen. Ein Rettungshubschrauber ist wirklich nicht nötig.«

»Gut«, antwortete Frau Leopold aufatmend und verzog sich in ihr Vorzimmer, wo bereits einige Leute auf ihren Chef warteten.

Frien begann sich ein wenig zu entspannen und versuchte vorsichtig, ein Bein auszustrecken. Es gelang.

»Das wirkt ja prompt«, meinte er. »Ich habe das Gefühl, es geht mir schon wieder besser. So schlimm hatte ich es noch nie, wirklich.«

»Es kann noch schlimmer werden, wenn Sie nicht bald etwas unternehmen, Herr Frien. Mit den Bandscheiben ist nicht zu spaßen. Wenn erst Lähmungen auftreten, hilft meistens nur noch eine Operation.«

»Eine Operation?« Frien richtete sich auf dem Ellbogen auf. »So etwas dauert doch elend lange?«

»Die Operation selbst nicht, aber hinterher ist eine Reha-Kur fällig, vier bis sechs Wochen mindestens. Dabei kann man alldem mit gezielten Maßnahmen vorbeugen.«

»Ich bin Ihnen unendlich dankbar, Frau Doktor.« Frien setze sich langsam auf. »In meiner Firma ist nämlich heute nacht eingebrochen worden; ich muß wenigstens mit der Kripo und dem Werkschutz sprechen und ein paar Anweisungen geben. Aber ich verspreche Ihnen, daß ich mich noch heute nachmittag um einen Termin für eine Untersuchung kümmern werde.«

»Ausgezeichnet. Ich schreibe Ihnen jetzt noch ein Rezept, damit Sie die Nacht gut überstehen. Ich hoffe, der Einbruch war nicht allzu schlimm. Ist denn viel gestohlen worden?«

»Nicht der Rede wert. Zwei Akku-Bohrmaschinen und ein bißchen Werkzeug. Die Täter sind vermutlich gestört worden. Ich nehme an, sie hatten vor, über die Werkstätten bis hierher ins Bürogebäude zu gelangen. Aber wir haben vor kurzem eine neue Brandschutztür einbauen lassen, die haben sie nicht aufgekriegt. Ich fürchte nur, daß sie noch mal wiederkommen könnten.«

»Ich dachte, hier auf dem Land gäbe es gar keine Einbrecher.«

Frien schüttelte den Kopf.

»Sie glauben ja gar nicht, was hier alles passiert. Viele Leute meinen, Kriminalität gäbe es nur in der Stadt. Aber das ist ein Irrtum. Lesen Sie nur mal die Lokalnachrichten. Es sind die jungen Leute, die haben einfach nichts zu tun. Sie kommen wohl aus Hamburg?«

»Sieht man mir das an?«

Frien lächelte. Er bekam schon wieder ein wenig Farbe.

»Hier spricht sich so was schnell rum. Darf ich fragen, was Sie hierher verschlagen hat?«

»Eigentlich war es die Idee meines Freundes. Aber als es soweit war, ist er erst mal auf Tournee gegangen. Wer weiß, was ihm als nächstes dazwischenkommt – bisher hatte ich jedoch so viel zu tun, daß ich noch keine Gelegenheit hatte, mich einsam zu fühlen.«

»Ihr Mann ist im Showbiz?« fragte Frien und wagte es, sich mit Barbaras Hilfe aufzurichten. »Ach, das tut gut. Auf dem Boden zu liegen schlägt irgendwie aufs Gemüt.«

Er lehnte sich an den Schreibtisch und stützte sich mit beiden Händen auf der Schreibtischplatte ab.

»Thomas ist Musiker«, antwortete Barbara und schloß ihre Arzttasche. »Er hat vor einer Weile eine eigene Band gegründet, und inzwischen sind sie ganz erfolgreich.«

»Das ist ja phantastisch«, meinte Frien und versuchte, sich Barbara zuzuwenden, was noch nicht richtig klappte. »Sie müssen mich unbedingt mit ihm bekannt machen. Ich bin ein großer Musikfreund, meine beiden Söhne haben zum Glück mehr Talent als ich. Der Große spielt Querflöte und Posaune und was weiß ich noch alles. Er studiert Betriebswirtschaft in Berlin. Und der Kleine ist von der Musik geradezu besessen. Er macht zufällig gerade heute die Aufnahmeprüfung an der Hochschule für Musik in Hamburg. Er spielt Saxophon und ein bißchen Klavier und Schlagzeug. Der hat es wirklich im Blut. Ich habe den beiden zu Hause einen kompletten Jazzkeller eingerichtet. Jeden ersten Freitag im Monat halten wir eine Session ab. Sie müssen mal kommen und Ihren Freund mitbringen.«

»Thomas wird begeistert sein«, lachte Barbara. »Er hat auch in Hamburg studiert. Orgel und Keyboard.«

Friens Augen leuchteten auf; er fuchtelte mit einer Hand vor ihrer Nase herum, mit der anderen stützte er seinen Rücken ab.

»Ein Kirchenmusiker? Das sagen Sie jetzt erst! Dann muß er unbedingt unsere neue Kirchenorgel übernehmen. Ich werde dafür sorgen, daß das alte Instrument komplett überholt wird. Und wenn ich dafür bis zum Bischof laufen muß. Sagen Sie das Ihrem Freund. Das ist ein Angebot, das er nicht ausschlagen kann. Bevenstedt braucht endlich wieder einen Organisten. Wir haben nämlich eine ganz ansehnliche Orgel in der Kirche. Ich habe dem Kirchengemeinderat schon mehrmals gesagt, daß ich fünfzig Prozent der Instandsetzungskosten übernehme, wenn sie sich verpflichten, wieder einen hauptamtlichen Organisten einzustellen. Dann hole ich das Schleswig-Holstein-Musikfestival hierher. Was meinen Sie, was das für einen Aufschwung gibt für die ganze Gemeinde! Übernachtungsgäste, Gäste im Restaurant, Kundschaft für den Hofverkauf. Wir planen auch eine Feriensiedlung oben am See, einige Investoren sind sehr interessiert.«

Frau Leopold erschien in der Tür, und Barbara griff nach ihrer Tasche.

»Ach warten Sie doch noch einen Augenblick!« rief Frien und sackte schief auf seinen Schreibtischstuhl. Er sah Barbara verträumt an.

»Orgel und Klavier, phantastisch. Genau das hat uns hier noch gefehlt. Vielleicht kann Ihr Freund auch unseren Bläserkreis übernehmen? Mit dem alten Häger gibt es dauernd Ärger. Was ist denn?« wandte er sich ärgerlich an seine Sekretärin.

»Die Herren von der Kripo können nicht länger warten.«

»Ja, ja, ich kann schließlich nicht zaubern. Ich bin schwer krank, das sehen Sie doch. Sollen warten. Was meinen Sie?« Er sprach erneut auf Barbara ein. »Wann wird Ihr Freund hiersein? Am dreizehnten Juli haben wir unser Sommerfest, und gleich danach beginnen die Proben für den Bläsertag in Kiel – da kommen alle Blasorchester aus ganz Schleswig-Holstein zusammen. Das ist ein Fest, so etwas können Sie sich nicht vorstellen: Blasmusik den ganzen Tag, über tausend Musiker sind anwesend.«

»Ich glaube, jetzt muß ich wirklich gehen«, meinte Barbara. »Ich werde Thomas fragen, das verspreche ich Ihnen. Falls Sie heute keinen Termin zur Röntgenuntersuchung mehr bekommen, rufen Sie mich bitte an. Ich gebe Ihnen dann heute abend noch eine Spritze.«

»Danke, Frau Doktor«, sagte Frien, während Frau Leopold wieder in der Tür erschien, diesmal gefolgt von Wachtmeister Ellmeier aus Lensahn und zwei salopp gekleideten Herrn von der Kripo aus Oldenburg.

»Kommen Sie herein, meine Herren«, rief Frien vom Schreibtisch aus. »Darf ich vorstellen, Frau Doktor Pauli, unsere neue Ärztin, eine Spezialistin auf dem Gebiet der Bandscheibenschäden und außerdem die reinste Glücksbotin für unser Dorf. Nehmen Sie Platz, Herr Ellmeier. Haben Sie die Burschen etwa schon gefaßt?«

Die Herren lachten, und als Barbara eben die Tür hinter sich schloß, meinte sie, den Namen Manfred Scholz zu hören. Sie blieb einen Augenblick vor der Tür stehen, dann nickte sie Frau Leopold zu, die hinter ihrem Computer hockte und sie abschätzend beobachtete. Sie verabschiedete sich hastig.

Kapitel 22

»Willst du noch ein Stück Wurst? Nimm die Füße von der Bank, Timmi.« Frau Scholz strich sich mit dem Unterarm eine Haarsträhne aus dem Gesicht. Die Gabel, die sie in der Hand hielt, kreiste durch die Luft und stach dann in die letzte Fleischwurst in dem Topf, den sie in der anderen Hand hielt. Sie legte sie auf ihren eigenen Teller und setzte sich wieder an den Abendbrottisch.

»Ich will auch noch eine«, sagte Freddi und stützte den Kopf auf die Hände.

»Du hattest schon drei, genau wie dein Vater. Iß Brot«, sagte Frau Scholz und rückte den Brotkorb in seine Nähe.

Freddi griff sich eine Scheibe Graubrot und stand auf, um sich ein Messer zu holen. Wenn es Wurst gab, legte Anna Scholz nie Besteck auf. Jeder bekam seine Wurst auf den Teller und tunkte sie in den großen Senftopf in der Mitte. Ihr Mann hatte drei dicke Würste in sich hineingeschoben und lehnte sich zurück.

»Hol mir noch ein Bier, wenn du schon stehst. Oben ist keins mehr.«

Freddi lief in den Keller und kam mit zwei Bierflaschen zurück.

»Krieg ich auch eins?«

»Du spinnst wohl!« erwiderte Frau Scholz und schnitt die

Wurst in zwei ungleiche Hälften. Das größere Stück gab sie Tim mit, das kleinere legte sie Freddi auf den Teller. Sie sah müde und abgespannt aus. Das Abendbrot war die einzige Mahlzeit, die die Familie gemeinsam einnahm. Das reichte ihr auch, denn es kam ständig zu Auseinandersetzungen, je nachdem, wieviel Walter Scholz im Laufe des Tages getrunken hatte. Heute schien es sich in Grenzen gehalten zu haben. Auch er sah erschöpft aus.

»In der Firma ist eingebrochen worden«, verkündete Scholz. Er schenkte sich Bier ein.

»Habe ich auch gehört«, sagte Anna Scholz. »Im Lager, nicht?«

»Nee, in der Werkstatt. Die haben sich wohl gedacht, sie können durchkommen bis in die Büros. Wahrscheinlich wollten sie an den Tresor. Heute war ja Zahltag für die Aushilfskräfte.«

»Wer macht denn so was?« Frau Scholz schüttelte den Kopf.

»Warum guckst du mich denn so an?« fragte Freddi. Er bohrte sein Messer in die Leberwurst.

»Paß bloß auf«, sagte Scholz leise. »Wenn du dich nicht endlich anständig benimmst, dann landest du noch mal – du weißt schon, wo.«

»Wo denn?« konterte Freddi.

»Werd nicht schon wieder frech«, warnte Scholz. Seine Stimme wurde lauter.

»Nun fangt bloß nicht wieder an zu streiten. Nimm die Füße von der Bank, Timmi, ich sage es jetzt zum letzten Mal. Morgen nachmittag fahre ich nach Oldenburg zu Jupp.«

»Wir haben uns verstanden, Freundchen«, sagte Scholz drohend.

»Die Nicole nimmt mich mit«, fuhr Anna Scholz fort. »Jupp soll sich schon ganz gut erholt haben.«

»Was hat Onkel Jupp denn?« fragte Timmi.

»Onkel Jupp liegt im Krankenhaus, weil er was am Herzen hat. Willst du mitkommen? Aber dann mußt du morgen früh baden, ich sag Oma Bescheid.«

»Ich will aber nicht baden«, sagte Timmi und spielte mit seinem Wurstzipfel herum. »Ich darf auch gar nicht baden, hat Oma gesagt.«

»Kann ich auch mit nach Oldenburg?« fragte Freddi.

»Ich weiß nicht«, meinte Frau Scholz und sah fragend zu ihrem Mann. Scholz trank eben seine Flasche leer und stand auf, um die zweite vom Kühlschrank zu holen, die Freddi aus dem Keller gebracht hatte.

»Alle rennen dem Alten nach. Nur weil er Geld im Sparstrumpf haben soll. Womöglich stimmt das gar nicht, der alte Saufkopp hat bestimmt gar nichts mehr auf der Seite.«

»Du bist ungerecht, Walter. Ich gehe zu Jupp, weil er dein Onkel ist. Er hat sich immer um uns gekümmert. Freddi hat er damals, bei seiner Einschulung, den Schulranzen bezahlt und Timmi die neuen Schuhe, als wir letztes Jahr so knapp waren. Und für dich hat er auch schon oft was getan. Nun liegt er da ganz alleine. Nicole geht hin, um ihm von Kalle zu erzählen. Jupp hat allen immer Gutes getan.«

»Du tust ja gerade so, als ob er gleich ins Gras beißen würde«, meine Scholz. »Der wird noch älter als wir alle zusammen.«

»Als du bestimmt, wenn du weiter soviel trinkst.«

»Nun fängst du wieder damit an«, murmelte er und stand auf. Er schwankte ein wenig, hielt sich aber aufrecht und griff mechanisch nach der Bierflasche und dem Glas. Als er sah, daß die Flasche leer war, warf er sie geräuschvoll in die Spüle.

»Zwei Akku-Bohrmaschinen wurden geklaut«, sagte er

leise. Er beugte sich von hinten über Freddi. »Wenn ich die hier finde, Freundchen, dann kannst du was erleben.«

»Walter, der Junge hat doch gar nichts getan!« protestierte seine Frau.

»Sei still! Du bist auch schuld, wenn nichts aus ihm wird. Immer nimmst du ihn in Schutz. Wenn die dich erwischen«, er wandte sich wieder an seinen Ältesten, »dann schmeiss' ich dich im hohen Bogen raus. Und vorher kriegst du eine solche Tracht Prügel, daß du nicht mehr weißt, wie du heißt. Hast du mich verstanden? Und morgen wirst du nicht mit den Weibern ins Krankenhaus fahren. Morgen nachmittag hilfst du mir beim Holzmachen. Wir kriegen nämlich zwei Stämme geliefert, da hast du was zu tun und kommst nicht auf dumme Gedanken.«

Er schlurfte zur Tür und drehte sich im letzten Augenblick noch einmal um.

»Tim, ab ins Bett.«

Timmi rutschte vor Schreck von der Eckbank.

Scholz warf nachdrücklich die Tür hinter sich ins Schloß. Die Atmosphäre in der Küche wurde sofort erträglicher. Anna Scholz fing an, den Tisch abzuräumen, und Timmi kroch unter dem Tisch hervor und rannte aus der Küche, die Tür sperrangelweit hinter sich offen lassend. Aus dem Wohnzimmer dröhnte der Nachrichtensprecher der ARD.

Freddi klappte sein Leberwurstbrot zusammen und schob es sich mit drei großen Bissen in den Mund.

»Ich geh noch mal raus«, murmelte er kauend.

»Aber komm nicht so spät zurück wie gestern«, bat seine Mutter ihn leise.

Freddi sah seine Mutter an.

»Ich habe genau gehört, wie du mitten in der Nacht nach Hause gekommen bist, Junge«, sagte sie. »Du bist doch nicht etwa bei Frien eingebrochen, oder? Bitte, Freddi, sag mir, daß du es nicht warst.«

»Ach wo«, antwortete Freddi und schob sich zur Tür.

»Kind, ich glaube, ich werde mal mit dem Pfarrer sprechen.«

»Tschüs«, brummte Freddi und zog die Tür hinter sich zu.

Kapitel 23

Kurz nach halb acht Uhr abends schob Jürgen Stähr sein Fahrrad aus dem Schuppen über den Gartenweg bis zur Pforte. Er trug eine grüne Safariweste mit vielen Taschen und hatte sich sein Fernglas um den Hals gehängt. Auf einem Kissen vorne im Fahrradkorb lag ein kleines Tonbandgerät. Er blieb einen Augenblick vor Barbaras schwarzem Ford stehen, der direkt neben der Garageneinfahrt der Praxis geparkt war. Im selben Augenblick öffnete sich die Tür zur Praxis und Barbara trat auf die Straße, ihre Arzttasche in der Hand. Sie kam dem Doktor entgegen, ein bißchen geblendet von der Abendsonne, die gerade anfing, sich einzufärben.

»Guten Abend«, rief der Doktor. Er blieb neben seinem Fahrrad stehen und lächelte ihr entgegen. »Sie haben doch hoffentlich nicht bis jetzt gearbeitet?«

»Keine Sorge«, beruhigte ihn Barbara, als sie neben ihm angelangt war. »Ich habe sogar schon zu Abend gegessen. Aber dann kam noch mal ein Notruf, Herr Frien, akuter Bandscheibenvorfall. Ich will ihm schnell noch eine Spritze geben, damit er die Nacht übersteht.« Ihr Blick blieb an dem grünen Jägerfernglas hängen. »Gehen Sie etwa auf die Pirsch?«

»So ähnlich, ja. Zur Vogelpirsch.«

»Sie jagen Vögel?«

»O nein«, lachte Stähr. »Ich bin Hobby-Ornithologe. Ich

laufe nur mein Revier ab und horche, ob ich ein paar neue Populationen finde.«

»Sie horchen? Sie können die Vogelstimmen voneinander unterscheiden?«

»Natürlich. Das ist keine große Kunst. Das lernt man schnell. Ich habe einen ornithologischen Arbeitskreis gegründet, der es sich zur Aufgabe gemacht hat, genaue Grundlagendaten für ganz Ostholstein zu sammeln. Vom Vogelbestand kann man Rückschlüsse auf die Biotope ziehen. Das ist sehr interessant. Hier in der Gegend sieht es übrigens ziemlich schlimm aus für den Bestand. Das liegt an der intensiven Holzwirtschaft. Die brütenden Vögel werden einfach zu häufig gestört.«

»Das ist ja spannend«, sagte Barbara und lehnte sich gegen die Motorhaube ihres Wagens. »Wie viele Vögel können Sie denn erkennen?«

Jürgen Stähr lächelte.

»Ungefähr zweihundert Arten. Da haben wir zum Beispiel die Drossel, den Haussperling, den Zilp-Zalp und den Zaunkönig.« Er pfiff ein auf- und absteigendes Intervall. »Das ist der Zilp-Zalp.«

Tatsächlich, dieser Vogelruf war im Garten der Arztpraxis deutlich zu hören.

»Und Sie nehmen diese Vogelstimmen auch auf?«

Barbara deute auf das Tonbandgerät im Fahrradkorb.

Doktor Stähr beugte sich vor und drückte auf die Play-Taste. Ein paar deutlich voneinander abgesetzte Vogelstimmen erklangen.

»Die sind zum Anlocken. Drüben am Seekoog hinter Riepsdorf gibt es manchmal Kraniche. Zur Balzzeit kann man sie herlocken, wenn man die Stimme des Partners abspielt. Aus der Nähe läßt sich leichter feststellen, ob die Tiere beringt sind, ob sie gesund sind und so weiter.«

Barbara nickte begeistert. Und sie hatte schon gefürchtet, der Doktor wäre ein Spanner, weil er ständig mit dem Fernglas durch die Gegend fuhr.

»Da vorne«, sagte Jürgen Stähr und zeigte auf den Wipfel der Zirbelkiefer. Er reichte Barbara sein Fernglas. »Sehen Sie den kleinen Vogel mit der gelben Brust? Das ist mein Gelbspötter. Er hat mal bei mir drüben im Garten auf dem Boden genistet. Ich hatte Angst, daß seine Brut von den Katzen gefunden und gefressen würde. Also habe ich ihn an mich gewöhnt und seinen Ruf nachgemacht, bis ich so nah ans Nest herankommen durfte, daß ich ein Netz darüberstülpen konnte. Der ganze Wurf kam durch. Seitdem brütet der Gelbspötter jedes Jahr bei mir. Ich habe ihm sogar eine kleine Melodie beibringen können, mit der er mich begrüßt, wenn er mich sieht.«

Stähr pfiff eine kleine, kurze Tonfolge. Es dauerte nicht lange, bis die Antwort ertönte. Haargenau die gleiche Melodie.

»Unglaublich«, sagte Barbara bewundernd.

»Wenn Sie wollen, können Sie mich gerne einmal auf die Pirsch begleiten. Ich bin dann nur nicht besonders redselig, das müssen Sie verstehen. Es ist für mich wie eine Art Meditation.«

»Sind sie oft unterwegs?«

»Je nachdem, wieviel zu tun ist. Seitdem Sie hier sind, komme ich natürlich viel öfter weg. Jetzt zum Beispiel müßte ich alles stehen- und liegenlassen und zu Ludger fahren. Es tut mir wirklich leid für Sie.«

»Ich finde es gar nicht so schlimm. Es dauert ja nicht lange. Und ich finde Herrn Frien ganz nett, entgegen allem, was ich so über ihn höre. Sind Sie manchmal auch nachts unterwegs?«

»Selten. Zuletzt vor zwei Tagen. Ich wollte schon ins Bett

gehen, da hörte ich eine Nachtigall. Ich hatte mir ein neues Nachtsichtgerät besorgt und mußte es einfach ausprobieren. Die Nachtigall habe ich nicht finden können, dafür aber eine Schleiereule und zwei Uhus, drüben hinter der Holzfabrik. Wahrscheinlich gibt es dort jede Menge Mäuse zu jagen.«

»Dann waren sie ja genau in der Nacht unterwegs, in der bei Frien eingebrochen wurde«, sagte Barbara.

»Eingebrochen? Bei ihm zu Hause?«

»Nein, in seiner Fabrik. Es ist nicht viel gestohlen worden, aber Herr Frien meinte, daß die Ganoven vielleicht noch einmal wiederkommen könnten. Haben Sie nicht zufällig jemanden vor dem Fabrikgelände gesehen?«

»Ich kann mich nicht erinnern.« Stähr wandte plötzlich den Kopf und lauschte intensiv. »Da – das ist eine Mönchsgrasmücke. Die habe ich schon lange nicht mehr hier gehört. Entschuldigen Sie, aber ich muß mich ein wenig beeilen, sonst geht die Sonne unter, und dann gehen die Vögel schlafen. Grüßen Sie meinen Exschwager von mir. Und glauben Sie nicht alles, was im Dorf erzählt wird! Trauen Sie lieber ihrem eigenen Urteil.«

Stähr hob die Hand zum Gruß und schwang sich auf sein Fahrrad. Er sah aus wie ein großer Junge, aufmerksam nach rechts und links lauschend, immer auf den Wald zuhaltend.

Kapitel 24

»Ja, bitte, ich warte. Ja, es ist dringend.«

Ludger Frien legte den Telefonhörer ans andere Ohr und konnte nun den Kopf in die andere Richtung drehen, nämlich zum Fenster hin. Zu sehen vermochte er trotzdem nichts, denn seine Matratze lag auf dem Boden, viel zu niedrig, um in Augenhöhe mit dem Fenster des Gästezimmers zu sein. Schade, denn man schaute von hier aus direkt auf den Goldregen, den er erst im letzten Jahr gepflanzt hatte und der gerade in voller Blüte stand. Frien hatte sich hier einquartiert, weil das Ehebett viel zu weich gepolstert war für seinen Zustand. Er lag flach auf dem Rücken, die Unterschenkel in hakenförmiger Stellung auf einem Schaumstoffquadrat, was angeblich die Bandscheiben entlasten sollte. Seitdem die Ärztin noch einmal dagewesen war, war er wieder schmerzfrei. Aber für wie lange? Um einen Termin in Kiel hatte er sich noch nicht gekümmert. Bisher waren seine Rückenschmerzen immer von allein wieder besser geworden. Warum sollte es diesmal anders sein? Und eines war gewiß: Er würde sich nie im Leben in diese Röhre hineinschieben lassen. Computertomographie – allein dieses Wort. Es hörte sich an, als ob man in Scheibchen geschnitten werden sollte wie ein verrotteter Baumstamm.

»Ja, ich warte noch. Bitte, bitte, es ist ja nur mein Geld«, blaffte er in den Hörer und wechselte wieder ans andere Ohr.

Zum Glück war Marianne nicht da, denn sie hätte ihm sicherlich nur wieder Vorwürfe gemacht. Sie war nach Hamburg gefahren, um mit Markus auf seine bestandene Aufnahmeprüfung anzustoßen. Als ob der Junge ausgerechnet mit seiner Mutter das große Ereignis feiern wollte! Vor Mitternacht würde sie sicher nicht wieder zurück sein.

»Da bist du ja endlich, Poldi. Ich warte schon seit einer halben Stunde in der Leitung. Hör zu, ich habe ein Problem. Bei mir ist gestern nacht eingebrochen worden. Es ist zwar nicht viel gestohlen worden, noch nicht. Aber ich habe das komische Gefühl, daß die Ganoven noch mal wiederkommen – weil sie offenbar nicht gefunden haben, was sie suchten.«

Frien legte eine Hand über den Hörer, während er das Hausmädchen aus dem Zimmer winkte, das mit einem Tablett in der Tür stand. Nina, estnischer Abstammung und eigentlich als Au-pair-Mädchen in Deutschland, um ihre Sprachkenntnisse aufzubessern – eine Idee von Marianne, die vor Geiz manchmal auf die dümmsten Gedanken kam –, verstand ihn mal wieder nicht und setzte das Tablett neben seinem Lager auf der Erde ab.

»Entschuldige, Poldi«, sagte Frien wieder in den Hörer. »Ja, ich bin noch dran. Ich brauche dringend über Nacht jemanden, der Wache schiebt, bis die neue Alarmanlage eingebaut ist. Also bis Anfang nächster Woche.«

Nina stand noch immer im Zimmer und wartete offenbar darauf, daß Frien sein Gespräch beendete. Der Fabrikant richtete sich ächzend auf dem Ellbogen auf.

»Was heißt zu kurzfristig? Es ist ein Notfall. Soll ich mich etwa selbst ins Büro setzen? Verdammter Mist, ja ruf mich zurück. Aber bald, bitte.«

Er legte den Telefonhörer auf und schloß die Augen.

»Was gibt's denn, Nina«, fragte er leise unter Aufbietung äußerster Selbstbeherrschung. »Ich habe doch gesagt, ich möchte nicht gestört werden.«

»War Anruf von Frau, Frau will nicht kommen heute nacht.«

»Meine Frau kommt heute nacht nicht heim? Ja, dann soll sie es bleibenlassen. Um Himmels willen«, fuhr er fort, nachdem er das Tablett inspiziert hatte. »Was bringen Sie mir denn da? Pfefferminztee! Ich trinke grundsätzlich keinen Pfefferminztee. Und ich esse grundsätzlich keinen Haferbrei. Wer hat Ihnen denn aufgetragen, mir diesen Mist hier zu servieren? Wollen Sie mich vergiften?«

Nina nahm verwirrt das Tablett vom Boden.

»Frau Doktor hat gesagt, Sie krank. Wenn ich krank, ich esse Haferbrei und trinke Tee, bis ich gesund bin.«

»Danke, dann bleibe ich lieber krank. Bringen Sie mir gefälligst eine Flasche Rotwein, aber einen guten aus dem Keller, nicht das Gesöff aus der Küche. Und ein Stück Munsterkäse und Brot. Ich habe doch nichts mit dem Magen.«

Ein stechender Schmerz fuhr durch seinen Körper, als er sich umdrehte, um erneut zum Telefon zu greifen. Er biß die Zähne zusammen und wählte die Nummer von Nicole Diem. Sie war sofort am Apparat. Er sprach leise, auch wenn außer Nina kein Mensch ihn hören konnte, und legte zusätzlich die Hand über die Muschel.

»Rate mal, wer dran ist«, flüsterte er.

Nicole kicherte.

»Bist du etwa nicht allein, Püppchen? Ist deine Schwester noch da?«

»Ja«, antwortete Nicole.

»Schade. Ich dachte, du könntest mich heute abend mal besuchen kommen.«

»Tut mir leid, geht nicht. Vielleicht morgen?«

»Morgen habe ich keine sturmfreie Bude. Ärgerlich. Dann komme ich nächste Woche mal bei dir vorbei.«

Frien trat der Schweiß auf die Stirn. Es war doch nicht möglich, daß ihm heute alles schiefging, was auch immer er anpackte. Am besten schluckte er ein paar von den Schlafpillen, die Dr. Pauli ihm dagelassen hatte, und begab sich in Morpheus Arme.

»Denkst du auch an dein Versprechen?« fragte Nicole. »Ich muß mich bald entscheiden. Ich habe nicht mehr viel Zeit.«

»Natürlich«, sagte Frien. »Also bis nächste Woche, und verlaß dich ganz auf mich.«

Kapitel 25

Mitten in der Nacht schreckte Barbara hoch. Das Telefon schrillte so laut, daß sie meinte, das ganze Dorf müsse davon aufwachen. Sie knipste die Nachttischlampe an und warf einen Blick auf die Uhr. Halb zwei, ein Notfall also. Sie sprang aus dem Bett und griff nach dem Telefon.

»Doktor Pauli«, sagte sie, und ihre Stimme, geübt von unzähligen Nachtschichten und Notfällen, klang nicht viel anders, als wenn sie ausgeschlafen in ihrer Praxis am Schreibtisch sitzen würde.

»Guten Abend, meine Süße. Hab' ich's mir doch gedacht, daß du noch nicht schläfst.«

»Thomas! Sag mal, spinnst du? Weißt du, wie spät es ist?«

»Ach komm, jetzt fang nicht gleich wieder an zu schimpfen. Wir haben gerade unser letztes Konzert hinter uns gebracht; ich dachte, es würde dich freuen, das zu hören.«

»Es ist mir vollkommen egal, Thomas. Mein Wecker klingelt morgen früh um halb sieben. Und das weißt du. Was willst du also? Warum reißt du mich aus dem Schlaf?«

Am anderen Ende der Leitung blieb es so lange still, daß Barbara schon dachte, Thomas hätte einfach eingehängt. Seit Tagen hatte sie versucht, ihn aus ihren Gedanken zu verdrängen. Sie kam sich vor wie jemand, den man ohne Rückfahrkarte in ein fremdes Land geschickt hatte, dessen Sprache sie nicht beherrschte; nur die Krankheiten waren dieselben, und ihre Diagnosen stimmten ebenso wie in Hamburg oder sonstwo. Alles andere war ihr fremd, und sie selbst mußte lange grübeln, um die Antwort auf die Frage zu finden, wie sie sich eigentlich fühlte. Ging es ihr gut? War sie einsam? War sie sich selbst entfremdet, wie Thomas, der sensible Künstler, ihr einmal an den Kopf geworfen hatte?

»Wie geht es dir denn?« fragte die vertraute Stimme aus dem Telefonhörer, die auf sie wirkte wie eine Flamme, die man an einen Öltank hält. »Ich habe Sehnsucht nach dir.«

»Ich nicht« sagte Barbara und kroch wieder unter ihre Decke. »Nach dir überhaupt nicht.«

Es dauerte ein paar Sekunden, bis Thomas begriff, was sie geantwortet hatte. »Was soll das heißen, liebst du mich nicht mehr?«

»Du glaubst wohl, du kannst mich hier einfach in die Pampa schicken! Die Barbara, die schafft es schon allein. Und dann, eines Tages, wenn es dir in den Kram paßt, bist du plötzlich wieder da.«

»Moment mal...«

»Nein, jetzt rede ich«, unterbrach ihn Barbara zornig. »Und ich finde, du machst es dir ein bißchen zu leicht, Thomas. Sind deine Groupies alle abgereist?«

Am anderen Ende blieb es einen Augenblick lang still. Barbara mußte grinsen. Sie lauschte gespannt in den Hörer. Gab er sich geschlagen? Oder hatte er noch etwas in petto? Schade, daß sie sein Gesicht nicht sehen konnte.

»Wenn du nicht so nachtragend wärst, würde ich dich glatt heiraten«, sagte Thomas endlich. Seine Stimme klang kalt.

Barbara fing an zu kichern und streckte sich wohlig unter ihrer Bettdecke aus.

»Dazu hätte ich vielleicht auch noch ein Wörtchen zu

sagen, mein Lieber. Du hast recht, ich bin vielleicht nachtragend, aber du scheinst unter fortgeschrittener Amnesie zu leiden. Und ich denke nicht daran, dich in diesem Zustand zu übernehmen.«

Thomas schnaubte empört ins Telefon und fand so rasch keine Entgegnung. Barbara nutzte die Gelegenheit, das letzte Wort zu haben.

»Wenn du dich gebessert hast, kannst du gerne irgendwo auf der Welt ein Aufgebot bestellen. Ich kaufe inzwischen schon mal ein Haus. Das geeignete Objekt habe ich schon gefunden.«

»Untersteh dich! Du kannst doch nicht einfach ein Haus kaufen, ohne mich zu fragen!«

»Und ob ich das kann. Schließlich ist es mein Geld.«

»Aber es war meine Idee! Bitte, Barbara, laß es mich erst ansehen. Du kannst das doch gar nicht beurteilen, den baulichen Zustand und was nötig ist für die Umbauten, für das Studio und so weiter. Ich kann morgen abend schon bei dir sein. Wir bauen heute nacht noch ab. Danach setze ich mich ans Steuer, und morgen nachmittag bin ich schon in Holstein. Hast du etwa schon etwas unterschrieben?«

»Nein, aber ich habe morgen früh einen Termin beim Notar. Tut mir leid, aber ich glaube nicht, daß ich den absagen sollte. Du kannst natürlich jederzeit zu Besuch kommen, wenn du magst und wenn deine Verpflichtungen es zulassen. Und jetzt entschuldige mich bitte. Ein Frau in meinem Alter braucht ihren Schönheitsschlaf.«

Barbara legte den Hörer so sanft auf die Gabel wie eine Kompresse und wühlte sich kichernd wieder in ihre Kissen.

Kapitel 26

»Anna, du bist ein Schatz«, schwärmte Jupp Putensen und versteckte den Flachmann mit zitternden Händen in seinem Nachttisch neben dem Krankenbett. »Du rettest mir das Leben, Kindchen.« Er strahlte über das ganze Gesicht. Aus irgendeinem Grund hatten die Schwestern ihn bis heute nicht rasiert, und seine dichten dunkelgrauen Bartstoppeln reichten bis unter die Augen. Aus der Nase wuchsen dichte Haarbüschel, und der Schnauzbart begann sich heftig zu kräuseln und an den Ecken herabzuhängen. Trotzdem sah er jünger aus als sonst, fand Anna Scholz und stellte fest, daß der Krankenhausaufenthalt ihm gut bekam.

»Deine Schwester war damals ganz elend nach ihrem ersten Herzinfarkt, weißt du noch? Sie konnte sich sechs Wochen nicht rühren und war auf der linken Seite gelähmt. Bis zu ihrem Tod saß sie im Rollstuhl«, erinnerte sich Anna.

Jupp schüttelte den Kopf und tätschelte Annas Hand, die auf der Bettkante ruhte.

»Das weiß ich gar nicht mehr, Annachen. Damals war ich wohl gerade mal wieder auf Achse.« Er zwinkerte ihr zu und drehte den Kopf auf die andere Seite. Dort hockte Nicole Diem auf einer Stuhlkante und knetete nervös ihr Taschentuch. »Zwei so hübsche junge Damen an meiner Seite. Ich hätte mir ja nicht träumen lassen, daß mir so was noch mal passiert. Mädchen, nimm es nicht so schwer.« Er griff nach Nicoles Hand. »Zeit heilt alle Wunden. Der Kalle sah stärker aus, als er war. Wenn du mich fragst, da steckt sein Vater dahinter. Wir wissen beide, wovon ich rede, stimmt's?«

Nicole zog ihre Hand weg und erhob sich.

»Ich schaue mal draußen, ob ich eine Toilette finde«, sagte sie und ging zur Tür. Sie trug einen Ledermini über schwarzen Nahtstrümpfen, die wirklich niemand im Dorf tragen konnte außer ihr. Ein paar Zentimeter über dem Rockbund endete ein schwarzes enges Seidentop. Der Rücken war frei bis auf zwei gekreuzte schmale Bänder. Da sie braungebrannt war wie eine Weihnachtsmandel, war sie von hinten besonders hübsch anzusehen. Ihr blondes Haar türmte sich hoch über den Ohren und war zum Zeichen der Trauer mit einem schwarzen Samtband geschmückt, das sich zu einer großen Schleife im Nacken schloß. An der Tür drehte sie sich noch einmal um und winkte mit den dicht beringten Händen wie ein kleines Mädchen.

Jupp winkte Anna zu sich herunter.

»Nun laß uns mal Tacheles reden. Wenn mir hier was passieren sollte, dann gehst du sofort in meinen Hühnerstall. Oben über der Futterkiste ist ein Regal. Darauf stehen ein paar alte Kartons und Kisten, mit denen ich früher das Geflügel zum Markt geschafft habe. Dahinter, ganz an der Wand, ist etwas versteckt. Nimm Freddi mit, wenn du hingehst, der wird sich schon zurechtfinden. Viel ist es nicht, aber immerhin. Und verlier bloß keine Zeit. Wenn erst die Diems auf den Hof kommen, bleibt für euch nichts mehr übrig. Daran kann ich nun nichts mehr ändern.«

»Still, Jupp, du wirst doch wieder gesund. Nun mach dir mal nicht so viele Gedanken. Nächste Woche bist du schon wieder zu Hause.«

Jupp Putensen wiegte skeptisch den Kopf.

»Walter soll alle meine Sachen selbst entrümpeln. Wenn der Diem auch nur einen Pfennig an ihnen verdient, will ich mich im Grabe umdrehen. Hast du das verstanden, Annachen?«

Anna Scholz nickte und fing an, Jupps Bettzeug glattzustreichen.

»Ich geh' jeden Abend und jeden Morgen die Tiere füttern, darüber brauchst du dir keine Gedanken zu machen. Die Katze sitzt immer auf der Fensterbank und hält Ausschau nach dir. Und Schlappi frißt nichts, so treu ist der. Du mußt dich schon beeilen mit dem Nachhausekommen.«

Jupp lehnte sich in die frisch aufgeschüttelten Kissen. Er sah jetzt müde aus und ließ den Unterkiefer hängen.

»Und hol nicht den Pastor für meine Beerdigung, Anna, das mußt du mir versprechen. Bringt mich einfach so unter die Erde.«

»Jetzt ist aber Schluß«, sagte Anna Scholz. »Denk an die Buddel, die du im Nachttisch hast, Jupp. Daß bloß die Schwester sie nicht findet, bevor du einen Schluck genommen hast.«

Jupp blinzelte und ließ den Blick über die Decke gleiten.

»Den eigenen Sohn hat er auf dem Gewissen«, murmelte er.

»Was redest du denn?«, sagte Anna und winkte Nicole heran, die zögernd in der Tür stand.

Als sie sich verabschiedeten, stand schon die Krankenschwester mit dem Abendessen vor der Tür.

Kapitel 27

»Was willst du denn mit dem Ding?« fragte Theo, wickelte die beiden Akku-Bohrmaschinen wieder in das alte Handtuch und legte sie zurück in die Kiste, die er zwischen den alten Waschmaschinen und einem Haufen Eisengerümpel in der großen Scheune im Sandboden vergraben hatte. »Du fliegst nur auf, wenn du sie hier in der Gegend verkloppen willst. Die Seriennummer ist doch eingraviert, hast du das nicht gesehen?«

Freddi stellte seinen Fuß auf die Holzkiste, so daß Theo nicht weiter den roten Sand darüber verteilen konnte.

»Eine gehört mir, basta. Und die will ich haben.«

Theo versuchte, Freddis Fuß wegzudrücken, bis Freddi plötzlich den Fuß hob und seinem Freund kräftig auf die Hand trat.

Theo sprang mit einem Satz auf.

»Eh, du Miststück!« Er rieb sich die Hand und ballte sie zur Faust. Dann ging er in Angriffspose.

Freddi schob beide Hände in die Hosentaschen.

»Ich will meinen Anteil.«

Theo, der bei weitem nicht so stabil gebaut und durchtrainiert war wie Freddi, auch wenn er zwei Jahre älter war, ließ die Arme hängen. Dann ging er in die Knie und holte die Kiste wieder aus dem Erdloch. Plötzlich sah er auf.

»Du hast doch was vor«, sagte er und sah Freddi prüfend an. »Kann ich mitmachen?«

Freddi zuckte die Achseln.

»Ich will nur etwas ausprobieren. Los, gib schon her.«

Er bückte sich nach der batteriebetriebenen Bohrmaschine und drückte auf den Startknopf. Mit einem leisen Surren setzte sich der Bohrer in Bewegung.

»Damit machst du jedes Auto auf«, sagte Theo. »Weißt du noch, den Passat, den wir mit dem Handbohrer nicht aufgekriegt haben? Mit diesem Ding hätten wir ihn auf Anhieb geknackt. Man muß nur den richtigen Punkt treffen, keinen Millimeter daneben. Und dann, peng, ist die Tür auf. Wenn man Glück hat, sieht man nicht mal das Loch – nur wenn man genau hinschaut. Wohin willst du denn fahren? Wir könnten das Moped von meinem Alten nehmen und nach Oldenburg zum Knacken fahren. Heute nacht, wenn du willst. Du willst doch nicht etwa hier im Dorf was machen? Die lynchen dich, wenn sie dich schnappen.«

Freddi schüttelte den Kopf.

»Ich weiß schon, was ich tue.«

Theo schloß die Kiste wieder und verteilte sorgfältig den Sand darauf. Nachdem er ihn mit den Füßen festgestampft hatte, rückte er eine alte Waschmaschine darüber und lehnte ein paar rostige Eisengitter dagegen.

Freddi schob die Bohrmaschine in seine Hosentasche, die ein erstaunliches Fassungsvermögen aufwies. Die Hose war so weit, daß die Ausbuchtung nicht mal besonders auffiel.

»Ich habe übrigens Nicole heute gesehen«, sagte Theo, während sie durch die große Halle schlenderten, die voller Gerümpel und Gerätschaften stand, die der alte Diem bei Haushaltsauflösungen und Entrümpelungen zusammengetragen hatte und bei geeigneter Gelegenheit weiterverkaufte.

»In ihrem Wagen. Aber sie war nicht allein. Ihre Schwester ist immer noch da.«

»Hm«, brummte Freddi.

»Du denkst doch noch dran, daß wir sie mal gemeinsam besuchen wollten?«

»Klar.«

»Wie wäre es mit morgen abend?«

»Morgen ist Sonntag«, antwortete Freddi.

»Na und? Arbeiten Huren nicht am Sonntag?«

»Sie ist keine Hure.«

»Was denn? Du hast gesagt, sie kostet dreihundert. Ich habe die Knete, wenn du's nicht glaubst, zeige ich sie dir.«

»Ich glaub' dir ja. Aber meinst du nicht, daß sie jetzt andere Sorgen hat?«

Theo zog das große Rolltor hinter ihnen zu und schloß das Vorhängeschloß ab. Es nieselte leicht und hatte sich stark abgekühlt. Ein grauer öder Samstag nachmittag. Das ganze Dorf hielt Mittagsschlaf. Punkt drei Uhr würden die Rasenmäher anspringen und die Autos zum Waschen vor die Garage geschoben werden. Und der Sonntag war so tot, daß es sich nicht mal lohnte, die Gardinen aufzuziehen. Für alle, die jünger als dreißig waren, war am Wochenende in Bevenstedt der Hund begraben.

»Klar hat sie das. Ich ja auch. Ist ja schließlich mein Bruder, der sich aufgehängt hat. Aber das Leben geht weiter, oder? Ich fahre jedenfalls heute abend zum Vogelschießen nach Hettstedt. Da ist Schwof ab einundzwanzig Uhr. Vielleicht finde ich 'ne Puppe, von der ich's umsonst kriege.«

»Das ist doch was ganz anderes.«

»Klar, weiß ich doch.« Theo holte seine Zigaretten aus der Tasche und bot Freddi eine an. Sie blieben noch eine Weile rauchend im Schutz der Scheune stehen.

»Weißt du was?« sagte Freddi schließlich. »Wenn das, was

ich vorhabe, klappt, dann haue ich hier ab. Vielleicht schon nächste Woche. Ich fahre runter nach Hamburg und suche mir einen Dampfer rüber in die Staaten. Oder nach Asien.«

Theo gab keine Antwort und rauchte mit gerunzelter Stirn.

»Willst du nicht mitkommen?« fragte Freddi.

»In die Staaten? Ich war nie gut in Englisch.«

»Das ist doch egal, Mensch. Willst du etwa hier versauern? Willst du ewig für deinen Alten schuften? Denk an Kalle – wenn der weggegangen wäre, würde er noch leben.«

»Er hat's ja versucht. Keine zwei Jahre, dann war er wieder da. Scheiße.«

»Hat eben Pech gehabt.«

»Ich kann meinen Alten jetzt nicht allein lassen. Zur See fahren ist auch nicht mein Ding. Die wollen uns doch gar nicht haben. Die nehmen nur Latinos und Schlitzaugen, weil die billiger sind.«

»Kommt drauf an. Vielleicht arbeite ich auch erst mal in 'ner Kneipe.«

Theo schmiß seine Kippe ins nasse Gras.

»Ich muß jetzt rein. Wenn du mitwillst heute abend, mußt du rechtzeitig vorbeikommen.«

Grußlos stieg Freddi auf sein Rad und fuhr davon.

Kapitel 28

Barbara nahm hinter der Kirche die erste Straße links und parkte ihren Wagen im Schatten der Friedhofsmauer. Gegenüber lag das Landarbeiterhäuschen der Plettenbergs inmitten eines gepflegten Gartens. Sogar die Mittagsblumen blühten hier schon. Bei ihr zu Hause, dicht am Waldrand, waren sie noch lange nicht so weit. Die Haustür war fast vollkommen verborgen unter einem riesigen Busch gelber Kletterrosen. Das ganze Haus war bis zum Dach von wildem Wein und Jelängerjelieber überwachsen. Dazwischen standen Apfel- und Kirschbäume im Spalier.

Frau Claasen hatte ihr viel über die beiden Frauen erzählt, die Barbara nur von ihren Karten aus der Patientenkartei kannte: schwerer Diabetes Typ A. Tochter Bärbel hatte die Krankheit von der Mutter geerbt. Bei ihr war sie sogar wesentlich schlimmer ausgeprägt, und sie hatte schon zweimal im letzten Augenblick aus einem diabetischen Koma gerettet werden müssen. Hinzu kam eine schwere Behinderung durch einen Autounfall vor zwei Jahren. Ein komplizierter Sprunggelenkbruch war nicht richtig verheilt, der Fuß war steif geworfen und verursachte ständig Schmerzen. Sie war auch vorher keine besonders attraktive Person gewesen, durch die chronische Krankheit und die Gehbehinderung wurde sie noch mehr an den Rand gedrückt. Es gab niemanden im Dorf, der sie mochte. Ihre Mutter Meta wurde bedauert wegen ihrer erwachsenen Tochter, die wohl nie mehr das Haus verlassen würde.

Meta Plettenberg hatte früher den Lebensmittelladen im Dorf geführt. Als immer mehr Supermärkte in der Umgebung eröffnet wurden, mußten die Plettenbergs ihr Geschäft schließen. Meta Plettenberg bekam eine bescheidene Rente, die sie mit einem Eierstand zweimal die Woche auf dem Oldenburger Wochenmarkt aufbesserte. Ihre Tochter hingegen war seit ihrem Unfall eine vermögende Frau.

»Sie hat damals vom Weißen Ring eine beachtliche Summe bekommen«, hatte Frau Claasen Barbara erklärt und dabei die Stimme gesenkt, wie immer, wenn sie vom Geld sprach. »Hundertfünfzigtausend Mark«, flüsterte sie hinter vorgehaltener Hand. »Glück im Spiel und Pech in der Liebe, hat mein Sohn damals gesagt.«

»Warum vom Weißen Ring?« fragte Barbara.

»Weil doch derjenige, der sie angefahren hat, Fahrerflucht begangen hat. Man hat ihn nie gefunden. Und sie hatte ja nichts, keine Unfallversicherung, nichts. Aber warum sie nun angefangen hat, Häuser und Grundstücke zu sammeln wie andere Leute Schallplatten, das verstehe ich nicht.«

Bärbel Plettenberg hatte nach und nach alle freien Grundstücke am See aufgekauft. Auch ein paar alte Häuser hatte sie ersteigert, unter anderem das ehemalige Pfarrhaus am Koppelweg, das die Kirchengemeinde veräußern mußte, nachdem entschieden worden war, daß Bevenstedt in Zukunft ohne eigenen Pfarrer auszukommen hätte.

»Sie hockt auf dem Geld wie ein Huhn auf ihrem Gelege, und ihr Vermögen wird immer größer«, behauptete Frau Claasen.

»Vielleicht spekuliert sie mit den Objekten«, meinte Barbara.

»Im Gegenteil! Es ist noch keinem Menschen auf der Welt gelungen, Bärbel Plettenberg ein Haus oder ein Grundstück wieder abzukaufen. Die gibt nichts wieder her, was sie einmal erstanden hat. Ist das nicht verrückt?«

»Vielleicht hat ihr noch nie jemand genug Geld geboten, damit es sich für sie gelohnt hätte.«

Frau Claasen zuckte die Achseln.

»Das weiß ich nicht. Susanne Stähr, die Exfrau von unserem Doktor, würde ihr ja gerne die Grundstücke am See abkaufen. Ich glaube, sie hat einen ziemlich hohen Preis geboten. Aber da ist nichts zu machen. Die Bärbel bleibt hart.«

»Und ausgerechnet der gehört das alte Pfarrhaus.«

»Ja, ausgerechnet ihr, Frau Doktor. Das tut mir nun leid. Aber sagen mußte ich es Ihnen ja.«

Die Haustür öffnete sich erst, lange nachdem Barbara geklingelt hatte. Meta Plettenberg war ganz außer Atem. Sie hatte einen großen Korb mit frischen Hühnereiern unter dem Arm, an denen noch Federn und Strohhalme klebten.

»Ach Sie sind es«, rief die alte Frau, als sie die Besucherin erkannte. »Kommen Sie herein. Bärbel, Bärbelchen! Die Frau Doktor ist da!«

Im Haus war es kühl und klamm. Es roch nach Essen und nach Waschlauge. Auf dem Boden neben der Haustür standen zwei große Körbe mit Bügelwäsche.

Meta Plettenberg schob Barbara in die Stube. Darin war es so dunkel von den Pflanzen vor dem Fenster, daß sie die matte Deckenlampe anschalten mußte.

»Setzen Sie sich schon mal hin. Nett von Ihnen, daß Sie sich um uns kümmern. Bärbelchen kommt gleich. Ich mache uns nur schnell eine schöne Tasse Kaffee.«

Barbara erschrak, als Bärbel Plettenberg nach einer Weile

zur Tür hereinkam. Sie stieß die Tür mit ihrer Krücke auf und schob sich geübt an den schweren Möbeln vorbei durch das Wohnzimmer. Eine Hand auf die Gehkrücke gestützt, begrüßte sie ihren Gast. Sie war ihrer Mutter wie aus dem Gesicht geschnitten. Über ihrem kindlich zierlichen Körper wirkte ihr Kopf mit den breiten, hohen Wangenknochen fast zu groß. Ihr Teint war hell und unter den Augen von feinen, roten Äderchen durchzogen, und das schüttere, aschblonde Haar hing unfrisiert über die Ohren, ein bißchen wellig, aber ganz ohne Form und Schnitt. Sie trug die gleiche gemusterte, billige Kittelschürze wie ihre Mutter und darunter einen rosa Acrylpullover, dessen Ärmel sie hochgeschoben hatte. Die Schürze hing ihr bis über die Knie, darunter kam der verkrüppelte Fuß in einem orthopädischen Schuh zum Vorschein. Sie war ein paar Jahre jünger als Barbara, aber sie sah sehr viel älter aus. Sie ließ sich schwerfällig auf einem Stuhl mit gerader Lehne nieder und lehnte die Krücke hinter sich gegen das Sofa.

»Sie kommen wegen des alten Pfarrhauses«, stellte sie fest, noch ehe Barbara den Mund aufgemacht hatte.

»Das hat sich wohl schon herumgesprochen«, sagte Barbara überrascht. »Ja, ich interessiere mich tatsächlich für das Haus am Koppelweg. Es ist genau so ein Haus, wie ich es mir immer vorgestellt habe.«

Meta Plettenberg wackelte nervös mit dem Kopf, während sie die Kaffeetassen aufdeckte. Die mächtige Standuhr mit ihrem silbern glänzendem Pendel tickte bedrohlich wie eine Zeitbombe. Daneben hing eine Kuckucksuhr, die ebenfalls die korrekte Stunde anzeigte.

»Leider gehört uns das Haus gar nicht«, sagte Bärbel Plettenberg. »Nicht mehr«, fügte sie hinzu. »Wir haben es gerade verkauft. An einen Herrn aus Hamburg. Sie kommen ja auch aus Hamburg, nicht wahr? Es gibt viele Hamburger hier in der Gegend. Denen gefällt es wohl nicht mehr in der Stadt.«

»Bärbel«, säuselte Meta Plettenberg sanft. »Bei Frau Doktor ist das doch etwas anderes. Sie ist ja ihres Berufs wegen hier.«

»Ja«, brummte ihre Tochter mürrisch. »Ja, ja. Die lieben Ärzte.«

Ihre Mutter warf ihr einen alarmierenden Blick zu.

»Das ist wirklich sehr schade«, murmelte Barbara enttäuscht. »Ich habe mich direkt ein bißchen in das Haus verliebt.«

»Ja, wenn wir gewußt hätten, daß Sie es kaufen wollen... Ihnen hätten wir es viel lieber gegeben. Wir haben auch gar nicht viel dafür verlangt – obwohl es tipptopp in Ordnung ist. Dieser Hamburger will es als Wochenendhaus nutzen, nicht wahr, Mama? Ach, du hast ihn ja gar nicht kennengelernt. Er ist Beamter, glaube ich. Ja, wenn wir das eher gewußt hätten...«

»Schade«, bedauerte Barbara. »Dabei ist es für ein Wochenendhaus eigentlich viel zu weit weg von Hamburg. Zwei Stunden braucht man mit dem Auto, wenn man gut durchkommt. Aber im Sommer ist die Strecke Hamburg-Lübeck ein einziger Verkehrsstau.«

Bärbel Plettenberg blickte starr auf das Tischtuch. Ihre Mutter hatte dampfenden Kaffee eingeschenkt, aber niemand trank davon.

»Was halten Sie denn von der schrecklichen Geschichte mit dem armen Kalle Diem, ist das nicht gräßlich?« sagte Meta Plettenberg. »Ich habe gehört, Sie sollen dabeigewesen sein, als man ihn fand.«

»War er gleich tot?« erkundigte sich Bärbel Plettenberg. In ihren Augen lag eine Art fiebriger Glanz, als sie Barbara ansah.

»Gefunden hat ihn seine Frau Nicole«, erklärte Barbara. »Als ich dazukam, war er schon einige Stunden tot. Wenn Sie wissen wollen, ob er gelitten hat – nein, das glaube ich nicht. Tod durch Erhängen geht ganz schnell, wenn man es richtig macht. Man bricht sich das Genick und verliert sofort das Bewußtsein.«

»Schrecklich«, murmelte Meta Plettenberg.

»Jeder bekommt, was er verdient«, meinte Bärbel und rückte Barbara den Kuchenteller hin. »Bitte nehmen Sie doch; ist zwar für Diabetiker, aber selbstgebacken. Von meiner Mutter.«

»So ein junger Mann«, sagte Meta Plettenberg. »Ganz egal, was er getan hat. So jung zu sterben, das hat keiner verdient.«

Barbara schlang schnell ein kleines Stück Aprikosenkuchen hinunter und trank ihren Kaffee.

»Ich habe neuerdings wieder starke Schmerzen in meinem Fuß, die das ganze Bein hochziehen«, bemerkte Bärbel Plettenberg.

»Das würde ich mir gern einmal in Ruhe ansehen«, sagte Barbara sofort. »Kommen Sie am besten am Montag morgen in meine Praxis. Abgemacht?«

Dann verabschiedete sie sich rasch und lief zu ihrem Auto, das inzwischen natürlich in der prallen Sonne stand.

Kapitel 29

Die Sonntagnacht war bewölkt, und weder der Mond noch ein einziger Stern waren am Himmel zu sehen. Die Straßenbeleuchtung wurde um halb zwölf ausgeschaltet, und es war kurz nach Mitternacht, als Freddi sich auf den Weg machte. Seine Eltern schliefen schon lange. Er schlich leise über die Treppe und verließ das Haus ganz einfach durch die Haustür. Das Fahrrad ließ er nach kurzem Zögern stehen. Es waren ja nur ein paar Schritte bis zur Holzfabrik, und man konnte nie wissen, wer sein Rad draußen stehen sah, während er drinnen zugange war.

Ein Käuzchen rief, als er durch den Bäckergang lief, sonst war es totenstill. Auf der Umgehungsstraße fuhr leise ein Auto am Dorf vorbei, Freddi ahnte es mehr, als daß er es hörte. Ehe er den letzten Hof vor dem Geräteschuppen der Feuerwehr passiert hatte, glaubte er, die glühenden Augen einer Eule auf dem alten Kirschbaum bei Jensens zu sehen. Eulen waren ihm unheimlich. Sie waren so leise, daß man sie nicht hören konnte; dabei hatten sie selbst ein so gutes Gehör, daß sie im Flug die Mäuse auf der Erde verfolgen konnten – nicht mit den Augen, sondern mit den Ohren. Gut, daß Wachtmeister Ellmeier vom Polizeiposten in Lensahn für seinen festen Schlaf bekannt war.

Freddi mußte lachen bei dem Gedanken an Ellmeier, vor

allem beim Gedanken an seinen Sohn Max. Das war vielleicht ein Trottel. Im Sportunterricht machte sich immer die ganze Klasse über ihn lustig. Irgend jemand hatte mal seine langen Hosen versteckt, so daß Max ohne Hosen zurück in den Klassenraum und vor den Klassenlehrer hatte treten müssen, heulend, schlotternd, ein Häuflein Elend. Bis Freddi sich erbarmt hatte und auf die große Kastanie im Schulhof geklettert war, um seine Hosen herunterzuholen. Daraufhin hatte der blöde Peter Ochs, ihr Klassenlehrer, angenommen, daß Freddi derjenige gewesen sei, der sie hochkatapultiert hatte. Auf diese Weise war er zu seinem dritten blauen Brief gekommen – und einem Verweis vom Direx. Wenigstens hatte Max sein Versprechen gehalten und Freddi mal zu sich nach Hause mitgenommen, wo vorne in einem besonderen Trakt hinter einer Windfangtür die Polizeistation untergebracht war. Freddi hätte gern das Funkgerät gesehen, das der Vater von Max besaß, und auch die Pistole. Ja, vor allem die Pistole, die interessierte ihn ungemein. Außerdem hatte Ellmeier bestimmt ein Nachtfernrohr, so eins, wie der Förster in Schönwalde es besaß und der Doktor, wenn er nachts die Vögel beobachtete. Aber die Windfangtür war abgeschlossen gewesen, und Freddi hatte einen ganzen Nachmittag lang mit dem blöden Max dessen Briefmarkensammlung ansehen müssen.

Erschrocken sprang Freddi auf die Seite und hockte sich für eine Weile ins Gebüsch. Es hatte sich angehört, als ob ein Fahrrad hinter ihm führe. Ob der Doktor hier irgendwo auf der Vogelpirsch war? Er war auch so ein leiser Typ, genau wie eine Eule. Wenn der ihn sah, würde er ihm bestimmt eine Strafpredigt halten.

Wieder rief das Käuzchen, und Freddi dachte, wo ein Käuzchen sicher ist, bin ich es auch. Er lief vorsichtig weiter und hielt sich nah am Straßenrand. Bald tauchte das große

Werkstor vor ihm auf, das rechts und links von einem hohen, mit Stacheldraht versehenen Zaun gesichert wurde. Lächerlich, denn hinten, auf der Seite zum Waldrand hin, stand nur ein niedriger Schafszaun. Dies hier war wohl als Abschrekkung für auswärtige Einbrecher und Diebe gedacht. Es gab welche, die kamen aus den Städten und gingen auf dem Lande auf Raubzug, weil es hier angeblich einfacher war einzubrechen. Aber sie wurden oft geschnappt. Sie kannten sich eben nicht so gut aus wie er, Freddi, der hier aufgewachsen war und jeden Steg und Weg kannte wie seine Westentasche. Wenn er jemals davonlaufen müßte, würde kein Erwachsener ihn kriegen. Nicht etwa, weil er so schnell laufen konnte – er war gar nicht so gut im Sprinten –, sondern weil er unzählige Tricks kannte, wie man hier schnell entkommen konnte. Jedes Loch im Zaun, jede seichte Stelle im Bach, jeder Hintergarten waren ihm vertraut. Nein, das Entkommen war kein Problem für ihn. Das Einbrechen selbst, das mußte er erst noch lernen. Und darum war ihm heute abend schon ein wenig mulmig zumute.

Ohne Mühe überwand er den Schafszaun hinter dem Holzlager und schlich auf dem demselben Weg zwischen den Stämmen entlang auf das Werkstatt- und Bürogebäude zu wie letzte Woche, als er mit Theo hiergewesen war. Es hatte sich nichts verändert inzwischen. Man hatte den Zaun noch nicht höher gebaut – wie denn auch, in so kurzer Zeit. Auch die Alarmanlage, die Frien plante, hatte so schnell nicht installiert werden können. Das hatte sein Vater beim Abendessen erzählt. Eine Wache hatten sie einsetzen wollen, aber der Wachdienst hatte so kurzfristig keine Leute bereitgestellt.

Darum mußte Freddi sich beeilen, ehe die gute Gelegenheit verstrichen wäre. Und ehe Frien begriff, worauf er es abgesehen hatte. Wenn es nicht schon zu spät war.

Die Werkstattür war mit einem neuen Vorhängeschloß gesichert, das Freddi wieder mit der Brechstange knackte, wie er es letztes Mal bei Theo gesehen hatte. Es war ganz schön anstrengend, aber es klappte. Eine Sekunde später befand er sich in der warmen Halle und schob die Tür hinter sich zu.

Es roch so intensiv nach Holz und Firnis, daß Freddi die Nase krauszog, um nicht niesen zu müssen. Einen Augenblick lang lehnte er sich gegen die Holzwand und wartete darauf, daß seine Augen sich an die Finsternis gewöhnten. Als er die Umrisse der großen Bandsäge neben sich erkennen konnte, machte er sich langsam auf den Weg durch die Maschinen.

Er war schon oft hiergewesen, um seinen Vater von der Arbeit abzuholen. Der hatte ihm alles gezeigt. Er hatte ihm erklärt, wie die Holzstämme geschält und aus ihnen dann Bretter gesägt wurden. Anschließend wurden sie gehobelt und dann sorgfältig über Dachlatten gestapelt, damit sie weiter trocknen konnten. Die Rinden und Holzabfälle wurden in einer anderen Werkstatt gehäckselt und zermahlen und zu Preßplatten oder Zellulose verarbeitet. Schließlich gab es noch die Tischlerei, die sich an die Sägerei, in der er jetzt stand, anschloß.

Die Tür zwischen den beiden Werkstätten war vergangene Woche offen gewesen. Jetzt war sie zu. Freddi holte einen kleinen, superhellen Punktstrahler aus seiner Hosentasche und leuchtete den Türrahmen ab. Die Tür hatte ein ganz normales Bartschloß, wie es sich zu Hause an seiner Zimmertür befand. Er hatte es schon einmal ganz zerlegt. Natürlich hatte er es danach nicht wieder zusammenbekommen, weil darin eine Schnecke aus Metall eingebrannt war, die andauernd zurücksprang, so daß alle Einzelteile durch das Zimmer geschleudert wurden. Schließlich hatte seine Mutter den ganzen Blechsalat gefunden und natürlich sofort Vater gezeigt. Und der hatte ihm eine Tracht Prügel verpaßt. Wahrscheinlich hatte er kapiert, weswegen sein Sohn so darauf aus war, den Mechanismus eines Schloßkastens zu durchschauen.

»Der Junge ist doch nur neugierig«, hatte seine Mutter gemeint.

Aber Freddi war nicht nur neugierig. Freddi wollte wie Superman Türen und Autos knacken können, er wollte sich durch nichts und niemanden aufhalten lassen, jedenfalls nicht durch so ein lächerliches Bartschloß.

Aus seiner linken Hosentasche holte er den Dietrich, den er in tagelanger Kleinarbeit für seine eigene Tür präpariert hatte. Er führte ihn mit ruhiger Hand und gespitzten Ohren ins Schloß. Es klappte auf Anhieb. Die Tür ließ sich aufschließen wie mit einem Schlüssel, und Freddi trat mit klopfendem Herzen in die Tischlerei ein.

Er war stolz. Dies war sein erster richtiger, eigener Einbruch. Mit einem selbstgebauten Dietrich. Er fühlte sich jetzt so sicher, daß er es sogar wagte, die Taschenlampe anzulassen, bis er am anderen Ende der großen Halle die Tür zum Bürotrakt erreicht hatte.

In der Tischlerei kannte er sich nicht so gut aus, weil sein Vater hier nichts zu tun hatte. Hier standen lauter wertvolle, teure Maschinen; hier hatten sie letzte Woche auch die beiden Akku-Bohrmaschinen mitgehen lassen, die jemand wohl aus Versehen unverschlossen auf der Werkbank hatte liegenlassen. Alle anderen Werkzeuge waren in den Stahlschränken über und unter den Werkbänken weggesperrt. Aber ohnehin war Werkzeug viel zu schwer zu transportieren. Außerdem hatte Theo letztes Mal Angst gehabt, daß ihnen auf dem Heimweg jemand begegnen und sich fragen könnte, was sie da nachts durch die Gegend schleppten. Wenn man mit Theo irgendein Ding drehte, machte der sich vor Angst fast immer in die Hose. Er war im tiefsten Herzen ein Hasenfuß, aber trotzdem kein schlechter Schlosser. Man konnte mit ihm durch dick und dünn gehen. Alleine zu arbeiten war aber auch nicht schlecht, stellte Freddi fest. Er fühlte sich fast euphorisch.

Vor der metallenen Brandschutztür, die zu den Büros führte und an der sie beim letzten Mal gescheitert waren, holte Freddi die Bohrmaschine aus der Hosentasche und ließ den Sechser-Metallbohrer, den er aus Vaters Bohrschlüsselkasten geholt hatte, einmal kurz durchdrehen. Toll, wie leise die Maschine war.

Jetzt ging es ans Eingemachte. Ein echtes BKS-Schloß zu knacken, das hatte er noch nie versucht. Er hatte zwar auch schon einmal ein altes Sicherheitsschloß auseinandergenommen, hatte probiert, es mit einer Haarnadel oder einem Schraubenzieher aufzukriegen, aber ohne Erfolg. Schließlich hatte Theo ihm erklärt, daß man Sicherheitsschlösser nur knacken könne, wenn sie ein paar Millimeter auf dem Türblatt vorstanden, so daß man eine Nuß ansetzen konnte, um das ganze Schloß mit einem kräftigen Ruck aus dem Türholz zu reißen. Freddi konnte sich das nicht vorstellen. Theo hatte versprochen, ihm eine solche Metallnuß zur Anschauung mitzubringen, es dann aber nie getan. Wahrscheinlich hatte er das Märchen von Kalle und plapperte es einfach nach. Egal. Ein Mann mußte jedes Problem auf seine eigene Weise lösen können. Das hatte er mal irgendwo gelesen. Was interessierte es ihn, wie Kalle angeblich BKS-Schlösser aufmachen wollte. Kalle war sowieso viel zu anständig gewesen zum Klauen. Und ein Hasenfuß wie sein Bruder. Das hatte er nun davon. Nun guckte er sich die Radieschen von unten an.

Freddi setzte den Bohrer genau ins Schlüsselloch, um eine Öffnung zu bohren, die groß genug war, damit er einen kräftigen Schraubenzieher plazieren konnte. Der Bohrer ging wie

Butter ins Schloß und fräste eine schöne, breite Nut. Freddi ließ die Bohrmaschine wieder in die Hosentasche gleiten. Sie war ziemlich heiß geworden und brannte auf seinem Oberschenkel. Er achtete nicht darauf.

Er holte tief Luft und rammte mit Wucht seinen größten Schraubenzieher in die Nut, so tief, wie es ging. Dann setzte er an den Sechskant hinten einen Schraubenschlüssel. Unter diesem Hebel zerbrach das Schloß mit einem einzigen Ruck. Es hörte sich an, als ob eine Klinge springen würde. Nun mußte Freddi nur noch dafür sorgen, daß die Schloßzunge zurück in den Schloßkasten rutschte. Aber da die Stifte im Zylinder zerbrochen waren, fand die Zunge keinen Widerstand mehr und ließ sich mit dem Schraubenzieher langsam aus dem Schloßkasten im Türrahmen zurückdrängen. Nur ein bißchen Farbe war an dem frisch lackierten Metallrahmen der Türleiste abgesprungen. Die Tür stand offen: ein sauberes Stück Arbeit.

Freddi nahm seine Taschenlampe, die er zwischen die Knie geklemmt hatte, wieder in die Hand und trat in die Büroräume ein. Hoffentlich gab es nicht noch mehr Türen zu knakken. Nicht, daß er jetzt noch fürchtete, sie nicht aufzubekommen, aber er schwitzte wie ein Hochleistungssportler, und die Zeit rannte ihm davon. Um halb sechs kamen die ersten Arbeiter. Ganz abgesehen davon, daß sein Vater um Viertel vor fünf aufstand und ihm über den Weg laufen konnte, wenn er nach Hause zurückkam.

Der erste Raum war das Kundenbüro, von dort aus ging es in den Verwaltungstrakt. Alle Türen standen offen, und kleine Notlichter über den Flurtüren erhellten die Gänge ausreichend, so daß Freddi sich gut zurechtfand. Ganz am Ende des Flurs lag das Büro von Friens Sekretärin, Frau Leopold. Freddi trat hinter ihren Schreibtisch und begann, die darauf herumliegenden Briefe und Akten zu durchsuchen. Jetzt kam der schwierigste Teil seiner Unternehmung. Wie sollte er finden, was er suchte? So genau hatte er sich gar nicht überlegt, wie er vorgehen wollte. Wo würde man einen solchen Brief ablegen? In der Personalakte vielleicht. Kalle Diems alte Personalakte, die mußte er finden. Aber wo?

Freddi betrachtete die Rücken der schwarzen Aktenordner, die die ganze Wand hinter Frau Leopolds Schreibtisch bedeckten. So viele Aktenordner hatte er in seinem ganzen Leben noch nie gesehen. Und damit kannte die komische Brillenschlange sich aus? Das hätte er ihr gar nicht zugetraut.

Er zog wahllos Aktenordner aus dem Regal, auf denen ihm unverständliche Bezeichnungen und Zahlen standen. Ein Ordner nach dem anderen flog aus dem Regal. Freddi wurde immer hektischer. Tabellen, Lieferscheine, Bilanzen lagen vor ihm – lauter unverständliches Zeug. Schließlich kam die Briefablage an die Reihe: A–Z; unter D schlug Freddi einen Ordner auf. Gleich der oberste Brief befaßte sich mit Kalle Diem. Freddi legte den Ordner auf den Schreibtisch und knipste die Schreibtischlampe an.

Er stand mit dem Rücken zur Tür, als er plötzlich die Stimme von Ludger Frien hörte. Er fuhr herum. Frien stand leibhaftig hinter ihm. Er hatte ein doppelläufiges Jagdgewehr in der Hand, das direkt auf Freddi gerichtet war. Er stand seltsam gebückt da, als könne er sich nicht richtig grade halten, aber er sah nicht aus, als ob er zu Scherzen aufgelegt wäre.

Kapitel 30

GEMEINSCHAFTSPRAXIS
DR. JÜRGEN STÄHR
DR. BARBARA PAULI

stand auf dem neuen Schild an der Straße. Es war etwa in Augenhöhe hinter dem Gartenzaun von Stährs Zweifamilienhaus angebracht. Ein zweites Schild mit den Öffnungszeiten der Praxis prangte an der Hauswand neben der Eingangstür. Barbara musterte die Schilder voller Stolz.

Schade, daß Tante Tina das nicht mehr erlebte. Auch sie wäre stolz auf ihre Nichte gewesen. Es hatte viele Jahre gedauert, bis Barbara begriffen hatte, daß ihre Tante sie auch dann liebte, wenn sie nichts für sie tat, wenn sie einfach nur da war. Christina Pauli war eine strenge, sehr selbstbewußte, introvertierte Frau gewesen, die mehrere Jahre älter als Barbaras Vater und fast zwanzig Jahre älter als ihre Mutter gewesen war. Barbara hatte sie von Anfang an geliebt, aber es war mehr Verehrung und Respekt gewesen, als das Vertrauen auf Geborgenheit und die Wärme, die ein Kind braucht, um sich wirklich aufgehoben zu fühlen. Erst als Barbara verstand, daß Tante Tina sie nur deshalb zum Teil aus ihrem Leben ausschloß, weil ihr Beruf ihr einfach über alles ging, und nicht etwa, weil Barbara ihr nicht liebenswert genug erschien, etwas falsch machte oder ihr auf die Nerven fiel, erst von da an lebte Barbara auf und bekam ein wenig Selbstvertrauen. Gleichzeitig wurde sie neugierig auf diesen Beruf, der die Tante so ausfüllte, daß sie dafür alles andere zurückstellte. Christina Pauli gab ihrer Nichte bereitwillig Auskunft über alles, was sie wissen wollte: Was für ein Gefühl es war, wenn man zum ersten Mal einem Kranken gegenübertrat, was man empfand, wenn ein Patient starb, ob die Angst, einen Fehler zu machen, nicht übermächtig war. Immer wieder fragte Barbara die Tante aus, und schließlich durfte sie mit ins Krankenhaus, den Schwestern bei der Arbeit zuschauen und im Schwesternzimmer warten, bis Tante Tina mit der Visite fertig war. Barbara freute sich, daß sie die Tante glücklich machte mit ihrem Interesse, und das Leben im Krankenhaus faszinierte sie gleichzeitig immer mehr. Schließlich fing sie an, davon zu träumen, selbst Ärztin zu werden. Zuerst wollte sie Kinderärztin werden, dann Röntgenärztin, schließlich wählte sie die Geburtshilfe als Spezialgebiet. Während die anderen Schülerinnen im Internat damit beschäftigt waren, sich für Partys und Feste schön zu machen, las Barbara sich immer mehr Wissen an und löcherte die Tante in ihren wöchentlichen Briefen mit zahllosen fachlichen Fragen. Jede Schülerin des Internats mußte sich irgendwo nützlich machen, in der Küche, in der Bibliothek, in der Sporträumen oder im kulturellen Bereich. Barbara wählte die Krankenstation und lernte, Fieberkurven zu schreiben und den Puls zu fühlen, Blutdruck zu messen und schließlich sogar, Spritzen zu setzen und kleine Verbände anzulegen. Sie war beliebt bei den kranken Mitschülerinnen, sie hatte die Gabe, sich gut in sie einzufühlen. Einmal mußte sie Erste Hilfe leisten bei einem Mädchen, das beim Sport von der Kletterwand gefallen war. Sie verhielt sich umsichtig und ruhig und traf genau die richtigen Anweisungen, so daß die Direktorin sie hinterher zu sich rief und sie lobte. Als Barbara ihr gestand, daß sie Medizin studieren wolle, nickte Frau Dr. Drewes lange mit dem Kopf, wie sie es immer tat, ehe sie Zustimmung äußerte.

»Ich unterstütze dein Vorhaben«, sagte sie gewichtig. »Ich halte das für eine sehr gute Idee, und ich denke, deine Tante wird der gleichen Meinung sein.«

Von da ab lag Barbaras Weg klar vor ihr, und sie hatte es bis heute nie bereut, ihn eingeschlagen zu haben.

»Bin ich zu früh dran?« fragte Bärbel Plettenberg ohne Gruß und schob sich auf ihrer Krücke hinter Barbara durch die Tür der Praxis. »Tut mir leid, aber Sie sagten doch, ich solle heute morgen kommen.«

»Die Sprechstunde beginnt um neun Uhr«, sagte Barbara. Es war Viertel nach acht, Frau Claasen war noch zu Hause und mit den Vorbereitungen für das Mittagessen beschäftigt. Barbara war zeitig gekommen, um vor der Sprechstunde noch eine Reihe von Krankenberichten zu schreiben. »Aber da Sie schon hier sind, gehen Sie doch bitte durch ins Sprechzimmer.«

Sie schlüpfte in ihren weißen Kittel. Der Anrufbeantworter blinkte. Aber sie würde ihn jetzt nicht abhören, sonst käme sie überhaupt nicht mehr zum Arbeiten.

Bärbel Plettenberg ließ geschickt ihren Mantel von der Schulter gleiten, ohne die Krücke dabei zu verlieren, und hängte ihn an die Garderobe.

»Meine Nachbarin hat mich hergefahren. Sie mußte zum Einkaufen nach Lensahn. Danach holt sie mich hier wieder ab.«

»Sie besitzen keinen Wagen?« fragte Barbara und schloß die Tür zum Sprechzimmer hinter ihnen. Bärbel Plettenberg sah sich neugierig um.

»Doch, meine Mutter bringt mich sonst. Aber sie mußte heute morgen zum Markt nach Oldenburg. Schön haben Sie es sich hier eingerichtet. Beim Doktor ist es immer so kahl.« Es hörte sich an, als hätte Barbara sich hinterlistig in der Praxis eingeschlichen und hier eingenistet. »Haben Sie auch schon seine Exfrau, die Susanne Stähr, kennengelernt? Ihr gehört das nämlich alles.«

Barbara ließ sich hinter ihrem Schreibtisch nieder. Sie schüttelte den Kopf.

»Aber man hat mir schon viel von ihr erzählt.«

»Das ist eine, die läßt nichts anbrennen«, fuhr Bärbel Plettenberg fort. »Schon als Kind, wenn sie mit ihrer Ponykutsche durchs Dorf galoppierte, als wäre sie Marie Antoinette höchstpersönlich. Damals dachten wir alle, sie heiratet mal einen Prinzen und wir könnten dann in der Zeitung über sie lesen. Aber dann kam sie mit dem Doktor aus Kiel zurück, und anstatt viel Geld zu verdienen, ist sie selbst nur eine Viehdoktorin geworden. Und ihr Bekannter, dieser Rechtsanwalt, der ist auch kein besonderes Genie.«

Barbara beobachtete ihre Patientin. Sie mußte nur hin und wieder kurz nicken, dann sprach die Plettenberg weiter.

»Einen Haufen Spekulanten wollen sie ins Dorf holen, Ferienhäuser bauen. Ein Unsinn das alles, und wer hat hinterher die Probleme, wenn die Touristen da sind? Susanne Stähr bestimmt nicht.«

»Sie sind doch nicht etwa zu mir gekommen, um mir das alles zu berichten?« fragte Barbara. Das Telefon klingelte draußen, sie hörte, wie der Anrufbeantworter ansprang. Was der Anrufer auf Band sprach, konnte sie nicht verstehen, der Ton war leise gestellt.

»Sie glauben wohl, nur weil Sie Ärztin sind und ich krank bin, können Sie alles von mir haben«, sagte Bärbel Plettenberg abrupt.

»Wie kommen Sie denn darauf?«

»Sie wollen doch unbedingt das alte Pfarrhaus haben«, fuhr Bärbel Plettenberg fort. Ihr Gesicht war plötzlich ganz verzerrt. Ihre Hände zitterten, als sie ihre Handtasche aufknipste und ein umhäkeltes Taschentuch herausholte, um es in der feuchten Hand zu zerknüllen. »Aber das Haus ist wirklich schon verkauft! Wenn Sie mir nicht glauben, fragen Sie doch den Notar.«

Barbara lehnte sich zurück. Ihr Herz schlug vor Schreck bis zum Hals, aber sie versuchte, sich nichts anmerken zu lassen.

»Warum sollte ich Ihnen nicht glauben?« fragte sie so ruhig wie möglich.

»Ich sehe Ihnen doch an, was Sie denken. Sie denken, die dumme, verkrüppelte Hexe will das Haus nicht herausrükken. Sie halten sich wohl für besonders schlau. Einhundertzwanzigtausend Mark hat mir der Hamburger für das Haus angeboten. Das Grundstück hat tausendfünfhundert Quadratmeter.«

»Ich kenne die Grundstückspreise hier nicht.«

»Aber ich. Der Quadratmeter kostet zweiundvierzig Mark.«

»Das macht rund siebzigtausend allein für das Grundstück«, rechnete Barbara.

»Dreiundsechzigtausend, plus Steuern und Gebühren.«

Barbara schwieg.

»Aber unterschrieben haben wir noch nicht«, sagte Bärbel Plettenberg schnell. »Der Vertrag liegt noch beim Notar, bei Dr. Baumgarten in Oldenburg.«

»Das Haus ist also noch nicht verkauft«, stellte Barbara fest, und in ihrer Stimme lag die Strenge, die sie sich als Ärztin uneinsichtigen Patienten gegenüber zugelegt hatte.

»Nun – es wurde dem Interessenten zugesagt«, sagte Bärbel Plettenberg. »Es muß übrigens eine neue Klärgrube eingebaut werden. Mit Fünfkammersystem, die kostet mindestens zwanzigtausend Mark. Das Haus ist nicht an die Kanalisation angeschlossen. Das ist reine Kulanz, daß ich Ihnen das verrate. Als Zugezogene haben Sie ja keine Ahnung.«

»Was wollen Sie damit sagen?« fragte Barbara. »Meinen Sie denn, daß Ihr Käufer zurücktritt?«

»Nehmen wir es einmal an – was würde Ihnen die Sache denn wert sein?«

Barbara blieb die Luft weg. Was sollte sie antworten? Sie hatte noch nie im Leben ein Haus gekauft. Rund zweihundertsiebzigtausend Mark hatte sie von der Tante geerbt. Dazu kamen ein paar eigene Ersparnisse.

»Ich habe keine Ahnung«, sagte sie.

»Nennen Sie eine Zahl«, forderte die Plettenberg. Ihre Augen blitzten. »Ich sehe das so: Ein guter Arzt im Dorf ist für uns Kranke lebenswichtig. Sie sind jung, Sie können Hausbesuche machen, Ihre Arbeit verstehen Sie wohl auch. Vielleicht wäre es klüger, wenn ich das Haus an Sie verkaufen würde.«

»Und was ist, wenn der Käufer aus Hamburg nicht abspringt?«

»Wer?« fragte Bärbel Plettenberg zerstreut. »Ach so, der, ja, das ist eben das Problem.«

Barbara hörte, wie Frau Claasen in die Praxis kam und die Sonnenvorhänge im Wartezimmer zuzog. Sie summte ein Lied, während sie die Begonien auf der Fensterbank begoß. Dann fing die Kaffeemaschine an zu rattern. Der Kaffeeduft stieg Barbara angenehm in die Nase. Schließlich vernahm man, wie Frau Claasen den Anrufbeantworter abhörte.

»Na gut«, sagte Bärbel Plettenberg. »Wenn Sie nicht wollen, dann eben nicht. Ich habe es schließlich gar nicht nötig, an irgend jemanden zu verkaufen.«

»Was wollen Sie erreichen, Frau Plettenberg? Glauben Sie, daß man mit Geld alles kaufen kann?«

Bärbel Plettenbergs Miene blieb unbewegt.

»Was ist nun mit meinem Fuß? Sie wollten ihn sich doch in Ruhe ansehen«, sagte sie plötzlich. Sie sah so griesgrämig und eingefallen aus, daß sie Barbara fast leid tat.

Plötzlich flog die Tür zum Sprechzimmer auf.

»Guten Morgen«, rief Frau Claasen und blieb verdutzt in der Tür stehen. »Entschuldigen Sie die Störung, ich wußte nicht, daß Sie schon eine Patientin haben. Stellen Sie sich vor, der Freddi ...«

»Was ist mit Freddi?« fragte Barbara interessiert.

»Er ist verhaftet worden«, erzählte Frau Claasen aufgeregt. »Sie haben ihn auf frischer Tat ertappt!«

»Der Apfel fällt nicht weit vom Stamm«, murmelte Bärbel Plettenberg. »Wie der Herr, so das Gescherr.«

»Herr Frien höchstpersönlich hat ihn geschnappt«, fuhr Frau Claasen fort. »Direkt vor dem Tresor in der Fabrik. Der Lausebengel!«

»Verbrecher«, fuhr Bärbel Plettenberg fort. »Einsperren sollten sie den, der hat's schon lange verdient. Gerade fünfzehn Jahre alt und schon so verdorben.«

»Wo ist er jetzt?« erkundigte sich Barbara. »Man hat den Jungen doch nicht etwa ins Gefängnis gebracht?«

»Natürlich«, sagte Frau Claasen. »Nun hat er es mal zu dolle getrieben.«

»Der konnte noch nicht laufen, da hat er bei uns hinter dem Tresen schon die Schokoladeneier gestohlen«, erzählte Bärbel Plettenberg. »Und von wem hat er das wohl? Anschreiben lassen, das konnte sie, die Anna Schulze. Aber bezahlen war nicht drin.«

»Mit sechs Jahren hat er meinem Reinhard nach der Schule immer die Luft aus den Reifen gelassen«, sagte Frau Claasen.

So schnell sie konnte, zerrte Barbara sich ihren Kittel vom Leib und schlüpfte in die Lederjacke, die sie über Frau Claasens Stuhl gehängt hatte.

»Ich muß mal kurz weg. Rufen Sie den Doktor, er soll hier weitermachen. Seine Vögel müssen halt mal warten.«

Kapitel 31

Barbara fuhr schneller, als die Polizei erlaubte, auf der schmalen Landstraße bis Lensahn und bog kurz vor der Ortseinfahrt auf das letzte Stück Autobahn ein, das einmal die Vogelfluglinie nach Dänemark mit dem Rest der Republik verbinden sollte. Noch endete die Trasse in Oldenburg, vierzehn Kilometer vor der Fehmarnsundbrücke. Autobahn und Bahnlinie zerteilten die liebliche Hügellandschaft von Ostholstein brutal in zwei Hälften. Als die Tachonadel auf 160 zuwackelte, die absolute Höchstgeschwindigkeit für die kleine Blechkiste, zwang Barbara sich, den Fuß vom Gas zu nehmen und sich ein wenig zu entspannen.

Oldenburg in Holstein ging zurück auf eine slawische Siedlung aus dem neunten Jahrhundert. Der Ringwall, der diese Siedlung einst umgeben hatte, war zum Teil noch erhalten. Auch der heutige Ortskern war – in Anlehnung daran – von einer Ringstraße umgeben, auf der Barbara schnell die Orientierung verlor. Die hübschen roten Backsteinhäuser sahen für sie alle gleich aus, und sie mußte den erstbesten Passanten nach dem Polizeigebäude fragen. Man zeigte ihr ein häßliches, modernes Betongebäude.

»Wer sind Sie denn? Sind Sie Rechtsanwältin?« fragte der Pförtner.

Barbara schüttelte den Kopf.

»Dann können wir Ihnen hier sowieso keine Auskünfte geben in einem laufenden Ermittlungsverfahren. Ist der Mann denn flüchtig?«

»Ach was«, antwortete Barbara ungehalten. »Der Mann ist noch ein Kind, und er ist letzte Nacht in Bevenstedt verhaftet worden.«

»Nun mal langsam, junge Frau. Wie alt ist denn die Person, von der Sie sprechen? Sie sagten doch, Sie suchen einen Herrn Manfred Scholz aus Bevenstedt, ist das richtig?«

Barbara nickte. »Aber Manfred Scholz ist erst fünfzehn Jahre alt.«

»Dann ist er vor dem Gesetz kein Kind mehr, sondern ein Jugendlicher. Und was wollen Sie nun von ihm?«

»Ich möchte ihn sprechen. Ich möchte ihn sehen.«

»Aber nicht hier, junge Frau. Hier können Sie keine jugendlichen Strafgefangenen besuchen. Sind Sie denn eine Verwandte von ihm?«

»Ich bin seine Hausärztin.«

Der Beamte glotzte sie an, als hätte er nicht richtig verstanden, schaute kurz auf den Kalender an der Wand, als ob der ihm weiterhelfen könnte, und schüttelte dann den Kopf.

»Sie müssen sich ans Amtsgericht wenden. Mehr kann ich Ihnen nicht sagen.«

Und mehr war aus dem Mann nicht herauszukriegen. Barbara ließ sich den Weg zum Amtsgericht beschreiben und verließ den Pförtner, nicht ohne einen Blick auf die langen Gänge dahinter geworfen zu haben. Was mußte es für ein Gefühl sein, hier festzusitzen und ohnmächtig diesen Beamten aufgeliefert zu sein. Wie mußte das wirken auf einen Jungen wie Freddi, der immer nur das Schlimmste von den Menschen gewöhnt war, angefangen bei seinen eigenen Eltern. Er mußte total verzweifelt sein.

Barbara ließ ihren Wagen stehen und ging zu Fuß über den

Marktplatz, an dessen linker Seite sie bald das Gerichtsgebäude erkannte. Gerichtsgebäude sehen überall gleich aus. Barbara schob die Schultern zurück und drückte die Brust raus. Hier würde sie sich nicht abwimmeln lassen! Sie wollte Freddi unbedingt sprechen, das konnte man ihr als Ärztin nicht verweigern. Vielleicht war er sogar verletzt? Vielleicht hatte Frien ihn geschlagen? Sicherlich hatte er den Jungen bändigen müssen, und es war anzunehmen, daß es zu einer Auseinandersetzung gekommen war.

Bewußt selbstsicher wandte Barbara sich an den nächsten Pförtner. Aber der schickte sie ohne weitere Fragen zum Geschäftszimmer des Jugendrichters.

Im Vorzimmer saß eine junge Frau, die Barbara mit sanften grauen Augen anblickte und ihre Geschichte ruhig anhörte. Dann stand sie auf und verschwand für einen Augenblick hinter der angelehnten Tür zum Nebenzimmer.

»Sie können hereinkommen. Herr Richter Waszinsky möchte gern kurz mit Ihnen sprechen.«

»Ich danke Ihnen«, sagte Barbara erleichtert und betrat das Richterzimmer.

Ihr wurde Platz angeboten. Richter und Ärztin musterten sich einen Moment lang schweigend.

»Sie möchten sich um Manfred Scholz kümmern«, stellte der Richter schließlich fest und faltete die Hände auf seinem Schreibtisch. Auf ihm türmten sich dunkelrote Aktenordner, die ganz unterschiedlich dick waren. Ein uraltes grünes Telefon stand schräg in der rechten Ecke. An der Wand hingen ein paar Drucke von Escher. »Sie sind nicht mit dem Jungen verwandt?«

»Wo ist der Junge?« fragte Barbara. »Er gehört nicht eingesperrt.«

»Da bin ich ganz Ihrer Meinung. Er befindet sich zur Zeit in der Jugendhaftanstalt Neumünster.«

»Das verstehe ich nicht. Warum sperren Sie ihn ein, wenn Sie das für falsch halten?«

»Er hat keinen festen Wohnsitz.«

»Er wohnt bei seinen Eltern in Bevenstedt. Ich habe ihn selbst dort kennengelernt, seine ganze Familie.«

»Er hat uns gegenüber geäußert, daß er nicht vorhabe, zu seinen Eltern zurückzugehen. Und sein Vater hat uns heute morgen erklärt, er sei nicht bereit, seinen Sohn wieder aufzunehmen.«

Barbara starrte den Richter an. Dann nickte sie.

»Das kann schon stimmen. Die beiden haben sich überhaupt nicht verstanden. Aber deshalb dürfen Sie den Jungen doch nicht ins Gefängnis stecken. Er geht doch noch zur Schule.«

»Das wird er auch in der Untersuchungshaft tun.«

»Aber wie lange, ich meine ...«

»Was wir dürfen oder nicht, entscheidet in diesem Falle das Jugendgerichtsgesetz, Frau Doktor. Wir bemühen uns natürlich um eine andere Lösung. Aber der Junge hat außerdem behauptet, er würde die Tat jederzeit wiederholen, beziehungsweise fortsetzen ...«

»Aber darum geht es ja! Lassen Sie mich mit ihm sprechen. Ich könnte das bestimmt aufklären ...«

»... es besteht daher Wiederholungsgefahr in Verbindung mit Fluchtgefahr – beides sind Haftgründe«, fuhr der Richter fort, offenkundig verärgert darüber, daß Barbara ihn unterbrochen hatte. »Wir werden uns um einen raschen Termin für die mündliche Verhandlung bemühen. Der Tathergang ist ja eindeutig, *crimine in flagranti*. Darf ich nun wissen, in welchem Verhältnis Sie zu Herrn Scholz stehen? Abgesehen davon, daß sie seine Hausärztin sind, meine ich?«

Barbara wollte zuerst eine patzige Antwort geben, doch

dann besann sie sich. Die Frage war ja berechtigt. Sie sollte sich ihr stellen. Aber wie sollte sie ausdrücken, was in ihr vorging? ›Ich weiß, was er fühlt, ich kenne seine Gedanken‹, hätte sie am liebsten gesagt. Aber ob dieser Mann damit etwas anfangen konnte?

»Der Junge hat es zu Hause nicht leicht und ist daher etwas verstockt«, begann sie und suchte nach einer überzeugenden Formulierung. »Ich möchte mich mit ihm kurz unterhalten. Ich glaube, ich habe ein wenig Einfluß auf ihn. Vielleicht ist er verletzt«, fiel ihr schließlich noch ein.

»Er wird in der Anstalt ärztlich untersucht, es gibt dort natürlich einen medizinischen Dienst«, sagte der Richter. »Hat er irgendeine Krankheit, über die Sie Auskunft geben wollen?«

»Nein, nein, das nicht. Aber Sie kennen die Umstände nicht, unter denen er lebt ...«

Wie konnte man einen Richter überzeugen? Welche Sprache verstand dieser Mensch? Barbara starrte verzweifelt auf die Wand hinter ihm. Eschers Treppenlabyrinthe, alptraumhaft verwirrend, endlos, hoffnungslos.

»Der Junge ist der typische Sündenbock schlechthin«, begann sie von neuem und beugte sich vor, als könne sie den Richter damit fesseln. »Er setzt sich immer wieder selbst ins Unrecht, dabei hat er das Herz auf dem rechten Fleck, und er will gar niemandem schaden.« Barbara endete kläglich. Der Richter hörte ihr mit gerunzelten Augenbrauen zu.

»Ich möchte den Jungen einfach sprechen, begreifen Sie? Ich wäre dann ruhiger«, setzte sie hinzu.

»Sie stellen also einen Besuchsantrag«, stellte der Richter fest. »Manfred Scholz wird dazu gehört werden, und wenn er Ihren Besuch wünscht, können Sie ihn sehen.«

»Wann?«

»Ich sagte doch, Sie können einen Antrag stellen und

bekommen dann Bescheid, ob der Inhaftierte Sie sehen möchte.«

»Was muß ich tun?«

»Meine Sekretärin wird Ihnen im Vorzimmer das Antragsformular aushändigen. Wir brauchen dann noch Ihre Genehmigung, ein polizeiliches Führungszeugnis von Ihnen einholen zu dürfen.«

Barbara stand auf und blieb vor dem Schreibtisch stehen. Sie war sich selbst nicht recht im klaren darüber, woher ihre plötzliche Fürsorge kam. Sie hatte noch nie in diesem Maße Verantwortung für jemand anderen übernehmen mögen. Thomas war nie in Gefahr gewesen. Wenn er Schwäche zeigte, geschah dies immer, weil er Hilfe und Mitgefühl erzwingen wollte. Eigentlich war er jederzeit fähig und imstande, sich selbst zu helfen. Freddi war der erste Mensch in ihrem Leben, der wirklich ihren Beistand brauchte. Hoffentlich würde er ihn auch annehmen! Vielleicht half sie ihm aus egoistischen Gründen... Doch war das nicht letzten Endes egal?

»Es tut mir leid, ich habe mich wohl ziemlich kindisch benommen«, sagte sie. »Aber es ist mir sehr ernst.«

Sie reichte dem Richter die Hand und sah ihm direkt in die Augen, in denen sie so etwas wie Verständnis zu erkennen glaubte.

Kapitel 32

Colette Ochs lachte ihr gekonntes, perlendes Lachen. Sie lief in die Küche und wollte Barbara ihrer Entspannung und einem leisen Schuldgefühl überlassen, weil sie Frau Claasen am Mittagstisch versetzte. Aber Barbara zog es vor, in der Küche zu helfen. Gemeinsam schälten sie Kartoffeln und putzten Lauch, rieben Käse und schnitten Schinken klein. Colette stellte eine Flasche Sekt kalt und plauderte ohne Unterlaß über Belanglosigkeiten, bis Barbara sie plötzlich unterbrach.

»Ich bin zurückgefahren wie eine Betrunkene«, sagte sie. »Eigentlich hätte ich noch ein paar Hausbesuche machen müssen, aber ich war dazu einfach nicht mehr in der Lage.«

»Das kann ich mir vorstellen, du Arme. Ich habe ja wirklich wenig Verständnis für diese Raufbolde aus dem Dorf, aber wenn man sie einsperrt, werden sie doch erst recht zu Schwerverbrechern. Es war richtig, daß du zum Richter gegangen bist. Seine Eltern sollten sich eine Scheibe abschneiden bei dir, sagt man nicht so?«

Wieder perlte ihr Lachen, während ihr Kopf mit der Löwenmähne im Dunst des Kochwassers verschwand. Seit letzten Freitag war sie mit den Kindern allein zu Haus, weil ihr Mann auf Klassenreise war.

»Wenn ich nur wüßte, warum Freddi bei Frien eingebrochen ist. Ganz sicher hatte er etwas ganz Bestimmtes im Sinn.«

»Bei uns zu Hause gibt es viele Jugendbanden auf den Dörfern, die Autos knacken oder Automaten aufbrechen«, sagte Colette. »Sie haben zuwenig Taschengeld und zuviel Langeweile. Aber in das Büro einer Fabrik einzubrechen, ohne etwas Richtiges zu stehlen, das habe ich noch nie gehört. Bestimmt steckt wieder dieser Theo Diem dahinter.« Colette schüttelte sich vor Ekel. »Er hat so etwas Schmuddeliges und Abstoßendes an sich, ich mache immer einen großen Bogen um ihn. Vielleicht macht er Ludger Frien dafür verantwortlich, daß sein Bruder Selbstmord begangen hat. Das ist der reine Neid, glaube mir. Und der arme Freddi muß den Kopf hinhalten. Na, wenn ich das Peter erzähle, wird er Augen machen. Wie wäre es jetzt mit einem Gläschen Sekt?«

Als der Auflauf in der Backröhre stand, hakte Colette Barbara unter und schob sie die Treppe zur Galerie hinauf.

»Ich habe mein Atelier wieder aufgemacht, das muß ich dir unbedingt zeigen. Nachdem Xenia geboren war, habe ich noch hin und wieder geschneidert für die Volksbühne in Berlin. Als freie Kostümbildnerin, verstehst du? Ich habe mit einzelnen Regisseuren zusammengearbeitet und für ihre Stücke die Kostüme genäht. Das ging wunderbar, bis das zweite Kind kam, da wurde es mir einfach zuviel. Aber jetzt, wo Philippe für ein paar Stunden zu einer Tagesmutter geht, kann ich auch wieder anfangen zu arbeiten. Ich will mich in Kürze am Theater in Kiel vorstellen, dort gibt es auch ein Opernhaus. Sag mal, hörst du mir eigentlich zu?«

Barbara lächelte. Sie stand auf der Galerie und sah in Colettes kleine Kammer, in der ihre Nähmaschine, ein Bügelbrett und ein kleiner Holztisch zum Zuschneiden aufgebaut waren. Vom Fenster dieses Zimmers aus sah man direkt auf das alte Pfarrhaus, ihr Traumhaus.

»Ich könnte dir von hier aus zuwinken«, sagte Colette. »Und wenn das Essen fertig ist, kommst du einfach zu mir rüber. Als wir umgebaut hatten, war dies das erste Zimmer, das fertig war. Hier haben wir geschlafen, bis das Schlafzimmer fertig verschalt war. Das Pfarrhaus stand damals schon leer. Abends kamen immer die Liebespaare und drückten sich auf der Terrasse herum. Kalle Diem habe ich dort auch mal gesehen. Mit der Bärbel Plettenberg; damals hinkte sie noch nicht und sah eigentlich ganz passabel aus.«

Barbara drehte sich so brüsk herum, daß Colette erstaunt verstummte.

»Kalle und Bärbel?« fragte sie.

»Ja, die waren mal ein Paar. Danach zog Kalle für eine Weile weg. Und als er wiederkam, war er mit Nicole verheiratet. Und die Plettenberg hatte in der Zwischenzeit diesen schrecklichen Unfall. Aber mit den beiden wäre es sowieso nie etwas geworden, was meinst du?«

Kapitel 33

Dr. Stähr stieg hinter dem Geräteschuppen der Feuerwehr von seinem Fahrrad. Er klappte den Dynamo vom Reifen und schob das Rad neben sich her. An dieser Stelle hatte er gestern nacht die Schleiereule gesehen. Er gäbe was drum, wenn sie sich ihm noch einmal zeigen würde. Er blieb nicht stehen, sondern ging langsam und leise weiter. Bei den Plettenbergs waren alle Fenster dunkel. Die beiden Frauen lagen sicher schon im Bett. Ein Haus weiter wohnten die Jensens, eine stille, unauffällige, kerngesunde Familie. In der Küche und im Wohnzimmer brannte noch Licht, Frau Jensen hatte wohl Besuch, wenn sie die gute Stube beleuchtete. Stähr sah deutlich den sechsarmigen Deckenleuchter durch die Gardinen scheinen; er verbreitete ein kaltes, ungemütliches Licht. Roland Jensen war Bauer und hatte den Hof von seinem Vater übernommen. Sein Sohn hatte jedoch kein Interesse an der Landwirtschaft. Er machte irgendwo in der Nähe von Schleswig eine Lehre als Mechaniker. In Ostholstein gab es ja kaum Lehrstellen.

Auf Jensens Gartenpforte saß, wie aus Porzellan gegossen, ein dicker Kater. Er hatte den Doktor schon lange im Visier. Kein Wunder, daß die Eule sich nicht zeigte. Sie hatte keine Lust, sich mit einem Kater um die Mäuse zu streiten, die es im Wald und auf den Feldern zur Genüge gab. Je weniger Pestizide die Bauern benutzten, desto mehr Feldmäuse sah man wieder. Gottlob hatten die Bauern ein Einsehen und respektierten wieder mehr die Kreisläufe der Natur, endlich, nach langen Jahren des gedankenlosen Raubbaus. Es lohnte sich einfach nicht mehr, die Felder bis zum äußersten auszubeuten. Letzten Endes ein Erfolg der sonst so verhaßten Brüsseler Landwirtschaftspolitik. Das Biotop wurde dadurch vielleicht in letzter Minute gerettet. Sogar ein paar Storchenfamilien hatten sich hierzulande wieder eingenistet. Ein gutes Zeichen.

Je näher der Doktor dem Dorfkern kam, desto lauter hörte er die Blasmusik, die fehlerhaft und disharmonisch aus dem Gemeindesaal hinter dem Gasthof ertönte. Montagabend war der Probeabend des Bläserkreises. Alle Männer waren dort zu finden. Stähr pfiff eine kleine Melodie mit, die ihm bekannt vorkam. Er hatte ein hervorragendes Gehör. Darum hatte er auch alles versucht, um sich der »freiwilligen Pflicht« zu entziehen. Mit einem vorgetäuschten Ohrenleiden hatte es schließlich geklappt. Er war einfach ein zu großer Musikliebhaber, als daß er Lust gehabt hätte, seine Ohren dieser Marter auszusetzen. Und auch die anschließenden Saufgelage reizten ihn nicht. Er trank seit Jahren fast keinen Alkohol mehr, und wenn, dann bestimmt nicht Bier und Korn. Aber darauf nahmen die Männer des Dorfes keine Rücksicht. Gnadenlos wurde jeder neue Mann von Großbauer Petersen beim Arm genommen und zum Musikschrank im Gemeindesaal geschleift. Selbst wenn jemand ganz und gar unbegabt war, mußte er mitspielen, auch wenn er keine einzige Note lesen konnte und nie im Leben mehr als ein Weihnachtslied gesungen hatte. Der frühere Chorleiter Christoph Harms hatte zeitraubende Unterrichtsstunden an die Neulinge verwandt. Er hatte ihnen mit einer Engelsgeduld die Welt der Musik erklärt, von der Intonation auf ihrem Instrument bis hin zum Notenstudium. Ausreden gab es keine. Und wenn die Bauern zehnmal ihren Roggen ernten wollten, weil er reif war und ein Gewitter drohte – Montag abends hatten sie im Bläserkreis ihre Pflicht zu erfüllen. Ob Lehrer Peter Ochs Aufsätze zu korrigieren hatte oder seine Frau unterwegs war und er auf die Kinder aufpassen mußte – Petersen ließ keine Entschuldigung gelten. Sofort fand er ein Mädchen aus irgendeiner Familie, das bereit war, auf die Kinder aufzupassen, und Peter Ochs mußte seine Klarinette holen und mitspielen.

Dr. Stähr war jetzt so nah an den Gemeindesaal herangekommen, daß ihm die Ohren weh taten von dem Gedröhne. Häger, der neue Leiter, Organist in der Klosterkirche von Cismar, übte offenbar ein zu ambitioniertes neues Stück ein. Immer wieder brach der Lärm ab und setzte kurz darauf wieder ein mit einer kleinen Melodie, die Stähr irgendwie bekannt vorkam. ›Schön ist ein Zylinderhut‹ oder so ähnlich. Jetzt griff der Dirigent selbst zum Instrument. Es war ein schöner, heller Trompetenton. Stähr hielt sein Rad an und lauschte entzückt dem Beatlesong ›Hey Jude‹.

Anschließend gab es anhaltenden Beifall; damit war die Probe für heute beendet, und man konnte zum geselligen Teil übergehen. Der spielte sich vorne im Dorfkrug ab und war bestimmt nicht vor Mitternacht zu Ende.

Stähr schob sein Rad langsam weiter. Auf der Höhe des Eingangs zum Dorfkrug sprang die Kneipentür plötzlich auf, und Ludger Frien trat im Gefolge von ein paar Männern auf die Straße. Sie trugen alle ihre schwarzen Instrumentenkoffer und lachten und redeten laut, angeregt durch den Abend.

»'n Abend Jürgen«, rief Frien und blieb stehen, während die anderen nickend an ihnen vorbeizogen. »Na, hast du mal wieder deine Runden gedreht? Gut, daß ich dich treffe; ich wollte dich sowieso kurz sprechen. Weißt du, was deine neue Mitarbeiterin herausbekommen hat?«

Stähr nickte, zum Antworten kam er nicht. Frien trat dicht an ihn heran, der Doktor roch den Schnapsatem seines Exschwagers. Der Form des schwarzen Kastens nach zu urteilen spielte Frien zur Zeit eine Tuba. Seine Söhne waren beide hochmusikalisch, von ihm konnten sie das Talent jedoch nicht geerbt haben.

»Stell dir vor, ich habe was an der Bandscheibe, soll mich untersuchen lassen. Computertomographie. Meinst du, das ist wirklich nötig? Ich sage dir gleich, operieren lasse ich mich nicht. Überhaupt habe ich gar keine Zeit, ins Krankenhaus zu fahren. Heute geht es auch schon wieder viel besser.«

»Du solltest dich zumindest röntgen lassen«, meinte Jürgen Stähr. Seine Stimme klang leise und sanft, verglichen mit dem lauten Organ des anderen. »Wenn Frau Pauli das für nötig hält.«

»Solange ich Schmerzen hatte, war ich ja auch bereit dazu. Aber wo es mir doch jetzt wieder bessergeht...«

»Es gibt eine ganze Reihe von Möglichkeiten, die dir eine Operation ersparen könnten«, sagte Stähr. »Von Entspannungsübungen bis hin zum Krafttraining. Aber zuerst ist auf jeden Fall eine solide Diagnose erforderlich.«

Frien klopfte Stähr auf die Schultern.

»Nix für ungut, Jürgen, aber bevor ich Entspannungsübungen auf einer Wolldecke mache, lasse ich mich lieber aufschneiden.«

Gustav Petersen kam aus dem Gasthaus und begrüßte den Doktor mit Handschlag.

»Mir hat der Doktor immer geholfen mit seinen Kneippkuren, da laß ich nichts drauf kommen, Ludger. Wenn du dich ein bißchen mehr um deine Gesundheit kümmern würdest, statt immer nur zu arbeiten und in deinem Musikkeller herumzusitzen, dann wären deine Bandscheiben auch besser in Schuß.«

Frien fing an, sich zu ereifern, bis Jürgen Stähr sich rasch und höflich verabschiedete.

»Das ist vielleicht ein Weichei«, murmelte Frien, als der Doktor sich aufs Rad schwang und davonfuhr. »Wie Susanne sich jemals mit dem einlassen konnte, verstehe ich bis heute nicht. Jürgen hat so gar keinen Schmiß, keine Spannkraft. Woher auch, wenn einer immer nur Müsli ißt. Sport braucht der mir bestimmt nicht zu verordnen. Ich war zweimal Holsteinischer Landesmeister im Halbschwergewicht, 1971 und '72. Mir braucht keiner zu erzählen, wie man ein Krafttraining durchführt. Darum weiß ich auch, daß ich dafür heute einfach nicht genug Zeit habe. Und entspannen tue ich mich am besten abends bei einem Glas Bier. Nee, da lobe ich mir diese Dr. Pauli. Die hat mehr Mark in den Knochen, als unser alter Doktor je gehabt hat.«

»Ich bin immer gut mit ihm ausgekommen«, wandte Petersen ein und zog seinen Akkordeonkasten hinter sich her zum Auto, das direkt vor dem Gasthof parkte. Er wohnte nur drei Häuser weiter, aber auf dem Land gab es ja immer genug Parkplätze. Warum also zu Fuß gehen? »Und meine Tochter schwört auf Dr. Stähr, seitdem er mit ein bißchen Grünzeug ihre Warzen weggekriegt hat. Na ja, die Mädels in diesem Alter lassen sich leicht beeindrucken. Wohin gehen wir denn nun? Zu dir oder zu mir?«

Frien zeigte in seine Richtung.

»Dann steig ein«, forderte der Bürgermeister ihn auf.

»Nee, ich geh' lieber zu Fuß. Aus deinem Auto komme ich sonst nicht wieder raus. Also bis gleich.«

Kapitel 34

»Dr. Reinhard Baumgarten, Rechtsanwalt und Notar« stand auf dem Schild neben der Haustür.

Barbara war ins Sitzungszimmer gebeten worden, ein Wartezimmer gab es nicht. Eine Viertelstunde lang hockte sie an dem großen, blankpolierten Tisch auf einem der acht lederbezogenen Stühle und zählte ungeduldig die Minuten. Wahrscheinlich pflegten die Mandanten auf dem Land nicht zu warten. Man kannte sich und verabredete sich irgendwo, auf dem Markt, in der Kneipe oder bei einem Familienfest.

Als die Notariatssekretärin sie schließlich hereinrief, hatte Barbara ihr Anliegen so oft von allen Seiten bedacht, daß sie gar nicht mehr wußte, wie sie anfangen sollte.

»Ich möchte zwei Dinge«, begann sie, nachdem sie überrascht festgestellt hatte, daß Reinhard Baumgarten nicht alt und verknöchert war, wie sie befürchtet hatte, sondern ein freundlicher, rundlicher Herr mittleren Alters mit einer beginnenden Glatze. Er sah vertrauenswürdig aus, gab sich jovial und war ihr auf Anhieb recht sympathisch.

»Zum einen möchte ich in Bevenstedt ein Haus kaufen, das zur Zeit Bärbel Plettenberg gehört. Es handelt sich um das alte Pfarrhaus.«

Baumgarten zog die Augenbrauen in die Höhe.

»Ich weiß«, fügte Barbara rasch hinzu. »Frau Plettenberg

erzählte mir, daß es bereits einen Käufer gibt. Aber sie sagte mir auch, daß der Kaufvertrag noch nicht unterzeichnet sei und daß der Interessent eventuell vom Kauf zurücktreten würde. Er träumt von einem Wochenendhaus nahe der Ostsee, aber dafür ist der Weg von Hamburg ja eigentlich ein bißchen zu weit. Darum dachte ich ... nun – ich bin die neue Ärztin in Bevenstedt, und das alte Pfarrhaus gefällt mir einfach unglaublich gut ... Für den Fall, daß dieser Käufer nun tatsächlich vom Kaufvertrag zurücktritt ...«

Barbara verstummte. Der Notar schüttelte ganz langsam den Kopf und lächelte.

»Es gibt keinen Käufer für das alte Pfarrhaus in Bevenstedt«, sagte er dann. »Sie sind noch nicht lange in Bevenstedt, stimmt's? Sie wissen vielleicht nicht, daß Frau Plettenberg noch niemals eine Immobilie verkauft hat.«

»Das hat man mir schon erzählt. Aber ich dachte, in diesem Falle wäre es anders. Sie hat mich also angelogen.«

»Es gibt keinen Käufer, und es gab nie einen, Frau Doktor. In diesem Punkt kann ich Sie beruhigen. Seit ihrem schweren Unfall ist Frau Plettenberg sehr verbittert. Sie werden das besser verstehen als ich, die ganze Sache hat sie auch psychisch stark verändert. Ich kenne die Familie schon lange, ich regele viele Grundbuchangelegenheiten für Bevenstedt wie auch für andere Orte im Umkreis. Es ist ja nicht viel Bewegung auf dem hiesigen Immobilienmarkt. Nur an der Küste ist etwas mehr los. Aber das erledigen die Kollegen aus Grömitz und Heiligenhafen. Wie dem auch sei, seit ihrem Unfall ist Bärbel Plettenberg ungeheuer raffgierig und irgendwie seltsam geworden. Vielleicht muß man es ihr verzeihen. Wer weiß, wie wir selbst reagieren würden auf so eine Tragödie.«

»Ich verstehe. Ich wollte auch vor allem herausfinden, ob es diesen Käufer nun gibt oder nicht.«

Der Notar zuckte die Achseln.

»Wollen Sie denn unbedingt direkt in Bevenstedt wohnen? Es gibt einige guterhaltene, interessante Immobilien in der unmittelbaren Umgebung von Bevenstedt. Sie sollten sich ein bißchen umsehen. Als Ärztin kommt man doch viel herum. Ich bin mir sicher, Sie finden noch etwas anderes.«

Er wartete, sich langsam die Hände reibend, darauf, was Barbara als zweiten Punkt vorzubringen hatte.

»Ich wollte Sie außerdem als Rechtsanwalt beauftragen, sich um einen Jungen aus Bevenstedt zu kümmern, der am Sonntagabend verhaftet wurde. Er sollte einen Rechtsbeistand haben, falls es zu einer Gerichtsverhandlung kommt.«

Baumgarten hob den *Holsteinischen Anzeiger* hoch, der zusammengefaltet am Rand seines Schreibtischs lag.

»Sie sprechen von dem jungen Scholz, nicht wahr? Ich habe davon gelesen. Seine Name war zwar nicht ausgeschrieben, aber mir war sofort klar, daß nur von ihm die Rede sein konnte.«

»Wären sie bereit, den Jungen zu vertreten?«

Baumgarten zögerte.

»Der Junge ist auf frischer Tat ertappt worden. Soweit ich weiß, ist es nicht sein erster Konflikt mit dem Gesetz. Es sieht ganz so aus, als ob er diesmal nicht um eine Verurteilung drum herum käme – ob mit oder ohne Anwalt.«

»Er ist erst fünfzehn Jahre alt. Ich finde, er hat ein Recht darauf, daß man sich um ihn kümmert. Zumindest, solange er in Haft ist.«

Baumgarten legte den Kopf schief.

»Solange er in Untersuchungshaft ist, hat er sogar Anspruch auf eine Pflichtverteidigung.«

»Was heißt das?«

»Das heißt, daß der Staat meine Kostenrechnung bezahlen würde. Zumindest im gesetzlich vorgeschriebenen Rahmen.«

»Für eventuelle Zusatzkosten würde ich aufkommen«, sagte Barbara schnell.

»Könnte auch sein, daß er schon einen Anwalt hat. Man hat ihm vielleicht bereits einen beigeordnet.« »Könnten Sie das in Erfahrung bringen?«

»Darf ich fragen, warum Sie ein so großes Interesse an dem Jungen haben? Es ist natürlich Ihr gutes Recht ...«

»Ich glaube nicht, daß seine Eltern in der Lage sind, mit ihm zurechtzukommen«, sagte Barbara. »Aber ist das die Schuld des Jungen?«

»Ich könnte mir mal die Akte ansehen und in Neumünster vorbeischauen. Vielleicht läßt sich da noch etwas machen. Die Eltern haben ihn wohl rausgeschmissen, wie?«

»Es sieht so aus. Vielleicht sollte man auch mal mit denen reden.«

»Wenn man sie versöhnlich stimmen könnte, wäre das der einfachste Weg, um dem Jungen die Untersuchungshaft zu ersparen.«

»Sie wissen ja sicher auch, daß der Spediteur Karl-Heinz Diem sich in der letzten Woche in Bevenstedt das Leben genommen hat.«

Baumgarten klopfte wieder auf die Zeitung.

»Das stand auch im *Anzeiger.* Ausführlich.«

»Freddi war mit Diem befreundet. Er hat mir gesagt, er glaube, daß der Holzhändler Ludger Frien irgend etwas mit Diems Tod zu tun hat. Ich nehme an, daß er deshalb in die Fabrik eingebrochen ist. Vielleicht wollte er es Frien heimzahlen, oder er hat Beweise gesucht für seine Vermutung, wonach Frien am Tod seines Freundes schuld ist. Er hat mir selbst erzählt, daß Frien dem Spediteur einen Lkw vorfinanzierte, ihm dann aber keine Aufträge mehr erteilt hat. Ich finde, man sollte sich zumindest einmal anhören, was der Junge zu sagen hat.«

»Vielleicht haben Sie recht, auch wenn ich Ihnen jetzt schon sagen kann, daß Sie die Theorie, Frien sei schuld am Selbstmord eines seiner ehemaligen Angestellten, niemals werden beweisen können. Ludger Frien ist viel zu schlau, um sich so kraß ins Unrecht zu setzen. Haben Sie den Mann schon kennengelernt? Der ist mit allen Wassern gewaschen. An dem hat sich sogar Robin Wood die Zähne ausgebissen. Der sichert sich immer nach allen Seiten ab und hat genau an den richtigen Stellen die richtigen Freunde.«

»Ein Grund mehr, sich um Freddi zu kümmern, finde ich. Übernehmen Sie den Fall?«

Baumgarten nickte und ging um den Schreibtisch herum, um Barbara zur Tür zu bringen.

»Abgemacht. Und wenn Ihnen das strenge Landleben zu trist wird, kommen Sie mal nach Oldenburg. Ich würde Ihnen gern die besten Lokale zeigen. Das ist zwar kein abendfüllendes Programm, aber doch eine Abwechslung, wenn man aus Bevenstedt kommt!«

Kapitel 35

Gleich nach dem Frühstück hatte Jupp Putensen sich angezogen und ausgehfertig unter die Bettdecke gelegt, bis Barbara mit einem Blumenstrauß erschien, den sie selbst gepflückt hatte. Als sie eben eine Plastiktüte mit ein paar Bierdosen auf dem Nachttisch absetzte, zog Jupp die Bettdecke weg.

»Sie sind ja komplett angezogen!« rief Barbara überrascht. »Sie können es wohl gar nicht abwarten, wieder nach Hause zu kommen?«

Jupp setzte sich auf die Bettkante. Er hatte noch immer dunkle Ringe unter den Augen, und seine Gesichtszüge wirkten grau und eingefallen, aber in den Augen blitzte schon wieder der alte Lebensgeist.

»Nein, junge Frau, das kann ich nicht«, Jupp machte Platz, damit Barbara sich neben ihn setzen konnte. »Und wenn Sie eine gute Deern sind, dann helfen Sie mir rasch in die Jacke, die hängt im Schrank. Wie machen nämlich einen kleinen Ausflug.«

Barbara schüttelte entsetzt den Kopf.

»Aber Sie gehören ins Bett, Sie können doch nicht einfach so von hier verschwinden.«

»Machen Sie sich darüber mal keine Sorgen. Außerdem sind wir ja in ein paar Stunden wieder da. Übermorgen werde ich sowieso entlassen.«

»Und der Aufenthalt in der Reha-Klinik?«

»Ich mache keine Kur, ich kuriere mich selbst zu Hause. Denken Sie doch an meine Tiere – wenn man eine so große Familie hat, muß man sich doch um sie kümmern, nicht wahr? Und die Apfelplantage darf auch nicht verkommen. Außerdem haben wir eine hervorragende junge Ärztin in Bevenstedt, die wird schon ein Auge auf mich haben. Und nun geben Sie mir endlich meine Jacke.«

Barbara holte die Windjacke aus dem Schrank und half dem Alten in die Ärmel. Er keuchte vor Anstrengung, aber seine Bewegungen waren sicher.

»Okay, ich fahre Sie ein bißchen spazieren, aber ich spreche erst mit der Oberschwester, Herr Putensen. Sie können nicht von mir verlangen, daß ich Sie hier einfach so entführe. Schließlich bin ich Ärztin.«

Jupp murmelte irgendeinen Fluch, fügte sich aber ihren Anweisungen und setzte sich noch mal aufs Bett.

»Wir können gehen«, sagte Barbara, als sie ein paar Minuten später ins Zimmer zurückkam. »Bis zum Mittagessen um halb zwölf Uhr haben Sie Ausgang.«

Barbara rollte langsam durch die Stadt, damit Jupp Putensen sich in Ruhe umschauen konnte. Aber der Alte saß reglos neben ihr auf dem Beifahrersitz, hielt sich am Haltegriff über seinem Kopf fest und starrte stur geradeaus, ohne nach rechts oder links zu sehen. Der Himmel war grau, und es nieselte ein bißchen. Als sie Oldenburg verlassen hatten und die offenen Felder zu beiden Seiten der Landstraße erreichten, entspannte Jupp sich ein wenig.

»Sollen wir an die Ostsee fahren, nach Dahme oder in die Hohwachter Bucht? Haben Sie darauf Lust?«

Jupp schüttelte den Kopf.

»Dann fahre ich Sie direkt nach Hause.«

»Jawoll.«

Hinter Lensahn legte Jupp Putensen mit einemmal eine Hand auf Barbaras Arm.

»Fahren Sie bitte mal ein bißchen langsamer.«

Barbara drosselte die Geschwindigkeit. Sie hatte die Hauptstraße links liegenlassen und war am Ortskern vorbei auf die Landstraße Richtung Riepsdorf abgebogen. Die Sonne kam für einen Augenblick durch die Wolken und spiegelte sich auf dem nassen Asphalt.

»Da ist der Hof vom Diem«, sagte Jupp. »Fahren Sie mal vorne in die Einfahrt.«

Barbara bog von der Landstraße ab und ließ den Wagen auf das verwahrloste Grundstück rollen. Im Garten wucherte das Unkraut, und auch zwischen den Hofgebäuden standen hüfthoch die Brennesseln. Mitten auf dem Hofplatz hatte sich eine schwarze Pfütze gebildet. Vor der offenen Diele stand ein verbeulter Transporter. Ein großer, kräftiger Mann erschien unter der Tür. Er trug eine speckige Lederschürze und eine Schirmmütze tief im Genick.

Barbara stellte den Motor ab.

»Ich hatte Ihnen doch versprochen, Ihnen etwas vom alten Diem zu erzählen«, sagte Jupp leise. »Nun, dann hören Sie jetzt mal zu.«

Er öffnete die Wagentür und stieg aus.

Barbara kam rasch hinterher.

»Der Jupp«, sagte Harald Diem statt einer Begrüßung und kratzte sich im Nacken, die Mütze in der Hand. »Na, denn kommt man rein.«

Jupp winkte Barbara hinter sich her. Sie gingen durch die schummrige Diele, die bis unters Dach mit alten Möbeln vollgestellt war. Es roch muffig und ein bißchen nach Möbelpolitur. Zuweilen sah man eine Katze zwischen dem Gerümpel auftauchen.

Harald Diem suchte vergebens drei Schnapsgläser im

Schrank. Dann nahm er welche aus der Spüle und hielt sie kurz unter den Wasserhahn.

Eine angebrochene Flasche Bommerlunder stand auf der Anrichte. Diem schenkte ein und prostete Jupp und Barbara zu.

»Auf euer Wohl.«

Barbara stürzte den Schnaps mit Todesverachtung hinunter.

»Du kommst wegen Kalle. Ich weiß schon, Jupp. Wenn ihr wollt, erzähle ich euch die ganze Geschichte. Eigentlich nichts für junge Damen.«

Jupp beugte sich über den Tisch.

»Wenn du sie nicht erzählst, erzähl ich sie«, sagte er.

Diem schenkte noch eine Runde Bommerlunder ein. Barbara legte eine Hand über ihr Glas.

»Mein Vater kam Ende 1946 aus der Gefangenschaft«, begann Diem. »Er hatte ja alles verloren, er stammte aus Ostpreußen. Als er in Holstein eintraf, hatte meine Mutter hier oben in Lensahn Arbeit und ein Zimmer gefunden. Mein Vater fing wieder mit dem an, was er zu Hause gelernt hatte: Schweineaufzucht. Er kaufte diesen alten Hof. Anfang der Sechziger wurde ihm der Laden irgendwann zugemacht, wegen Nichteinhaltung der Hygienebestimmungen. Später hätten wir dann sowieso nicht mehr mithalten können mit den Quoten und all dem. Vater soff sich zu Tode. Ich blieb mit meiner Mutter hier wohnen. 1950 lernte ich Lena kennen, deine Nichte, Jupp. Es war auf dem Schützenfest in Grube, ich weiß es noch wie heute. Sie wurde sofort schwanger, gleich beim ersten Mal. Als sie Kalle kriegte, war sie erst sechzehn. Ich weiß, du hast mir das immer krummgenommen, Jupp, aber schließlich habe ich sie geheiratet, und sie hat es nicht schlecht bei mir gehabt. Als ihr die Kleine starb, ist sie durchgedreht. Das hat sie einfach nicht verkraftet.

Dann kriegte sie Theo, da ging es ihr wieder etwas besser. Aber sie ist trotzdem weggelaufen, keine Ahnung, warum. Weiß ich, was mit ihr los war? Weiber sind eben so, man kann sie nicht durchschauen.

Ich hatte mir inzwischen einen alten Lkw zugelegt und fuhr rum und sammelte Alteisen, schließlich auch gebrauchte Möbel, alles, was die Leute eben loswerden wollten. Kalle half mir; er hatte keine Lust, zur Schule zu gehen. Und Theo konnte auch nicht stillsitzen. Also habe ich ihn auch bald mitgenommen auf den Bock. Wir drei waren immer unterwegs, den ganzen Tag. Bis Kalle volljährig wurde, da mußte er zum Bund. Er hat dort den Führerschein gemacht, Klasse zwei, und als er wiederkam, dachte er, er wäre etwas Besseres. Er mußte unbedingt nach Kiel gehen, weil er da mehr Geld verdienen konnte. Ja, ich habe getobt. Hatte ich nicht Grund dafür? Hatte ich mir nicht alles selbst aufgebaut? Mußte der Junge weggehen und mich und Theo hier allein lassen? Der war wie seine Mutter. Immer ist er mir in den Rücken gefallen. Das ist nun dabei rausgekommen.

Ich weiß nicht, was Kalle alles getrieben hat in Kiel, es war mir auch egal. Jedenfalls kreuzte er nach zwei Jahren wieder hier auf, mit seiner Frau Nicole. Sie bauten sich das Haus drüben im Neubaugebiet. Mit mir wollten sie erst nichts zu tun haben. Theo und ich, wir waren nicht gut genug für die beiden.

Dann fing Kalle an, für Frien zu fahren. Kalle war ein guter Fahrer, und arbeiten konnte er ja, das hatte ich ihm beigebracht. Frien hat das schnell spitzgekriegt und ihn gefördert. Er durfte irgend so einen Lehrgang machen, damit er sich als Spediteur selbständig machen konnte. Na ja, und dann hat Frien ihm den neuen Lastzug gekauft.«

»Auf Darlehen«, warf Barbara ein.

»Sicher, geschenkt ist der Tod. Kalle sollte das Geld abarbeiten. Das kam ihm aber viel billiger als ein Bankkredit.«

»Und dann, was passierte dann?« fragte Jupp Putensen leise. Der Schnaps hatte ihm seine frische Farbe zurückgegeben. Seine Augen glänzten, als ob er Fieber hätte.

»Tja, inzwischen hatten wir uns ausgesprochen, Kalle und ich. Er half mir manchmal aus, wenn Not am Mann war. Manchmal fuhr er auch was für mich. Ich werd' ja auch nicht jünger, und wer weiß, wie lange Theo mir noch helfen will. Arbeiter kann ich nicht bezahlen. Ohne Familie geht es eben nicht. Wir haben uns wieder zusammengerauft, kann man sagen.«

»Erzähl von dem Unfall«, verlangte Jupp.

»Ja, was soll ich euch da sagen?« antwortete Diem. »Ich weiß es ja auch nur vom Hörensagen.«

»Du lügst. Du warst doch dabei.«

»Unsinn, Jupp. Ich war nicht dabei. Ich lag längst zu Hause in meinem Bett und schlief meinen Rausch aus. Frag doch Theo, der Junge war ja hier.«

»Gelogen.«

»Ach, Jupp, was soll das denn jetzt? Kalle war allein im Auto, als der Unfall passierte. Er hat das Mädchen nicht gesehen, wenn er es überhaupt war. Vielleicht war es auch jemand anders, der sie kaputtgefahren hat. Kalle hat nur immer gedacht, er wäre es gewesen. Es kann genausogut ein Reh gewesen sein, das ihm vor den Kühler gerannt ist.«

»Moment mal, sprechen Sie etwa von dem Unfall mit Fahrerflucht, bei dem Bärbel Plettenberg verletzt wurde?«

Jupp nickte.

»Davon kann gar keine Rede sein«, polterte Diem, und seine Stimme war jetzt laut und aggressiv. »Kalle wäre doch nicht weitergefahren, wenn er sie erwischt hätte; er kannte die Deern ja, die sind doch zusammen gegangen, jahrelang.«

»Eben«, meinte Jupp. »Eben das ist es, was mich stutzig gemacht hat.«

»Kalle und Bärbel waren ein Paar«, bestätigte Barbara.

»Aber nun war Kalle mit Nicole zusammen, die waren doch schon lange verheiratet damals, als der Unfall passierte. Die Plettenberg, das war eine Jugendliebe gewesen. Dem Kalle sind die Mädchen immer nachgerannt. Nein, Kalle hätte das Mädchen niemals auf der Straße liegenlassen.«

»Kalle nicht«, sagte Jupp. »Aber du. Weil du nämlich schon viel zu betrunken warst, um noch etwas mitzukriegen. Du hast den Wagen gefahren in dieser Nacht; Kalle hat es mir selbst erzählt. Aber er wollte verhindern, daß man dir den Führerschein abnimmt. Darum hat er es auf sich genommen und bezahlt.«

Harald Diem stand auf. Er schwankte etwas. Er baute sich vor Jupp Putensen auf.

»Sag das nicht noch einmal, Jupp, sonst vergesse ich, wer du bist. Ich lass' mir nicht von einem wie dir was ans Zeug flicken!«

Jupp blieb ruhig sitzen, bis Diem zurücktrat. Er sah zu, wie Diem abrupt die Küchentür aufriß.

»Raus, alle beide. Laß dich nie wieder hier blicken, Jupp. Ich habe alles verloren, was ich hatte. Ich muß mich nicht auch noch beleidigen lassen.«

Jupp stand auf. Sehr langsam, sehr aufrecht ging er an Harald Diem vorbei. In der Tür drehte er sich noch einmal um.

»Und ich habe doch recht«, sagte er.

Kapitel 36

»Kommt gar nicht in Frage, in mein Haus kommt der Junge nicht mehr. Und dieser Aktenfiez, der soll sich hier bloß nicht blicken lassen!« brüllte Walter Scholz und warf die Küchentür hinter sich ins Schloß, daß der Türrahmen wackelte.

Anna Scholz saß am Küchentisch und zerknüllte in der einen Hand ihr Taschentuch, in der anderen zitterte der kleine Zettel, auf den sie während des Telefonats mit dem Rechtsanwalt vollgeschrieben hatte: ›Rechtsanwalt und Notar Dr. Baumgarten, Oldenburg‹ sowie seine Telefonnummer.

»Er hat gesagt, Freddi wird nur aus dem Untersuchungsgefängnis entlassen, wenn wir ihn wieder zu Hause aufnehmen. Der Junge ist ja nicht schlecht, habe ich ihm gesagt.« Die Tränen liefen ihr erneut über die Wangen, und sie preßte das zerknüllte Taschentuch an die Augen.

»Laß mal gut sein Anna«, sagte Hildegard, ihre Nachbarin und Walters Cousine zweiten Grades. »Der Walter wird sich schon wieder beruhigen. Du mußt ihn aber auch verstehen, auf seiner Arbeit zeigen sie alle mit dem Finger auf ihn. Und da Freddi und er wie Hund und Katze sind, passiert womöglich noch ein Unglück, wenn der Junge wieder hierherkommt. Besser, er bleibt, wo er ist.«

»Dabei sind sie sich so ähnlich«, schniefte Anna. »Sie können beide nicht nachgeben, die Dickköppe. Aber was zuviel ist, ist zuviel. Mein Junge im Gefängnis wie ein Schwerverbrecher.«

Hildegard tätschelte Annas Unterarm.

»Du solltest diesen Anwalt anrufen und ihm sagen, er soll ruhig hingehen zu Freddi, die Rechnung für ihn kriegen wir auch noch bezahlt. Soviel kann das ja nicht sein.«

»Die müssen wir gar nicht bezahlen«, erwiderte Anna Scholz schluchzend.

»Ach so, er bekommt Armenrecht. Die Schwägerin von meiner Schwester hat auch Armenrecht bekommen, als sie mit ihrem Mann nach der Scheidung so um den Wohnwagen gestritten hat, daß sie ihn mit einer Milchkanne am Kopf verletzt hat. Der hat sie doch glatt angezeigt! Körperverletzung und Nötigung hieß das.«

»Das hast du mir damals gar nicht erzählt«, sagte Anna und hörte auf zu weinen.

»Ach, das war ja nur schmutzige Wäsche von anderen Leuten. Was geht uns das an?«

»Ist sie denn vor Gericht gekommen?«

»Klar. Sie hat sich einen Anwalt aus Kiel genommen. Sie wohnt doch jetzt da oben am Selenter See. Meinst du, ein Anwalt aus Lütjenburg war ihr gut genug? Nee, das mußte einer aus Kiel sein. Frag mich nicht, was der gekostet hat. Schon allein immer die Anreise.«

»Meinst du, wir sollten auch einen Anwalt aus Kiel nehmen? Aber Walter wird das nie erlauben, nie im Leben ...«

»Warum hat sich denn der Baumgarten überhaupt bei euch gemeldet? Also meiner Großtante hat er ja die Erbschaft gerettet, damals. Ein feiner Mann. Aber ob der mit Freddi zurechtkommt ...«

Anna faltete das nasse Taschentuch auseinander und ordentlich wieder zusammen und steckte es in ihre Kittelschürze. Beide Frauen tranken ihren Kaffee aus.

»Frau Doktor Pauli war bei ihm und hat ihn gebeten, sich um Freddi zu kümmern.«

»Die neue Ärztin in der Gemeinschaftspraxis? Die habe ich neulich gesehen. Sie kam gerade bei Plettenbergs raus.«

»Hier war sie auch schon mal, wegen Timmi, als er in den Feuerwehrteich gefallen war. Ich war nicht da, aber Oma hat mit ihr gesprochen.«

»Ich habe gehört, sie will das alte Pfarrhaus kaufen, deshalb war sie wohl bei den Plettenbergs.«

»Kann sein, das weiß ich nicht.«

»Klar«, sagte Hildegard und schüttelte die Thermoskanne, aber der Kaffee war alle, und Anna machte keine Anstalten, noch mal welchen aufzusetzen. »Deshalb war sie bestimmt auch bei Baumgarten, der macht ja die Grundbuchsachen für die Plettenbergsche. Das würde mich aber wundern, wenn die was verkaufen will. So, und die Ärztin hat für euren Freddi ein Wort eingelegt? Das finde ich ja hoch anständig.«

Hildegard sah Anna an, als fände sie die Sache eher unanständig.

»Sie wollte sogar die Rechnung bezahlen, hat Baumgarten gesagt. Falls es mal teurer wird.«

Hildegard schüttelte ungläubig den Kopf.

Anna Scholz nickte.

»Was soll das nur bedeuten?« fragte Hildegard und erhob sich vom Küchentisch. Sie war korpulent und trug zu der üblichen kleingeblümten Kittelschürze Hausschuhe mit hellblauen Pompons auf der Spitze. Ihre Kniestrümpfe hatte sie heruntergerollt bis über die Knöchel, und ihre Krampfadern leuchteten dunkelblau an den weißen Waden. Sie holte ihren Hausschlüssel aus der Schürzentasche und fing an, damit zu klappern.

»Wenn Freddi einen Denkzettel kriegt, dann hat er das wohl verdient. Was soll denn aus ihm werden, wenn er erst in der Lehre ist? Dann muß er auch parieren, sonst fliegt er im hohen Bogen überall raus. Sieh das mal von der Seite.«

»Erst mal muß er ja die Schule fertig machen«, sagte Anna verzagt. »Herr Ochs hat mich auch schon angerufen. Er will heute abend herkommen und mit Walter reden.«

Hildegard schlurfte zur Tür.

»Ich muß die Kartoffeln aufs Feuer kriegen, um halb eins kommt Heinz zu Tisch. Außerdem kommt Jupp morgen aus dem Krankenhaus. Ich will noch ein bißchen klar Schiff machen bei ihm. Sieht ja aus wie bei Hempels unter dem Bett in der Bude. Wenn das die Lotte, seine Schwester, sehen würde! Und morgen bringe ich ihm etwas zu essen rüber.«

Anna stand auf und stellte die Kaffeetassen in den Ausguß.

Kapitel 37

Theo lehnte sein Moped gegen den Zaun des Hundezwingers neben dem Dorfkrug und betrat die Gastwirtschaft durch den Stalleingang. Mike, der älteste Sohn des Gastwirts, war gerade mit dem Melken und Füttern fertig und nickte Theo zur Begrüßung zu.

»Willst dir einen genehmigen? Ich komm' auch gleich. Muß nur noch die Kannen wegbringen.«

»Ist deine Alte nicht da?« fragte Theo.

»Die Friseuse ist da. Alle Weiber sind bei Petersen und stehen Schlange für ihre Locken.«

Theo grinste und ging durch die Diele in die Gaststube. Dichter Qualm hing über dem Tresen. Jupp Putensen saß am Stammtisch, vor sich ein Glas Mineralwasser, und palaverte mit den Männern am Schanktisch. Der Wirt nickte Theo zu und zapfte weiter Bier, eine ganze Lokalrunde. Dann stellte er flink sechs Schnapsgläser auf ein Tablett und ließ die Kornflasche darüber kreisen, bis alle Gläser gleichmäßig voll waren.

»Für dich noch ein Wasser, Jupp, oder diesmal was Gehaltvolleres? Dich haben sie wohl umgedreht im Krankenhaus. Willst du uns etwa alle überleben?«

Dröhnendes Gelächter. Jupp Putensen, dessen Schädel schon wieder hochrot angelaufen war, ein Zeichen dafür, daß er während des Tages nicht nur Wasser getrunken hatte, antwortete irgend etwas, das im allgemeinen Lärm unterging. Walter Scholz, der ganz hinten am Tresen lehnte, drehte sich zu ihm um. Da fiel sein Blick auf Theo, der noch immer in der Tür stand. Die anderen folgten seinem Blick. Es wurde schlagartig still in der Stube.

Nur der Wirt ließ sich nicht beeindrucken, tänzelte geschickt trotz seiner beträchtlichen Leibesfülle um die Theke herum, das Schnapstablett auf einer Hand balancierend, und verteilte die Gläser.

»Willst du auch 'nen Lütten?« fragte er Theo.

Jupp winkte Theo zu sich an den Tisch.

»Setz dich mal hierhin, ich muß mit dir reden«, sagte er. Die Atmosphäre entspannte sich etwas.

»Prost Walter«, sagte Lutz und prostete Walter Scholz zu.

Scholz kippte den Klaren und rutschte von seinem Hocker. Mit langsamen, schwankenden Schritten ging er auf den Stammtisch zu und lehnte sich hinter Jupp Putensen an einen nachgemachten Fachwerkpfeiler, an dem in Kopfhöhe ein ausgestopftes Eichhörnchen hing. Das hatte schon da gehangen, als der Dorfkrug noch von dem Großvater des jetzigen Wirts betrieben wurde, und sah entsprechend ramponiert aus.

»Setz dich hin«, sagte Jupp noch mal zu Theo.

Theo rutschte auf die Bank hinter dem Tisch. Der Wirt stellte ihm einen Kurzen und ein Bier hin und verzog sich dann wieder hinter den Schanktisch.

»Und dann ist der Wagen plötzlich ausgeschert«, fuhr Lutz mit seinem Unfallbericht fort, als wäre er nie unterbrochen worden. »Mit einemmal fliegt uns die Gabel um die Ohren, der Hänger kippt mit der ganzen Ladung in den Graben und reißt den Bock auch noch mit. Fünf Leute haben wir gebraucht, um das Ding wieder flottzukriegen.«

Edi Spaett, der die Lotto-Annahmestelle in Lensahn betrieb und ab und zu in den Dorfkrug nach Bevenstedt kam, weil seine Schwester mit dem Wirt verheiratet war, prostete ihm zu.

»Ich bin bisher nur einmal bei Glatteis ins Rutschen gekommen, das war beim Bund. Ich fuhr so einen alten Kübelwagen, den hat's glatt aufs Dach gelegt. Aber mir ist nichts passiert. Wäre ich angeschnallt gewesen, ja, dann könnte ich mir jetzt die Radieschen von unten angucken.«

»Vorschriften, nichts als Vorschriften«, brummte der Wirt hinter seinem Zapfhahn. Während er neue Biere zapfte, ließ er die drei am Stammtisch nicht aus den Augen. Das sah nach Stunk aus. Je leiser es anfing, desto schlimmer wurde es manchmal. Er gehörte zu den Wirten, die lieber eingriffen, ehe die Einrichtung zerschlagen wurde. Er war stark, auch wenn er fett geworden war mit den Jahren. Er konnte immer noch mithalten und das Schlimmste verhüten. Bis die Versicherung hinterher den Schaden zahlte, konnte es lange dauern.

»Du traust dich hierher«, fing Scholz an.

»Laß ihn in Ruhe«, brummte Jupp, der zwischen den beiden saß.

Theo starrte vor sich auf die Tischplatte. Er war so bleich wie sein Hemd, ein blütenweißes, aber ungebügeltes Oberhemd aus einem Nachlaß, das unordentlich über seine spekkigen Stoffhosen hing.

»Du hast meinen Jungen auf dem Gewissen, und da traust du dich ganz in Ruhe hierher?« fragte Scholz drohend, und seine Stimme wurde lauter. Auf seiner Stirn schwoll eine dikke Ader an. Er war schon ziemlich betrunken und hatte Mühe, seinen Blick auf Theo zu halten. »Du bist es doch, der ihn angestiftet hat!«

Lutz erhob sich langsam und legte eine Hand auf Scholz'

Arm. Der schüttelte die Hand ab und ließ sich plötzlich vornüber mit beiden Händen auf die Tischplatte fallen, Auge in Auge mit Theo, der erschrocken zurückwich. Die Männer am Tresen sprangen dazu und blieben hinter Walter Scholz stehen, bereit, jederzeit einzugreifen.

»Laß den Jungen in Ruhe, Walter, er hat dir nichts getan«, sagte Jupp Putensen ruhig. »Der Freddi ist für sich selbst verantwortlich. Was er getan hat, kannst du dir selbst zuschreiben, das weißt du ganz genau.«

Walter Scholz starrte seinen Onkel einen Augenblick an. Sein Gesicht wurde dunkelrot. Er richtete sich auf, und als es für einen Augenblick so aussah, als ob er auf Jupp einschlagen wollte, faßten die anderen drei von hinten nach seinen Armen. Das machte den Mann erst recht wild.

»Ihr kommt euch wohl besonders schlau vor!« schrie er und wand sich in der Umklammerung. »Ihr habt ja alle keine Ahnung! Die Diems, die dürfen alles, nicht wahr? Die größten Verbrecher, die laßt ihr laufen. Und wundert euch hinterher, wenn das ganze Dorf vor die Hunde geht, wegen solchen hergelaufenen Lumpensammlern. Ihr habt ja keine Ahnung. Ihr wißt nicht, was ich alles weiß.«

Der Wirt machte Theo ein Zeichen, daß er verschwinden solle, und Theo rutschte aus der Eckbank. Er kramte nach seiner Geldbörse, aber Jupp winkte ab.

»Das geht auf meinen Deckel. Melde dich mal bei mir, tschüs.«

Ohne Gruß verließ Theo die Gaststube.

Draußen war es inzwischen dunkel geworden, und Theo schob sein Moped, bis er die erleuchteten Fenster des Dorfkrugs hinter sich gelassen hatte. Dann warf er den Motor an und knatterte im Schrittempo die Hauptstraße entlang. Vor Petersens Hof standen jede Menge Autos, wie immer, wenn die Friseuse irgendwo ihre Zelte aufschlug. Sie war eine

Großcousine von Frau Petersen, und bei ihr kostete eine Dauerwelle mit Tönung nur fünfundzwanzig Mark. Beim Friseur in Lensahn legten die Frauen fast das Doppelte dafür hin.

Beim Doktor war alles dunkel, sein Fahrrad lehnte wie immer nicht abgeschlossen am Gartenzaun. Wahrscheinlich wollte er am Abend noch mal los und mit seinem Nachtsichtgerät Eulen ausspähen. Wenn Theo den Anhänger dabeigehabt hätte, hätte er das Fahrrad einfach aufgeladen, nur so, damit irgend etwas passierte. Andere Leute paßten auf ihre Sachen ja auch auf, nur der Doktor meinte immer, er kriege eine Extrawurst gebraten. Wut stieg in Theo hoch, ohne Grund, ohne Sinn. Er war geladen, er wußte selbst nicht, warum.

Er tuckerte weiter, bis der Bungalow von Kalle und Nicole Diem vor ihm auftauchte. Er fuhr an den Straßenrand, stellte den Motor aus, ließ das Moped ausrollen und kam vor dem Eingang des Hauses zum Stehen. Sein Herz schlug plötzlich etwas höher, als er an Nicole dachte, die allein zu Hause saß. Wie oft hatte er seinen großen Bruder beneidet, weil er so eine scharfe Frau hatte. Er selbst hatte überhaupt kein Glück bei den Frauen. Sie schienen ihn zu übersehen, und das lag nicht nur an seiner unreinen, pickeligen Haut und den strähnigen Haaren. Auch sein schmächtiger, immer etwas nach vorn gebeugter Körper war nicht schuld daran, es war irgend etwas anderes. Es war, als ob die Weiber es rochen, daß er Angst vor ihnen hatte. Dabei begehrte er sie mit allen Fasern seines Körpers genau wie jeder andere junge Mann, der auf der Suche nach Erfahrungen war. Jede wäre ihm recht gewesen; die erstbeste, die sich auf ihn eingelassen hätte, hätte er genommen. Aber er hatte noch nie den Mut gehabt, auch nur eine anzusprechen. Er verachtete sich selbst wegen seiner Feigheit. Sogar Freddi, der drei Jahre jünger war und einen ganzen Kopf kleiner, hatte schon mal was mit einer Frau gehabt. Und das war keine Angeberei. Er hatte es ja selbst gesehen, wie Freddi mit dem Mädchen abschob auf den Heuboden hinter dem Geräteschuppen der Feuerwehr. Als sie wiederkamen, hatte Freddi gegrinst und mit dem Daumen das Siegeszeichen gemacht. Theo hatte so getan, als ob er das ganz normal gefunden hätte. Dabei war er vor Neid ganz blaß geworden.

Seine Hände zitterten etwas, als er das Moped jetzt an den Rand schob und den Zündschlüssel abzog. Er steckte ihn in seine Hosentasche und fühlte dabei eine Erektion; sie war heftig, fast schmerzhaft. Was war, wenn Nicole ihn abwies? Er würde ihr hundert Mark anbieten, mehr hatte er nicht bei sich. Aber er könnte ihr morgen mehr vorbeibringen. Er würde ihr zweihundert geben, auch dreihundert. Sie würde schon wollen, sie tat es für andere ja auch. Er würde es ihr gleich im Flur besorgen, im Stehen, im Dunkeln. Er atmete schwer und starrte auf den Klingelknopf. Was war, wenn sie nun gar nicht da war? Er ging wieder einen Schritt zurück und musterte die Fenster im ersten Stock. Da war alles dunkel. Er ging noch einen Schritt zurück und folgte dann dem schmalen Pfad, der durch die aufgeweichte Erde des Grundstücks bis zur hinteren Terrasse führte. Mattes Licht fiel durch die Vorhänge des Wohnzimmers, die nicht ganz zugezogen waren.

Theo spähte vorsichtig um die Hausecke, er konnte schräg in das Wohnzimmer sehen. Er hörte leise Musik. Dann sprach jemand, es war nicht Nicole, es war eine tiefe Männerstimme. Jetzt vernahm er Nicoles Stimme, sie stöhnte. Nun stöhnte auch der Mann. Theo machte noch einen Schritt und sah Nicoles Kopf, ihre Haare, die lang und blond über die Lehne des Ledersofas herunterhingen. Ihre nackten Beine lagen gespreizt auf den Polstern, und vor ihr hockte, mit dem Rücken zum Fenster, ein Mann. Er war nackt und seine Bewegungen waren eindeutig. Nicole stieß kleine, spitze Schreie aus, und der Mann röhrte wie ein Hirsch und stieß wie rasend in Nicole hinein. Es war Frien, Theo erkannte ihn ganz deutlich, es war Ludger Frien, dieses Schwein.

Theo schlug gegen die Scheibe, es krachte so laut, daß er glaubte, die ganze Fensterfront würde über ihm zusammenbrechen. Er rannte quer durch über das Grundstück, schnappte sein Moped und lief neben ihm her, bis er aus dem Umkreis des Bungalows verschwunden war und die Dunkelheit ihn verschluckt hatte.

Kapitel 38

Barbara betrachtete sich skeptisch in dem Spiegel von Frau Petersens Frisierkommode und raffte das Handtuch, das die Friseuse ihr um die Schultern gelegt hatte, vorsichtig vor der Brust zusammen. Sie hatte sich noch nie eine Dauerwelle legen lassen, aber irgendwann war ja immer das erste Mal.

Die nächste Kundin stand schon fix und fertig mit Frisierumhang und Handtuch um den Hals hinter ihr und konnte es gar nicht erwarten dranzukommen. Ihre Haare waren bereits unter der Haube getrocknet und sollten jetzt fachmännisch ausgekämmt werden.

»Schick, Frau Doktor. Sie werden sehen, Sie sehen zehn Jahre jünger aus.«

Hab' ich das etwa nötig, hätte Barbara am liebsten geantwortet, drehte sich aber nur um und lächelte Susi Lethfurt, die Frau des ehemaligen Schlachtermeisters, freundlich an. Die Frau war Mitte Vierzig, sah mit den Wicklern auf dem Kopf aber zehn Jahre älter aus. Trotz ihrer rosigen Pausbäckchen.

»Nicht, daß Sie das nötig haben«, schob Susi nach, als hätte sie Barbaras Gedanken gelesen. »Man sagt das ja nur so.«

Sie nahm Platz vor dem Spiegel und fing selbst an, die Wickler herauszudrehen.

»Sind sie eigentlich auch Vegetarierin wie der Doktor? Ich frage ja bloß, weil mein Mann regelmäßig schlachtet. Falls Sie mal was brauchen, Schwein oder Rind, nur Hammel hat er nicht im Programm.«

»Danke, doch ich esse ganz gern mal ein Stück Fleisch. Ich bin keine Vegetarierin«, schob Barbara sicherheitshalber nach, damit das auch Gehör fand. So nett sie Jürgen Stähr fand, so ungern wollte sie als seine schattengleiche Kollegin gesehen werden.

»Dann ist es ja gut. Ist ja auch gesund, hin und wieder mal ein Stück Fleisch, vor allem, wenn man weiß, woher es kommt.«

Die Friseuse tauchte im Türrahmen auf, in der Hand Schere, Kamm und Bürste sowie einen runden Handspiegel, mit dem sie eben noch der letzten Kundin den Hinterkopf gezeigt hatte.

Barbara verließ die Kammer und ging in die Küche, in der zahlreiche, frisierte oder halb frisierte, mit Lockenwicklern und Hauben ausgestattete und mit Handtuchturbanen gekrönte Frauen allen Alters herumsaßen und sich laut miteinander unterhielten. Die Gastgeberin und Bauersgattin Elise Petersen schenkte aus einer riesigen Warmhaltekanne Kaffee aus, und der Tisch bog sich schier unter den vielen Platten mit selbstgemachtem Butterkuchen, Bienenstich und Muffins. Barbara quetschte sich mit auf die Bank, neben die dicke Petra Brinkmann, die die Poststelle in Bevenstedt leitete, und ließ sich Kaffee und Kuchen geben.

»Wir haben es nett hier, was, Frau Doktor? Sie müssen auch mal zu unseren Ausflügen mitkommen. Wir treffen uns im Sommer alle sechs Wochen und fahren irgendwohin, wo es schön ist. Ohne Männer und Kinder, versteht sich, nur wir Landfrauen. Das muß sein.«

»Was sein muß, muß sein«, bestätigte Meta Plettenberg,

die Barbara gleich zu Beginn verschwörerisch zugeblinzelt hatte. Sie war die einzige, die Barbara in der Runde hier kannte. Frau Claasen gehörte zwar auch dazu, genau wie Freddis Mutter Anna Scholz, aber die beiden waren heute abend nicht anwesend. Vielleicht hatten ihre Haare es noch nicht wieder nötig. Colette hatte sich geweigert mitzukommen. Am Anfang hatten die Landfrauen auch ihr angeboten, sich anzuschließen, so wie die Einheimischen jedem Neubürger Aufnahme in ihre Gemeinschaft anboten. Aber Peter und Colette hatten sich gegen die Dorfgemeinschaft entschieden. Nun ließ man sie in Ruhe. Wer nicht will, der hat schon, lautete die Devise.

»Und Sie haben sich um Freddi gekümmert? Das finde ich gut«, fing Linda Meierdirks, die Frau des ehemaligen Schmieds, an. Heute arbeiteten fast alle Männer des Dorfes in Friens Holzfabrik. Die alten Handwerksberufe, die die Männer oft noch von den Vätern gelernt hatten, wurden nur noch nebenher in den verwaisten Werkstätten weiterbetrieben.

Die Postbeamtin lehnte sich zurück, damit Linda und Barbara sich besser unterhalten konnten. Sie hielt sich prinzipiell aus allen Gesprächen heraus, die über das Wetter oder das Essen hinausgingen, das gerade auf dem Tisch stand. Sie war die Diskretion in Person – *die* ideale Besetzung für eine Poststelle.

»Ich habe einen Anwalt beauftragt, mit Freddi zu sprechen, und habe auch selbst eine Besuchsgenehmigung beantragt«, berichtete Barbara.

»Der Junge braucht eine starke Hand«, fiel Frau Petersen ein und setzte sich mit an den Tisch. Die Gespräche verstummten nach und nach, man wollte mithören, was die neue Ärztin zu sagen hatte. »Auf Sie als Respektsperson hört er vielleicht. Sein Vater wird einfach nicht mit ihm fertig.«

»Ach der«, sagte irgendeine Frau von den hinteren Plätzen. »Trinker, sage ich nur.«

Petra Brinkmann wußte nicht mehr, wohin sie schauen sollte.

»In eine Erziehungsanstalt stecken sollte man den Jungen«, sagte eine andere Frau. »Das hat er wohl nötig.«

»Das hat noch keinen besser gemacht«, fiel Linda ein. Sie hatte ein kräftiges Organ, wie alle Frauen im Raum. Plötzlich redeten alle wieder durcheinander und gaben ihre Meinung zu der Sache kund. Barbara fiel auf, daß keine der Frauen besonders schüchtern zu sein schien, ließ man die diskrete Postbeamtin mal außer acht. Sie wirkten alle resolut und selbstsicher. Auch die jüngeren Frauen waren lebhaft und amüsierten sich nicht schlecht. Sie kam zu dem Schluß, daß es den Frauen in diesem Dorf ganz gutzugehen schien. Sie arbeiteten hart, aber sie hatten dadurch auch einen guten Stand und waren zufrieden mit sich und der Welt. Keine sah besonders gut aus. Das schien auch nicht so wichtig zu sein; hier mußte man nicht aussehen wie die Models aus den Zeitschriften oder aus dem Fernsehen. Hier galten andere Maßstäbe.

Das Gespräch schweifte von Freddi und seiner neusten Untat ab zu Theo, der allgemein als hinterhältiger Anstifter galt, und von dort zu Kalle Diems Selbstmord. Es wurde immer stiller, bis schließlich der Name Nicole Diem fiel.

»Sie will ja verkaufen«, sagte Frau Petersen etwas zu laut in das Schweigen hinein. »Nicht wahr, Meta, sie hat deiner Tochter doch schon ihr Haus angeboten?«

Meta Plettenberg betastete nervös ihre frischfrisierte, silbern schimmernde Lockenpracht.

»Ich weiß nicht, Bärbelchen hat mir gar nichts davon erzählt.«

Die Frauen schwiegen noch einen Augenblick, man meinte, die Spannung knistern zu hören wie die Holzscheite in einem Ofen. Dann kam die Friseuse und holte die nächste Kundin auf den Stuhl. Susi Lethfurt kam in die Küche zurück und ließ ihre blonde Turmfrisur bewundern.

»Hat sie das nicht wieder toll hingekriegt?« strahlte sie und drehte sich wie eine Puppe im Kreis.

»Ich glaube«, flüsterte Linda der Ärztin zu, »das Haus von den Diems gehört der Plettenbergschen sowieso schon.«

Ehe Barbara nachfragen konnte, holte Frau Petersen die Likörgläser aus dem Schrank, und im allgemeinen Trubel war keine Unterhaltung mehr möglich.

Kapitel 39

»Wie geht es der ollen Liese?« fragte Susanne Stähr und kam auf ihrem Fuchs neben Peter Ochs' kleiner Kaltblüterstute zum Stehen, die er draußen an der Reithalle angebunden hatte.

Der Lehrer striegelte mit ein paar Strichen die Flanke seines Pferdes fertig und richtete sich auf.

»Ach, Sie sind es, Frau Stähr. Gut, sie macht sich ganz gut. Sie könnte zwar etwas mehr Bewegung brauchen, aber solange unsere Tochter noch Angst vor ihr hat, bin ich derjenige, der das Tier reiten muß. So war das eigentlich nicht gedacht.«

»Das gibt sich mit der Zeit. Wenn die Kleine erst mal voltigieren darf, kommt sie ganz von allein auf den Geschmack. Gut, daß ich Sie hier treffe, ich hatte Sie sowieso sprechen wollen wegen des Reiterfestes. Haben Sie einen Augenblick Zeit?«

Peter Ochs rieb die beiden Drahtbürsten aneinander, um die Unterwolle herauszuzupfen, die er dem Pferd aus dem Fell gekämmt hatte. Er trug braune Kniebundhosen aus Breitkord, ein hellblaues Leinenhemd und eine schwarze Lederweste. Seine Haare waren durch den Ausritt vom Wind zerzaust und drehten sich auf zu dicken Lockenwellen.

Ein Traummann, dachte Susanne Stähr, und mit seinen

fünfunddreißig Jahren genau im richtigen Alter für einen unverbindlichen Flirt. Sie ließ sich aus dem Sattel gleiten und stellte sich dicht vor dem Lehrer in Positur.

»Eigentlich sind Sie zu groß für das Tier«, sagte sie so leise, daß Peter Ochs sich ein wenig vorbeugen mußte, um sie verstehen zu können. Er war genau die Handbreit größer als sie, die nötig war, damit sie ein bißchen zu ihm aufschauen konnte. »Sie sollten es mal mit meinem Hengst probieren.«

Peter Ochs trat einen Schritt zurück.

»Danke, das ist sehr nett von Ihnen, aber eigentlich bin ich gar kein guter Reiter. Wir haben die Liese nur angeschafft für die Kinder.«

»Kommen Sie schon, steigen Sie mal auf«, lockte Susanne Stähr und hielt ihm die Zügel hin. »Drehen Sie ein paar Runden, nur so zum Spaß. Sehen Sie, Timor hat Lust, Ihnen zu zeigen, was er kann.«

Der Hengst schielte nach hinten und warf den Kopf hoch, als hätte er verstanden, daß es um ihn ging. Peter Ochs fand die Geste eher bedrohlich. Er war wirklich kein großartiger Reiter, nicht mal ein echter Pferdenarr, und er hatte die Idee mit dem Pferd schon oft genug verflucht. Diesen Winter wollten sie noch abwarten. Wenn Xenia danach immer noch Schreikrämpfe bekam, sobald das Pony sich ihr näherte, würden sie es wieder verkaufen. Der Platz im Stall kostete ein kleines Vermögen, und außerdem warteten zu Hause noch weitere Freuden des Landlebens auf ihn wie fünfhundert Quadratmeter Wiese mähen, zehn Meter Zaun flicken oder rund um das ganze Haus Dachrinnen reinigen – ganz abgesehen von den normalen Pflichten seines Berufs. Wie schön und ruhig war sein Leben dagegen in Berlin gewesen. Samstagnachmittage wie den heutigen zum Beispiel hatte er grundsätzlich in seiner Stammkneipe am Fraenkel-Ufer verbracht, die Wochenendzeitungen lesend und ein oder zwei kleine Berliner Weiße dazu... was für eine Idylle. Und nun dieser Streß des Landlebens.

»Tut mir leid, ich muß gleich weg. Ich habe noch eine Verabredung mit unserer neuen Ärztin.«

»Ach«, meinte Susanne Stähr enttäuscht und warf das Halfter über den Hals ihres Pferdes. Der Fuchs machte tänzelnd ein paar Schritte und fing dann an, das Gras, das unter der Reithalle hervorlugte, auszureißen. »Mit Barbara Pauli? Ich habe gehört, sie interessiert sich für das alte Pfarrhaus. Da wird sie sich aber an Frau Plettenberg die Zähne ausbeißen.«

»Ja, schade, daß die Frau so unzugänglich ist. Wir würden uns freuen, den Notarzt in der Nachbarschaft wohnen zu haben. Aber vielleicht gibt es ja doch noch eine Chance, mal abwarten.«

»Ach«, machte die Tierärztin noch einmal. Sie stemmte die Hände in die Seiten. Auf ihrer Stirn war eine steile Falte aufgezogen. »Sie meinen, die Pauli könnte es schaffen, der Plettenberg ein Haus abzuschwatzen?«

»Warum nicht? Ich denke, die Kirchengemeinde hat da auch noch ein Wörtchen mitzureden. Barbara wollte es jedenfalls versuchen. Sie trifft sich heute nachmittag mit dem Pfarrer aus Cismar.«

»Das wäre ja ein starkes Stück«, murmelte Susanne Stähr. »Das wäre das erste Mal, daß das Biest ein Grundstück herausrückt.«

»Irgendwann ist immer das erste Mal. Barbara will das Haus eben unbedingt haben. Sie hat sich einfach in den Garten verliebt. Und meine Frau ist auch ganz happy darüber. Die beiden haben sich ein bißchen angefreundet.«

Er lachte, aber Susanne Stähr lachte nicht mit.

»Sie müssen wir unbedingt erzählen, ob es geklappt hat«, sagte sie. »Sagen Sie mir heute noch Bescheid? Sie können mich jederzeit per Handy erreichen. Ich gebe Ihnen meine Nummer. Die Sache ist für mich enorm wichtig. Wirklich. Es geht nicht nur um mich, es geht um das ganze Dorf.«

Peter Ochs band das Pony los und klopfte ihm begütigend auf den Hals. Er hatte immer den Eindruck, daß das Tier ihn nicht besonders mochte. Aber vielleicht bildete er sich das nur ein.

»Ich werde es versuchen«, meinte er und steckte Susanne Stährs Visitenkarte in seine Hemdtasche. »Und wegen des Reiterfestes sprechen Sie am besten mit meiner Frau. Die kann so etwas wirklich gut organisieren. Außerdem hat sie mehr Zeit als ich.«

»Ich dachte, jetzt, wo die Schulferien vor der Tür stehen, wäre genau der richtige Augenblick, um Sie einzuspannen. Schade.«

Susanne Stähr drehte sich um und machte sich daran, ihrem Hengst den Sattel abzunehmen. Das Fell des Fuchses zuckte, als stände er unter Strom. Susanne Stähr warf sich das schwere Lederzeug über die Schultern.

»Und sonst, was ist diese Barbara Pauli für eine Frau? Ist sie Ihr Typ?«

Peter Ochs zog eine Grimasse.

»Susanne, Sie wissen doch, ich bin glücklich verheiratet.«

»Das wäre ja ganz was Neues. Ich kenne übrigens diese Art Frauen. Ich habe auch Medizin studiert, Veterinärmedizin. Da gibt es eine bestimmte Sorte Studentinnen, die tun, als ob sie kein Wässerchen trüben könnten, und sich Tag und Nacht nur für ihre Patienten aufopfern. Dabei haben sie es faustdick hinter den Ohren, und ehe man sich's versieht, haben sie sich die größten Fische an Land gezogen. Warten Sie es ab, Sie werden noch an meine Worte denken.«

»Ich weiß wirklich nicht, wie Sie darauf kommen«, antwortete Peter Ochs und führte seine Liese am Halfter in den Stall, während die Tierärztin neben ihm herging, den Sattel auf der Schulter. Timor zuckelte hinter ihnen her. »Ich habe wirklich den besten Eindruck von unserer neuen Ärztin.«

»Ich sage nur, warten wir es ab. Ich habe schon Pferde kotzen sehen, direkt vor der Apotheke.«

Als sie in den Stall traten, ließ Peter Ochs Susanne Stähr den Vortritt. Der Hengst mußte warten und wieherte leise.

»Wen haben wir denn da, unseren Gemeindevertreter!« rief Susanne Stähr. »Der Herr Schullehrer hat mir gerade einen Korb gegeben, ich fürchte, wir müssen unser Reiterfest allein auf die Beine stellen. Moin Georg. Du kannst dich jetzt aber nicht rausreden.«

Georg Petersen lächelte verlegen und schloß die Box hinter seinen beiden Schimmelstuten.

»Heute abend ist doch die Bürgerversammlung in Lensahn, Susanne. Du wolltest doch auch kommen, oder? Nimm es mir nicht übel, aber ich muß mich gleich noch ein bißchen vorbereiten. Vielleicht können wir uns hinterher zusammensetzen? «

»Du willst dich nur herausreden, was seid ihr bloß alle für Feiglinge. Wenn wir erst mal unsere Feriensiedlung stehen haben, wird das Reiterfest *die* Attraktion des Jahres. Da kann der Schützenverein einpacken und die Freiwillige Feuerwehr mit ihren langweiligen Grillabenden auch. Ihr habt überhaupt keinen Sinn für Innovation. So kann man keine Gemeinde aufmöbeln, so geht es wirklich nicht. Ich hätte mehr von dir erwartet, Georg. Ich verstehe dich nicht.«

»Aber ich bin ja gar nicht gegen das Reiterfest, Susanne«, entgegnete Petersen und ließ Peter Ochs mit seinem Pony passieren. »Im Gegenteil. Ich werde heute abend in der Sitzung deine Sache unterstützen. Wir werden Geld beantragen beim Landrat. Sowie das bewilligt ist, geht es los mit der konkreten Planung.«

»Bis die sich gerührt haben im Amtsausschuß, ist der Sommer vorbei. Wir hatten abgemacht, daß noch in diesem Jahr die ersten Reiterspiele steigen. Und wie weit sind wir? Keinen Schritt weiter. Dabei könnten wir ganz einfach mit den Sponsorengeldern anfangen, die wir schon haben. Mein Bruder hat schon eine feste Zusage gemacht. In Oldenburg habe ich auch einen zahlungskräftigen Pferdenarren aufgetrieben. Der Rest wird sich finden.«

»Hast du denn wegen der Grundstücke für die Feriensiedlung schon etwas erreicht?« fragte Petersen und senkte die Stimme. »Ich habe übrigens gestern mit Ludger lange über die ganze Sache gesprochen. Ich glaube, es gibt da ein paar Mißverständnisse. Ludger hat plötzlich Angst, daß ihm die Arbeiter davonlaufen könnten, weil sie beim Bau mehr verdienen. Er überlegt, ob er aus dem Projekt aussteigt.«

Susanne Stähr stemmte die Arme in die Seiten. Ihr Hengst wurde unruhig. Er wollte in seine Box, wo schon der Hafer wartete. Petersen wich ihr aus, indem er sich in die Box zurückzog.

»Das kann doch nicht wahr sein«, ereiferte sich Susanne Stähr und kam hinter Petersen her, während der Fuchs auf dem Gang schnaubte und versuchte, von draußen an seinen Hafer zu kommen. »Das kann er doch nicht machen. Ich kriege die Grundstücke schon noch von der alten Schachtel, ich kümmere mich jetzt gleich noch mal darum. Sag nichts davon auf der Sitzung heute abend, ja? Tu so, als ob alles in Ordnung wäre. Wenn ich bis heute abend nichts erreicht habe, komme ich lieber nicht zur Bürgerversammlung. Dann müssen wir uns etwas einfallen lassen.«

Peter Ochs tätschelte ein letztes Mal seiner Liese den Hals. Schließlich konnte das arme Tier nichts dafür, daß ihm die zufälligen Begegnungen im Reitstall verhaßt waren, genau wie der Dorfklatsch im Gasthaus oder die langweiligen Ausritte auf den holprigen Sandwegen der ostholsteinischen Aufforstungen. Wahrscheinlich hatte er seiner Tochter diese Abneigungen weitergegeben und quälte sich deshalb vergeblich mit der armen Liese herum.

Ehe Susanne Stähr ihm noch mal über den Weg laufen konnte, verriegelte er Lieses Box und verließ schnell den Stall.

Kapitel 40

»Du bist schon da!« rief Barbara und merkte, wie eine Brombeerranke ihre Strümpfe zerriß. Das kam davon, wenn man mal keine langen Hosen trug.

Peter Ochs hatte auf der Terrasse auf einem der dicken Findlinge gesessen, die die alten Rabatten einfaßten. Er stand auf, als er Barbara kommen hörte, und lehnte sich so an die Hausecke, daß Barbara nur auf die Terrasse gelangen konnte, wenn sie sich dicht an ihm vorbeiquetschte.

»Was hast du denn gedacht?« säuselte er, als Barbara vor ihm stand. Seine Stimme war ungewöhnlich tief und weich, und er sah ihr aufmerksam ins Gesicht. Die dunkelbraune Iris seiner Augen glänzte fast schwarz. Er griff nach Barbaras Händen und hielt sie etwas zu lange in seinen. Barbara machte einen großen Schritt und stand jetzt auf den bemoosten Platten der ehemaligen Terrasse. »Ich könnte mir vorstellen, daß du es nicht gern hast, wenn man dich warten läßt«, fügte Peter hinzu.

Barbara blieb stehen. Genau vor ihr, hinter dem Weidenknick, der das Maisfeld begrenzte, das sich an den Obstgarten des alten Pfarrhauses anschloß, ging eben glutrot die Sonne unter. Sie schien ein bißchen in die Breite zu gehen, dort, wo sie schon in den Dunstkreis der Erde eingetaucht war, jedenfalls wirkte es von hier aus so. Ihr Licht färbte den Himmel und ein paar Wölkchen bonbonrosa, und die Weiden hoben sich tintenschwarz vor dem Horizont ab.

»Es tut mir leid, daß ich dich so lange warten ließ«, sagte Barbara. Sie merkte, daß der Lehrer sehr dicht hinter ihr stand. Fast glaubte sie, seine Körperwärme zu spüren. Es war durchaus kein unangenehmes Gefühl, aber alle Alarmglokken in ihrem Kopf läuteten Sturm. Der Mann einer Freundin, auch wenn die Freundschaft noch recht jung war... Und ein Mann, der zu den Gutaussehenden zählte, zu denen, die selten einer Frau allein gehörten. Ob Colette das wußte? Natürlich, Barbara war sicher nicht die erste, der er sich auf diese Weise näherte. Warum nur ist Thomas nicht hier, dachte sie und ging einen Schritt vor, weg von dem angenehmen Gefühl. Früher wäre sie immun gewesen gegen so ein Angebot. Früher, als Thomas noch bei ihr war.

»Es hat mir nichts ausgemacht, auf dich zu warten«, sagte Peter Ochs. »Im Gegenteil.«

Er blieb stehen. Er schob die Hände in die Hosentaschen und betrachtete Barbara mit einer Mischung aus Belustigung und Bewunderung. Er sah unverschämt gut aus mit der dicken schwarzen Wolle auf dem Kopf und seiner tadellosen Figur. Selbst im lächerlichsten Schlafanzug mußte er noch attraktiv sein. Barbara spürte, wie ihre Hände feucht wurden. Sie war schon zu lange allein. Wann hatte sie zuletzt mit Thomas geschlafen? Es war mindestens zwei Monate her. Zu lange. Und was für eine anstrengende, aufreibende Zeit war das gewesen. Um wieviel leichter wäre sie zu ertragen gewesen, wenn sie sich hin und wieder mal an eine starke Schulter hätte schmiegen können, um sich der Zärtlichkeit eines Partners zu überlassen. Sich hinzugeben, statt immer nur nüchterne, sachliche Ratschläge und Rezepte auszuteilen. Sich gehenzulassen, statt tagtäglich Disziplin und Strenge vorzuleben. Sie fühlte sich klein und hilflos und wünschte heftig, daß Peter sie einfach in den Arm nähme. Nur diesen einen Augenblick lang, diesen einen Sonnenuntergang lang. Und wenn er sie dann küssen wollte – nun, dann würde sie auch nicht nein sagen.

In letzter Sekunde besann Barbara sich. Sie drehte sich auf dem Absatz um und ging zur Küchentür. Besser, sie ließen alles so, wie es war. Wenn man erst einmal die erste Grenze zwischen zwei Körpern überschritten hatte, fielen meist auch alle anderen Schranken. Und man wachte in einem Trümmerfeld wieder auf ...

»Es tut mir leid, daß ich so spät komme«, setzte sie noch einmal verlegen an, während sie die Küchentür aufschloß. »Aber der Pfarrer hatte noch eine Vorbesprechung für eine Hochzeit. Dann sagte er mir, daß er gar nicht glücklich darüber sei, daß ich das Haus kaufen wolle.«

»Kleine, spröde Ärztin«, sagte Peter leise und kam hinter Barbara her. Er fuhr kurz mit dem Handrücken über ihre Wange. Sie wich ein bißchen aus.

»Laß, Peter. Lieber nicht.«

Er schlang plötzlich beide Arme um ihre Taille und preßte sein Gesicht in ihr Haar. Barbara wehrte ihn ab und befreite sich aus seinem Griff.

»Bitte nicht, Peter. Es ist besser so.«

»Ach Scheiße«, schnaubte Peter Ochs enttäuscht. »So eine bist du also.«

»Was für eine?«

Er antwortete nicht. Er drehte sich um und starrte in den Abendhimmel. Das letzte Stück der Sonnenscheibe tauschte eben hinter den Knick.

»Was meinst du damit? Was für eine bin ich?« wiederholte Barbara verwirrt.

Peter Ochs hatte sich wieder in der Gewalt, und als er sich umdrehte, grinste er schon wieder.

»Eine anständige Frau, nicht wahr, Barbara? Aber es war

auch gar nicht so ernst gemeint. Rein freundschaftlich. Um des schönen Sonnenuntergangs willen.«

Barbara schwieg.

»Was hatte der Pfaffe denn dagegen, daß du das Haus übernimmst? Eine ehrenwertere Bewohnerin kann er doch gar nicht bekommen.«

Barbara sah Peter von der Seite, an. Er zwinkerte versöhnlich und drückte leicht ihren Ellbogen. Die Spannung zwischen ihnen war fast wieder verschwunden. Vielleicht hatte er sogar die Wahrheit gesagt und es gar nicht so gemeint. Barbara beschloß, es ihm einfach abzunehmen.

»Der Pfarrer meinte, er hätte die Hoffnung auf eine Wiedereinrichtung der Pfarrstelle in Bevenstedt noch gar nicht aufgegeben. Ich glaube, er hofft, daß die Plettenbergs der Kirche das Pfarrhaus eines Tages stiften. Nach einem Schlüssel mochte ich unter diesen Umständen gar nicht mehr fragen. Was machen wir nun?«

Peter Ochs lachte.

»Die Plettenbergs und etwas stiften, daß ich nicht lache. Die geben doch nicht einmal zu Weihnachten etwas in die Kollekte. Du mußt mal Susanne Stähr hören, wie die schimpft über die beiden. Raffzähne nennt sie sie.«

»Die muß sich gerade beschweren. Die kommt doch selbst aus dem Hause Nimm.«

»Du kennst dich ja schon ganz gut aus. Hier, ich habe für alle Fälle unseren alten Schlüsselbund mitgebracht. Vielleicht paßt ja einer.«

Er hielt einen schweren Ring mit alten, rostigen Schlüsseln hoch und fing an, einen nach dem anderen an der Küchentür auszuprobieren.

»Ich glaube, das nennt man einbrechen«, lachte Barbara.

Nach einigen Versuchen ließ sich die Tür tatsächlich öffnen. Peter Ochs betrat als erster das Haus.

»Puh, riecht es hier abgestanden. Du müßtest erst mal ein paar Tage lang lüften, ehe du hier aufräumen kannst.«

Sie standen am hinteren Ende des Flurs. Rechts ging es in die Küche, links führte eine einfache Holztür zur Kellertreppe. Am anderen Ende des Flurs befand sich die Haustür. Es war jedoch so dunkel, daß man sie nur schemenhaft erkennen konnte.

Peter Ochs öffnete die Tür zum Keller und stieg über einen viereckigen Holzkasten neben der Kellertreppe.

»Leuchtest du mal bitte mit meiner Taschenlampe? Sie liegt draußen auf dem Fenstersims.«

Barbara richtete den Lichtstrahl auf den Treppenschacht. Peter nahm den Deckel vom Kasten.

»Ich finde, wir sollten jetzt wieder gehen«, meinte Barbara. »Stell dir vor, jemand sieht uns hier. Dann wird die Plettenberg mir das Haus nie verkaufen.«

»Hier hätten wir die Wasseruhr. Sieht aus wie neu«, meinte Peter Ochs. »Ich prüfe jetzt noch, ob Druck drauf ist. Bei uns war damals alles kaputt.«

Er fand den Hauptwasserhahn und drehte ihn auf. Dann klopfte er auf die Glasscheibe der Uhr, ging in die Küche und drehte den Wasserhahn über dem irdenen Spülstein auf. Nichts passierte. Peter schnalzte mit der Zunge.

»Dachte ich mir doch. Hier haben die Telefonarbeiter auch die Leitung zerdeppert.«

Barbara drehte den altmodischen Hahn mehrmals auf und zu. Nichts rührte sich.

»Vorletztes Jahr wurde die ganze Straße aufgerissen, weil die Telefonkabel unterirdisch verlegt wurden. Direkt hier vor dem Haus wurde der Kabeltunnel gegraben. Auf die Weise haben sie bei uns auch die Wasserleitung kaputtgemacht.«

»Du meinst, es kommt gar kein Wasser mehr bis zum Haus?«

Peter Ochs kontrollierte die Leitungen unter der Spüle und in der Toilette neben der Kellertreppe. Sie waren alle mit dikken Lappen oder Glaswolle umwickelt.

»Sieht nicht so aus, als ob hier etwas eingefroren wäre«, meinte er. »Dagegen spricht alles für meine Theorie mit den Telefonarbeitern. Die Telekom ist haftbar für den Schaden und muß ihn beheben, falls ich recht haben sollte. Kann sein, daß du erst einen Prozeß führen mußt. Auf jeden Fall kannst du ja bei uns Wasser holen, bis die Klempner das Leck gefunden haben.«

Peter Ochs sah Barbara herausfordernd an und tippte ihr mit dem Finger auf die Nase.

»Sofern du keine Angst vor bösen Männern hast.«

»Sofern mir böse Frauen nicht noch einen Strich durch die Rechnung machen«, sagte Barbara.

Kapitel 41

Susanne Stähr parkte ihren Wagen – einen silbernen BMW Zweisitzer mit offenem Verdeck – vor dem Landarbeiterhäuschen der Plettenbergs und klopfte energisch an die Tür.

Im ersten Stock wurde ein Fenster geöffnet, und das Gesicht von Bärbel Plettenberg erschien zwischen den flatternden Gardinen.

»Ich kann Ihnen gleich sagen, wir bleiben dabei, wir verkaufen nicht«, rief sie herunter. »Meine Mutter ist nicht da, tut mir leid, ich kann nicht allein die Treppen hinunterkommen, um Sie hereinzulassen.«

Susanne Stähr trat einen Schritt zurück und legte die Hand über die Augen, um nicht geblendet zu werden.

»Ich finde, Sie sollten sich das doch noch mal überlegen, Frau Plettenberg. Für Sie ist das Land doch wertlos. Die Feriensiedlung wird auf jeden Fall gebaut, und meinen Sie, wenn die Arbeiten erst mal begonnen haben, will jemand noch Ihr Land kaufen? Mein Angebot steht immer noch: Vierundzwanzig Mark pro Quadratmeter, das bekommen Sie nie wieder. Schließlich sind die Grundstücke nicht erschlossen.«

Bärbel Plettenberg schüttelte langsam, aber bestimmt den Kopf.

»Auf keinen Fall«, rief sie.

»Dann machen Sie doch einen Vorschlag«, verlangte Susanne Stähr. Sie trat noch einen Schritt zurück. Es war vollkommen unmöglich, in dieser Position ernsthafte Verhandlungen zu führen. »Sechsundzwanzig Mark, aber das ist wirklich mein letztes Angebot.«

Bärbel schüttelte wieder den Kopf.

»Das ist sehr unklug von Ihnen, Frau Plettenberg. Sie müssen auch an das Wohl der Gemeinde denken. Wenn die Investoren sich einen anderen Ort suchen, ist das für Bevenstedt eine Katastrophe. Elf Prozent Arbeitslose haben wir hier in Ostholstein. In unserem Dorf haben wir viele kräftige Männer, die nicht ausgelastet sind mit ihrer Hofarbeit und die gerne noch ein bißchen dazuverdienen würden. Sie alle könnten beim Bau der Feriensiedlung Arbeit finden. Und hinterher wollen die Gäste bewirtet werden. Sie werden im Dorf einkaufen und im Wirtshaus essen gehen. Am See wird es einen Kiosk, vielleicht sogar einen neuen Laden geben. Stellen Sie sich das doch mal vor. Das Dorf wird wieder richtig zu leben beginnen.«

»Und was ist mit dem ganzen Müll, den die Touristen zurücklassen? Und dem Lärm?«

»Sie haben hier Ihr Auskommen und Ihr Häuschen«, entgegnete Susanne Stähr. »Sie brauchen sich keine Sorgen um die Zukunft zu machen. Aber denken Sie doch auch mal an die anderen im Dorf, denen es nicht so gutgeht.«

»Die denken auch nicht an mich«, konterte Bärbel Plettenberg. »Auf mich nimmt auch niemand Rücksicht. Ich denke gar nicht daran zu verkaufen. Damals im Neubaugebiet, da wurden die Leute auch über den Tisch gezogen. Alle bekämen den gleichen Preis für ihre Grundstücke, hatte man ihnen gesagt. Und hinterher wurden die Grundstücke für das Doppelte und Dreifache weiterverkauft.«

»Mit Halsstarrigkeit kommt man aber auch nicht weiter. Ich warne Sie, wenn Sie nicht mitmachen, werden Sie womöglich noch einmal das Nachsehen haben.«

»Wollen Sie mir drohen?« Bärbel Plettenberg kicherte.

»Ich sage nur, Sie machen sich Feinde.« Susanne Stähr ging zurück zu ihrem Auto. »Ich gebe Ihnen noch ein paar Tage Bedenkzeit. Übernächste Woche kommt eine Delegation der Investoren, um die Grundstücke in Augenschein zu nehmen. Wir rechnen auf Ihre Vernunft. Auf Wiedersehen.«

Aber ehe Susanne Stähr zu Ende gesprochen hatte, hatte Bärbel Plettenberg ihr Fenster schon wieder geschlossen.

Kapitel 42

»Ruhe, bitte Ruhe meine Herren und meine Dame«, rief Bürgermeister Arendt und klopfte mit dem aufgerollten Protokoll der letzten Gemeinderatssitzung auf die Tischkante.

Der Geräuschpegel im Sitzungssaal des Rathauses in Lensahn senkte sich geringfügig. Schlagartig still wurde es aber mit einem Mal, als die Tür aufging und Ole Schumacher, Rentner und Betreiber eines Getränkeverkaufs an der Oldenburger Twiete in Bevenstedt, den Raum betrat.

»Komm rein Ole, setz dich hier oben hin. Gibt es noch eine Tasse Kaffee für Ole?« fragte Arendt. Frau Lockstedt vom Gemeindebüro war als Sekretärin und einzige anwesende Frau natürlich für die Bewirtung bei den Sitzungen des Gemeinderats und auf den Bürgerversammlungen – zu denen alle Bürger der amtsangehörigen Gemeinden eingeladen waren – zuständig. Auf den Bürgerversammlungen gab es allerdings nur Kaffee und Selters. Im Gemeinderat ging es schon mal hochprozentiger her. Ole Schumacher war von Amts wegen eingeladen worden, als Zeuge.

»Womit wir vollständig wären«, sagte der Bürgermeister und erklärte die Sitzung für eröffnet.

»Wo steckt nur Susanne?« murmelte Frien. Der Holzhändler saß in ungewöhnlich steifer Haltung auf seinem Stuhl. Ihn quälte noch immer seine Bandscheibe. Länger als ein Stunde würde er das Sitzen nicht aushalten.

»Die muß jeden Augenblick da sein«, sagte Gemeindevertreter Petersen, der neben ihm saß. »Ich habe sie heute nachmittag noch im Reitstall getroffen.«

»Auf der Tagesordnung stehen heute die Belange von Bevenstedt«, begann Arendt. »Erstens: Straßenschäden auf der Oldenburger Twiete – dazu ist Ole Schumacher geladen, der uns über den Sachverhalt informieren wird.«

»Dazu kann ich auch etwas sagen«, fiel Frien dem Bürgermeister ins Wort.

»Sollst du ja auch. Aber später. Zweiter Punkt ist das leidige Thema Kirchenorgel. Auch hierzu will Ludger Frien einen Vorschlag machen.«

»Bestechung, was?« rief Bruhns. Er wohnte in Riepsdorf und kam zu jeder Bürgerversammlung. Er hatte früher in Lensahn für die Gemeinde gearbeitet, wo er für die Reinigung der öffentlichen Wege, des Friedhofs und des Gemeindehauses verantwortlich gewesen war. Seitdem er pensioniert war, schien sich sein Alkoholkonsum bedenklich erhöht zu haben. Seine Gesichtshaut schimmerte dunkelviolett.

Arendt überging den Einwurf.

»Als nächstes kommt der Punkt Seegrundstücke. Dazu wird Susanne Stähr uns über ihre Verhandlungen mit den Investoren für die Ferienanlage informieren. Dann habe ich hier noch stehen: Personalien und Verschiedenes. Wenn ihr etwas vorzubringen habt, nehmen wir es jetzt in die Tagesordnung auf. Übrigens, jetzt schon im voraus: Die nächste Bürgerversammlung wird sich mit der Gemeinde Beschendorf befassen. Themenvorschläge bitte am Ende dieser Sitzung abgeben.«

»Fußballplatz«, warf Schöller ein, ein großer, dicker Mann Ende Dreißig, der so schüchtern war, daß er nie ganze Sätze herausbrachte. Mit »Fußballplatz« war die schon lange geplante Anlage eines für die Landesliga geeigneten Fußballfeldes in Lensahn gemeint. Kein Mensch hatte sich bisher bereit gefunden, dafür Geld aufzuwenden, und die Gemeinden konnten und durften nicht darein investieren.

Arendt nickte Tom Joost zu, der neben ihm saß und das Protokoll führte. Aufnehmen konnte man den Punkt ja und wie üblich dann schnell abhandeln.

»Bericht vom Feuerwehrball in Bevenstedt und über die Verwendung der Erlöse aus der Tombola für unsere Patengemeinde in Äthiopien«, sagte Kollweg leise. Der kleine, magere Kettenraucher war Leichenbestatter und Mitglied im Kirchenrat. Wenn er etwas sagte, hörten immer alle zu. Das lag wohl an seiner Nähe zum Friedhof und damit zum lieben Gott.

Nachdem fast alle Anwesenden zu Wort gekommen waren, schilderte Gemeindevertreter Petersen in knappen Worten den Mißstand an der Oldenburger Twiete, einer schmalen Teerstraße mit nur vier Anliegern. Einer davon war das Holzwerk Frien. Das Straßenprofil war seit Jahren in einem katastrophalen Zustand.

»Zehn Zentimeter tiefe Löcher«, ergänzte Ole Schumacher, einer der anderen drei Anlieger. »Erhöhte Unfallgefahr für Pkw und Motorräder – mein Enkelsohn ist schon mit seiner Mühle darin hängengeblieben. Schlimmer als seinerzeit in der DDR sieht das bei uns vor dem Haus aus.«

»Wir haben seit drei Jahren Anträge an die Bezirksregierung gestellt, damit die Strecke erneuert wird«, sagte Petersen. »Die Löcher werden aber immer nur geflickt. Ein neuer Straßenbelag würde 380 000 Mark kosten, die Ausbesserungen dagegen nur 6 000.«

»Helfen aber gar nichts«, sagte Ole Schumacher. »Wenn Friens Holztransporter darüberdonnern, 30 Tonnen auf einem Lkw, dann fahren sich immer wieder neue Rinnen aus. Ich beobachte das doch seit Jahren. Im Winter sammelt sich das Wasser in den Rinnen und friert. Und jedes Frühjahr haben wir wieder neue und größere Löcher.«

»Es tut mir leid, Ole, aber ohne Beteiligung der Anwohner wird es nichts werden mit einem neuen Straßenbelag«, sagte Arendt. »Von deinem Bierwagen abgesehen, ist einfach zu wenig Verkehr auf der Straße, die den öffentlichen Ausbau rechtfertigen würde.«

»Ich glaube, bei dir piept es!« rief Ole Schumacher, und Bruhns stimmte ihm mit Kopfnicken zu. »Beteiligung der Anwohner? Uns kleinen Leute wollt ihr schröpfen, das sieht euch wieder ähnlich. Und Frien lacht sich ins Fäustchen. Seine Lkw sind es doch, die die Schäden verursachen. Oder glaubst du etwa, mein Getränkedienst einmal die Woche ist dafür verantwortlich? Den Kalle Diem hat Frien schon auf dem Gewissen, und nun bin ich dran, was?«

»Bitte sachlich bleiben«, rief der Bürgermeister, »bitte Ruhe bewahren.«

Ohne Erfolg. Außer Ludger Frien redeten plötzlich alle durcheinander.

»Ruhe bitte!« brüllte Arendt.

Schöller und Joost sahen gespannt zu Frien, der mit undurchdringlicher Miene vor sich auf den Boden starrte.

»Nun sag du was dazu, Ludger. Du wolltest dich doch auch zu der Sache äußern.«

Frien ließ sich Zeit. Schließlich sagte er leise:

»Ich dachte, wir wollten über das Thema Infrastruktur und Investitionsförderung sprechen.«

Der Bürgermeister hob resigniert die Achseln.

»Zu Kalle Diem willst du wohl nichts sagen, wie?« rief Schumacher hitzig.

»Nein, will ich nicht«, erwiderte Frien scharf. »Weil ich

nichts dazu sagen kann. Genausowenig wie wir alle hier. Darum sollten wir auch nicht darüber sprechen.«

»Lügner«, sagte irgend jemand leise. Frien beachtete den Einwurf nicht.

»Wir wollen auch nicht weiter darüber sprechen«, fuhr Frien fort, »daß die Holzlaster, die durch die Oldenburger Twiete fahren, direkt aus den gräflich-hollensteinischen Wäldern kommen, wo sie Stämme abfahren für uns, aber auch für andere Kunden des Grafen.«

»Aber hauptsächlich benutzt du die Strecke für deine Container«, rief Schumacher. »Nur die Kartonagen gehen direkt an der Bundesstraße raus. Ich habe doch lange genug im Versand bei dir gearbeitet.«

Gemeindevertreter Petersen machte Schumacher ein Zeichen, er möge sich mäßigen. Schumacher war Vorarbeiter bei Frien gewesen, ehe er vorzeitig in Rente ging, die er nun mit dem Getränkeverkauf aufbesserte. Auch Schöller arbeitete natürlich in der Holzfabrik. Man lebte zwar nicht mehr im Obrigkeitsstaat, offene Kritik unter Männern mußte schon mal erlaubt sein, aber Vorsicht war die Mutter der Porzellankiste.

Frien wartete ab, bis es wieder ruhiger wurde. Er bat um ein Selters und schluckte dann schnell eine Gelonida gegen die zunehmenden Rückenschmerzen.

»Mein Angebot:«, sagte er schließlich und machte eine Spannungspause. »Ich verlege werksintern die Ausfahrt für die Schwertransporter an unsere Ausfahrt für die Bundesstraße. Die Gemeinde übernimmt die Kosten für eine Totalsanierung der Strecke. Vielleicht kann man mit dem Grafen eine Kostenbeteiligung vereinbaren.«

»Das ist ein Wort«, sagte Joost voll Ehrfurcht.

Schöller strahlte wie ein Honigkuchenpferd. Er konnte Konflikte, in die sein Arbeitgeber verwickelt war, nie lange aushalten.

Kollweg, der Leichengräber, nickte sachte mit dem Kopf. Seine Miene war stets so resigniert, als hätte man gerade beschlossen, den Friedhof zu betonieren.

»Bitte, Ole«, erteilte Arendt dem Anwohner das Wort.

»Falls Hollenstedt zustimmt, mag das ja angehen«, brummte Schumacher. »Obwohl es ja eigentlich ein Schuldeingeständnis ist, was Frien da vorbringt. Wenn seine Laster die Straße demoliert haben, dann sollte er sie gefälligst auch wieder ausbessern.«

»Ole«, sagte Petersen drohend.

»Ich werde mich um eine Unterredung mit Graf Hollenstedt kümmern«, ließ der Bürgermeister zu Protokoll nehmen.

Frau Lockstedt ließ Plätzchen herumgehen.

»Was, Änne«, sagte Bruhns und zwickte die Sekretärin in die Seite. »Dann kannst du bald wieder mit deinem Fahrrad in die Blaubeeren radeln, ohne auf die Nase zu fallen.«

»Was du wohl denkst«, sagte Anne Lockstedt spitz und huschte weiter zu Ludger Frien, der aber seine Kaffeetasse mit der Hand abdeckte zum Zeichen, daß er nichts mehr wollte.

»Ich mache mein Angebot nur einmal«, sagte Frien. »Die Verlegung der Ausfahrt kostet mich schätzungsweise hunderttausend Mark. Wenn ihr nicht wollt, sollen die Gerichte entscheiden. Das dauert dann ein paar Jahre und kostet ein schönes Sümmchen Geld bei diesem Streitwert. Im übrigen muß ich leider sagen, daß meine Zeit begrenzt ist. Vielleicht können wir den Punkt Seegrundstücke vorziehen. Zur Kirchenorgel ist leider noch nichts Neues zu berichten.«

Kollweg meldete sich wie ein Schüler.

»Wenn ich schnell ergänzen darf: Es ist ein Gutachter bestellt worden, ein Orgelbauer aus dem Holsteinischen, ein sehr guter Fachmann, nebenbei bemerkt. Er wird sich das alte Instrument ansehen und einen Kostenvoranschlag machen.«

»Und wenn der vorliegt, müssen wir vielleicht noch einmal darüber sprechen, inwieweit ...«

Bürgermeister Arendt wurde vom nachlässigen Abwinken des Holzfabrikanten zum Schweigen gebracht. Er räusperte sich umständlich und schlug dann einen rosa Aktendeckel auf.

»Schließen wir also Punkt eins ab mit dem Ergebnis, daß Ludger Frien dafür sorgen wird, möglichst alle Schwertransporte zum Ausgang Bundesstraße zu verlegen und daß ich Kontakt aufnehmen werde mit dem Grafen zwecks Kostenbeihilfe für einen neuen Straßenbelag. Da Susanne Stähr noch immer nicht erschienen ist, schlage ich vor, wir unterbrechen die Sitzung für eine kurze Raucherpause.«

Kapitel 43

Es war kurz vor Mitternacht, als Barbara endlich das letzte Krankenblatt in die Klappe der Karteikarte schob, sie unter dem Buchstaben L einsortierte und die schwere Schublade des Stahlschranks mit der Patientenkartei zuschob. Als sie zurücktrat an ihren Schreibtisch, fiel ihr Blick auf ihr Handy, das den ganzen Abend stumm zwischen dem Rezeptblock und der Schreibtischgarnitur gelegen hatte. Kein Anruf von Thomas, kein Lebenszeichen seit sechs Tagen. Oder waren es schon sieben? Nachdem Peter Ochs am Samstag abend nach Hause gegangen war, hatte sie noch lange auf der Terrasse des alten Pfarrhauses gesessen und sich vorgestellt, wie sie alles, was da vor ihr lag, wie in einem verwunschenen Schloß würde freilegen müssen. Eine Aufgabe, die ihr vertraut war durch ihren Beruf: Immer ging es um Wiederherstellung und Zurückgewinnung von etwas Gewesenem – von diesem schmerzfreien, selten bewußten Zustand, den man Gesundheit nannte. Es galt, etwas freizulegen und zu reparieren, zu heilen und zu pflegen, zu retten vor Verfall und Untergang.

Sie würde die dicke Moosschicht abkratzen, die die Terrasse überzogen hatte. Zum Vorschein kamen schon hier und da dunkle Schieferplatten, unregelmäßig geformt und sehr glatt; die Moosschicht ließ sich in großen Stücken wegschieben. Nicht nur neben dem Fenster zur Speisekammer, in der man ein kleines Badezimmer einbauen konnte, wie Peter Ochs gleich erkannt hatte, auch neben den Küchenfenstern und an der ganzen Ostfront des Hauses entlang wuchsen unter dichtem Gestrüpp alte Kletterrosen, die kräftig beschnitten und gut gedüngt bald wieder in voller Blüte stehen würden.

Außerdem hatte Barbara einen schmalen Trampelpfad entdeckt, der durch die alten Rabatten zu einer runden Laube führte. Die Scheiben waren blind von Staub und Spinnweben, aber Barbara hatte gesehen, daß in der Laube jede Menge Gartenmöbel und Gartengeräte herumstanden.

Durch hohes Gras und Brennesseln gelangte man an einen kleinen, runden Teich. Er war ziemlich versandet, aber noch nicht ganz. Von nahem sah man, daß in der Mitte des sumpfigen Landstücks ein kreisrundes Fleckchen Entengrütze schwamm, und mitten darin war eine Seerose dabei, Knospen zu bilden.

Einen alten Apfelbaum erkannte Barbara an seiner Form, die anderen Obstbäume konnte sie nicht einordnen. Sie würde genug Äpfel haben, um sie zur Mosterei zu bringen, und im Gegenzug dazu frischen Apfelsaft bekommen.

Auf dem großen Findling an der Ecke der Terrasse sitzend, hatte sie schließlich den Mond aufgehen sehen über den Feldern, zwischen denen vielleicht jetzt Jürgen Stähr mit seinem Fernglas herumgeisterte und mit den Vögeln sprach. Dies war ihr Ort, ihre Wahlheimat. Sie mußte dieses Haus einfach haben, nur dieses und kein anderes. Kostete es, was es wolle.

Barbara starrte das Handy an, als könne sie es mit ihrem Blick zum Klingeln bringen. Aber es lag nur da und schwieg wie ein Stück Holz.

Einem Mann nachzuweinen lohne sich nicht, hatte Tante Tina immer gesagt und ihr herbes Lachen erklingen lassen.

›Spar dir deine Tränen lieber für die nächste Beerdigung.‹ Wie hätte sie ahnen können, daß die nächste Beerdigung ihre eigene war ...

Barbara zog die Rolläden ihres Schreibtischs hoch und schob die Schublade unter der Arbeitsplatte auf. Sie war noch ganz leer, bis auf ein paar Prospekte von Pharmafirmen. Meistens füllten sich solche Schubladen von selbst. Barbara besah sich den Stapel mit den Karteikarten der Patienten, die sie morgen früh besuchen mußte. Ganz obenauf lag die Karteikarte von Bärbel Plettenberg. Barbara nahm die Karte vom Stapel und schlug sie auf. Die erste Eintragung war in der feinen, allen Vorstellungen von Ärztehandschriften zuwiderlaufenden akkuraten Handschrift von Jürgen Stähr gemacht worden, die sie inzwischen so gut kannte. Sie stammte vom 5. Januar 1998 und lautete: erneut Beschwerden im Sprunggelenk aufgrund Unfallverletzung. Erneute Krankenhauseinweisung 7. Januar 98; Diabetes mellitus stabil, engere Kontrollen empfohlen.

Barbara legte die Karte vor sich auf den Schreibtisch. Wo mochten die alten Karteikarten aus der Zeit von Bärbel Plettenbergs Unfall sein? Aufbewahrt wurden sie ganz gewiß irgendwo. Sie stand auf und zog die unterste Schublade des Stahlschranks auf. Volltreffer. Alphabetisch geordnet befanden sich dort die Jahrgänge 95, 96 und 97. Mit einem Griff hatte Barbara einen ganzen Stapel Karteikarten und Krankenberichte von Bärbel Plettenberg in der Hand. Sie war vermutlich immer bei Jürgen Stähr in Behandlung gewesen, solange er die Praxis in Bevenstedt führte. Barbara sah die Einträge oberflächlich durch, bis sie auf das Unfalldatum stieß: 11. November 1997: Die Patientin wurde auf dem Heimweg von einer Feier bei ihrer Cousine Regina Mink im Brombeerweg kurz vor der Einmündung in den Mühlenweg von einem unbeleuchteten, viel zu schnell fahrenden dunklen

Wagen, den sie nicht erkannt hatte, erfaßt und hinter die Böschung geschleudert. Der Fahrer beging Fahrerflucht. Die Patientin verlor nicht das Bewußtsein, war jedoch durch die schwere Verletzung am Fuß so stark gehbehindert, daß sie in dem Gebüsch liegenblieb, bis sie am Morgen stark unterkühlt von Rolf Leibrecht auf dessen Weg zur Arbeit gefunden wurde. Verdacht auf Lungenentzündung und ein komplizierter Bruch des linken Sprunkgelenks sowie schwere Prellungen beider Unterschenkel, der Rippen links- und rechtsseitig, des Schlüsselbeins und an der linken Schläfe.

Barbara legte die Karteikarte zu der anderen, der aktuellen.

Aus irgendwelchen Gründen hatte Frau Claasen die Zeitungsartikel über den Unfall mit zu den Krankenakten gelegt. Barbara faltete die ganzseitigen Ausschnitte auseinander. Schwarzweißfotos dokumentierten die Unfallstelle. Auf den Fahrer gab es jedoch nicht den kleinsten Hinweis. Man konnte sich den Unfallort trotz der Fotos nur vorstellen, wenn man ihn kannte. Eine etwas unübersichtliche Stelle, kurz vor dem Dorfgemeinschaftshaus. Am Tage konnte man auch einen sich schnell nähernden Wagen kaum übersehen, abends war das sicher anders, vor allem, wenn die Scheinwerfer ausgeschaltet waren. Vielleicht hatte Bärbel Plettenberg Alkohol getrunken. Die Frauen im Dorf tranken fast soviel wie die Männer, wenn auch nicht in der Öffentlichkeit. Auf jeden Fall hätte ein Wagen, der, wie vorgeschrieben, Tempo fünfzig fuhr, die Frau auf der Straße erkennen müssen und rechtzeitig abbremsen können. Es lag also ganz eindeutig ein Verschulden des Fahrers vor, darum hatte er wahrscheinlich auch die Flucht ergriffen. Aber wer tat so etwas? Ein Fremder? Konnte einer aus dem Dorf, einer, der Bärbel von Kind auf kannte, ihr so etwas antun? Oder hatte er es bewußt getan, war sie etwa absichtlich angefahren und verletzt worden? Die Plettenbergs hatten – heute jedenfalls – viele Feinde.

Barbara faltete auch die älteren Krankenakten auseinander. Seitenlang ging es nur um die Daten und medikamentösen Einstellungen für den Diabetes. Regelmäßig, einmal im Jahr, schrieb Jürgen Stähr eine Überweisung an den Frauenarzt Dr. Heimstedt in Lensahn. Nur 1997 hatte er zwei Überweisungen ausgefüllt. Der zweite Termin lag kurz vor dem Unfall. Barbara faltete den angefügten Bericht auseinander. Bärbel Plettenberg war schwanger gewesen.

Barbara schrieb sich die Daten des Unfalls, des zweiten Besuchs beim Frauenarzt und der beiden Operationen heraus und schob alle Karteikarten in einen großen braunen Umschlag, den sie in der Schreibtischschublade versenkte. Bärbel Plettenberg hatte den Fahrer erkannt, das schien ihr nun so sicher wie das Amen in der Kirche. Und sie hatte ihn nicht verraten, weil sie selbst mit ihm abrechnen wollte. Weil es vielleicht nicht die einzige Abrechnung war, die sie im Sinn hatte.

Kapitel 44

Eine Windböe riß Barbara die Haustür aus der Hand. Sie strich sich die Haare aus dem Gesicht und begrüßte die Postbotin, die gerade ihr gelbes Fahrrad durch die Gartenpforte schob.

»Ein Brief für Sie, Frau Doktor. Ja, bei dem Wind hält die beste Frisur nicht!«

Petra Brinkmann winkte freundlich und legte den Quellekatalog für Frau Claasen auf die oberste Treppenstufe vor der Haustür ab.

»Warten Sie, ich lege ihn gleich hinein«, sagte Barbara. Sie drehte ihren Brief hin und her und entzifferte dann den aufgedruckten Absender über dem Adressenfeld: »Amtsgericht Oldenburg.« Sie riß den Umschlag auf. Er enthielt eine gelbe Karte, auf der in einer kindlichen Handschrift ihr Name eingetragen war. Darüber stand gedruckt: »Besuchsgenehmigung für Herrn«, dann war Platz gelassen für den Namen, dann ging der Text weiter mit einem »am« und es folgte das Datum von heute, »5. Juli, 9.15 Uhr für« – wieder in Schreibschrift – »Herrn Manfred Scholz. Die Besuchszeit beträgt dreißig Minuten.«

Barbara sah auf ihre Armbanduhr. Es war kurz nach acht Uhr.

»Mein Gott, ich muß sofort los«, rief sie und ließ die Postbotin stehen. »Ich habe eine Besuchsgenehmigung für Freddi!« Sie winkte, während sie zum Auto lief. Sie könnte Frau Claasen von unterwegs anrufen. Die Patienten mußten heute halt ein bißchen warten.

Petra Brinkmann verstand gar nichts, winkte aber freundlich, bis Barbaras Wagen nicht mehr zu sehen war.

Barbara fuhr über Schönwalde und Eutin. Auf der B 76 war der Verkehr dicht, und in Plön stand sie kurz vor neun Uhr in einem kleinen Stau. Die schöne Strecke am Großen Plöner See entlang konnte sie diesmal kaum genießen, dann gab sie noch einmal Gas für das letzte Stück über Bornhöved bis Neumünster, dessen Ortsschild sie Punkt neun Uhr fünfzehn passierte.

Ein paar Minuten später erreichte sie die Jugendhaftanstalt, die mitten in der Stadt an einer Hauptverkehrsader lag. Barbara parkte auf dem Anstaltsgelände und stellte sich vor dem Glaskasten neben dem großen Tor an die Schlange der Besucherinnen an.

Nicht auszudenken, was geschehen wäre, wenn sie heute morgen nicht ausnahmsweise die Postbotin getroffen hätte. Wenn sie auch nur ein paar Minuten eher aus dem Haus gegangen wäre und die Post erst am Mittag erhalten hätte. Wieso wurden die Besuchsgenehmigungen so kurzfristig verschickt – wollte man nicht, daß die Jugendlichen Besuch erhielten? Sie nahm sich vor, sich in der Anstalt darüber zu beschweren, notfalls auch beim Richter. Vorerst einmal hieß es warten.

Etwa zehn Frauen warteten mit ihr vor dem eisernen Tor. Jede einzelne mußte ihren Personalausweis durch einen Schlitz unter dem Glasfenster schieben und bekam dafür eine graue Pappmarke mit einer Nummer ausgehändigt. Immer wenn drei Personen abgefertigt waren, wurden sie durch eine kleine Tür neben dem mächtigen, großen Tor in die Anstalt hineingelassen. Als Barbara an der Reihe war, standen zwei ausländische Frauen neben ihr. Vielleicht besuchten sie einen Verwandten in Abschiebehaft, einen Bruder, einen Sohn. Wer keine Aufenthaltsgenehmigung hatte und die Fristen für die Ausreise verstreichen ließ, mußte damit rechnen, verhaftet und bis zur Abschiebung im Gefängnis zu sitzen. Die beiden Frauen sahen aus wie Mutter und Tochter, beide mit dunklen Kopftüchern vermummt.

Während sie alle drei darauf warteten, durchsucht und abgetastet zu werden wie Verbrecherinnen, spürte Barbara in ihrem Magen ein Gefühl wie bei einer Prüfung. Sie war aufgeregt, ängstlich, in Abwehrbereitschaft. Sie registrierte die stillen, gleichgültigen Mienen der Beamtinnen, die die Besucherinnen abfertigten. Sie zeigten keinerlei Gefühlsregung. Wahrscheinlich eine wichtige Voraussetzung für ihren Beruf.

Als Barbara an der Reihe war, legte sie Hausschlüssel, Autoschlüssel und Portemonnaie sowie eine Schachtel Marlboro und Streichhölzer, die sie schnell an einer Tankstelle in Neumünster gekauft hatte, auf die Tischplatte. Sie hob die Arme, damit die Beamtin mit dem Metalldetektor an ihrem Körper entlangfahren konnte. Er piepte ein paarmal, doch das Gesicht der Beamtin blieb unbewegt.

»Das können Sie dort einschließen«, sagte sie anschließend und wies auf eine Reihe Spinde an der Rückwand des fensterlosen Raumes. Neben den Schränken befand sich eine Umkleidekabine für die Besucherinnen, bei denen eine Leibesvisitation durchgeführt wurde.

»Kann ich die Zigaretten nicht mit hineinnehmen?« fragte Barbara und ärgerte sich, daß ihre Stimme so zaghaft klang. Automatisch hatte man hier das Gefühl, etwas Widerrechtliches zu tun, einfach deswegen, weil man kontrolliert wurde.

»Die Inhaftierten dürfen nur rauchen, wenn sie älter als sechzehn Jahre alt sind«, sagte die Beamtin.

»Ich bin älter als sechzehn«, sagte Barbara streitbar. »Habe ich nicht das Recht, während des Besuchs zu rauchen?«

»Sie können die Streichhölzer und fünf Mark für Zigaretten mit in den Besuchsraum nehmen«, sagte die Beamtin, und ihre Stimme klang kühl. »Im Besucherraum hängt ein Zigarettenautomat.«

Barbara öffnete nervös ihr Portemonnaie. Wenn sie nun kein Fünfmarkstück dabei hatte? Was für eine Schikane – die Schachtel Marlboro war noch original verschlossen, warum durfte sie sie nicht mit hineinnehmen? Zum Glück hatte sie ein passendes Geldstück, und sie fügte sich ohne weitere Diskussion, um die Prozedur nicht noch mehr zu verzögern. Sie hatte den Bau noch gar nicht richtig betreten, da kochte sie schon vor Wut und Empörung. Aber vielleicht mußte man die Sicherheitsbestimmungen so eng halten, wenn so viele Verdächtige auf einem Haufen waren. Sie rief sich zur Räson, die Leute taten schließlich nur ihre Pflicht. Außerdem, dachte sie, während die Tür zum Gefängnishof aufgeschlossen wurde, war sie eben ja auch unehrlich gewesen. Sie wollte die Zigaretten natürlich nicht für sich selbst, sondern, um Freddi eine Freude zu machen. Und sie hoffte, daß drinnen niemand merkte, daß einer, der erst fünfzehn war, mal eine rauchte. So schnell wurde man zur Lügnerin.

Die kleine Gruppe wurde von einem Beamten, der genau wie die Frauen an der Pforte in einer dunkelblauen Uniform steckte, über den Hof geleitet und betrat durch eine eher dezente Stahltür das eigentliche Gefängnisgebäude. Die Anstalt war schon älter, vor dem Krieg gebaut, und bot gemäß den Vorstellungen der damaligen Sicherheitsarchitektur eine gute Sicht auf die langen, hohen Flure, die von Gittertüren unterbrochen wurden. Mit einem enervierenden Schlüsselgeklapper wurden die Schlösser geöffnet und hinter den Besucherinnen wieder abgesperrt. Der Geruch nach abgestandenem Essen und ungelüfteten Zellen wurde immer intensiver, je tiefer sie in das Gebäude eindrangen. Am Ende des Ganges ging es eine Treppe hinunter, sie mußten nun im Keller angelangt sein.

Barbara war unbehaglich zumute. Sie hatte sich noch nie Gedanken gemacht um Gefängnisse und die Leute, die darin saßen; die waren schließlich zumeist selbst schuld, anders als die Kranken, die fast immer unerwartet von ihren Leiden befallen wurden. Plötzlich geriet ihr Weltbild ins Wanken. Dies hier war noch viel schrecklicher als alle Krankheiten. Lebendig eingesperrt zu sein in diese Räume, wie ein Tier gefangen in einem Käfig und den gleichgültigen Beamten und ihrem starren Korsett von Vorschriften vollkommen ausgeliefert – es mußte ein Wunder sein, wenn man davon nicht psychisch und physisch krank wurde. Gesund an Körper und Seele konnte man hier jedenfalls unmöglich werden.

Da stand plötzlich Freddi vor ihr. Er strahlte von einem Ohr zum anderen und reichte ihr mit Schwung die Hand. Am liebsten hätte sie den Jungen an sich gedrückt. Er sah gut aus, hatte sogar rote Wangen. Und er war putzmunter.

»Hier geht's hinein, kommen Sie, wir setzen uns ganz hinten ans Fenster, dann können die Wachteln uns nicht belauschen. Haben sie Kippen dabei?«

Barbara hielt ihm ihr Fünfmarkstück und die Streichhölzer hin und Freddi lief sofort zum Automaten und zog eine Schachtel Zigaretten. Als er am Tisch ankam, hatte er sie schon aufgerissen und steckte sich eine Zigarette zwischen die Lippen. Barbara tat es ihm der Tarnung halber nach.

»Die achten hier nicht darauf, ob einer sechzehn ist oder nicht«, sagte er und grinste. »Wir rauchen alle, das ist doch klar. Ziemlich teuer allerdings, der Spaß.«

»Und wie bezahlst du das? Hast du denn Geld?«

»Ich hatte ein paar Mark, als ich verhaftet wurde. Aber die sind schon lange alle. Gehe ich halt schnorren. Wenn ich die mit hineinschmuggeln kann, werde ich gleich ein paar zurückgeben müssen, wenn ich auf die Zelle komme.«

Er hielt die angebrochene Schachtel hoch und ließ sie wieder auf den Tisch fallen.

»Erzählen Sie, was gibt es Neues? Wie geht es Theo?«

Barbara versuchte, einen klaren Kopf zu bekommen. Die Zeit lief.

»Theo geht es gut. Ich habe neulich mit seinem Vater gesprochen. Er hat uns erzählt, daß Kalle Diem Bärbel Plettenberg angefahren hat, damals. Du erinnerst dich doch sicher an den Unfall, bei dem die junge Frau schwer verletzt wurde. Der Fahrer beging Fahrerflucht.«

»Das ist gelogen. Kalle war es nicht. Sein Vater hat die Plettenbergsche angefahren und ist abgehauen. Fragen Sie doch die Bärbel selbst. Sie hat den Fahrer ja erkannt. Und dann hat sie Kalle damit erpreßt. Kalle hat gezahlt, weil er Angst hatte, daß sein Vater den Führerschein verliert.«

»Aber das war nicht der einzige Grund, weshalb Kalle gezahlt hat.«

Freddi winkte ab und zündete sich eine neue Zigarette an der Kippe an.

»Das andere sind doch olle Kamellen.«

»Was meinst du damit?«

»Ach Sie wissen schon, daß die beiden mal zusammen gegangen sind und so.«

Barbara stupste ihre Zigarette am Rand des Aschenbechers auf, aber die Asche wollte nicht herunterfallen.

»Was hat Ludger Frien mit der Sache zu tun?«

»Bärbel Plettenberg hat Kalle Anfang des Jahres damit gedroht, daß sie Frien alles erzählt. Daß Kalle dann einen

Prozeß kriegen würde, seinen Führerschein abgeben müßte und seinen Job verlieren würde.«

»Was hat sie denn gefordert?«

»Daß er sich von Nicole trennt. Sie hatte ihm auch schon gekündigt.«

»Gekündigt?«

»Ja. Das Haus gehört ihr ja. Schon lange.«

Barbara ließ langsam den Atem entweichen. Diese Frau hatte sich wirklich gerächt, bis zum letzten.

Freddi zuckte die Achseln.

»Darum bin ich bei Frien rein, um zu gucken, ob das stimmte.«

»Und? Stimmte es?«

»Ich dachte, ich finde vielleicht irgend etwas, was beweist, daß Frien mit der Plettenberg unter einer Decke steckt, um die Diems fertigzumachen. Denn sie haben ihn umgebracht«, sagte Freddi, und seine Stimme wurde etwas lauter. Er hatte sich jedoch gleich wieder im Griff.

»Was hast du gefunden bei Frien?«

»Einen Brief von Bärbel Plettenberg an Ludger Frien, worin sie schreibt, daß sie Kalle Diem am Steuer des Wagens erkannt hat. Der Brief war von Januar. Seit Anfang Februar hat Kalle nicht mehr für Frien gearbeitet. Damit war er ruiniert, er hatte alles verloren. Die Arbeit, den Truck, das Haus. Und am Wochenende vor seinem Tod hatte Frien ihm damit gedroht, daß er zur Polizei ginge. Als Kalle Nicole das erzählte, sagte sie, daß sie ihn verlassen würde, wenn er in den Knast müßte.«

»Hat Kalle dir das erzählt?«

Freddi schüttelte den Kopf.

»Nicole. An dem Tag bevor ich verhaftet wurde.«

Barbara sah auf. Die Atmosphäre im Besucherraum war entspannt. Alle Tische waren besetzt, im allgemeinen Gemurmel konnte man fast vergessen, wo man sich befand. Zwei Beamte standen neben der Tür und schwatzten. Ein dritter ging durch die Tischreihen und sah unbeteiligt aus. Die beiden Frauen, mit denen Barbara zusammen kontrolliert worden war, saßen mit einem Jungen in Freddis Alter zusammen.

Freddi war Barbaras Blicken gefolgt.

»Wissen Sie, was der da gemacht hat?« sagte er. »Er hat Feuer gelegt. In einer Schule.«

Barbara schwieg. Dann sagte sie:

»Ich habe mit einem Rechtsanwalt gesprochen. Er wird dich besuchen. Ich hoffe, daß er etwas für dich tun kann. Er hat auch schon mit deiner Mutter gesprochen. Aber es ist wohl das beste, wenn du erst mal nicht nach Hause zurückgehst.«

Freddi nickte ernst.

»Ich hau' sofort ab, wenn sie mich nach Bevenstedt bringen. Mein Vater schlägt mich tot.«

»Ich habe mich an die Jugendgerichtshilfe gewendet«, sagte Barbara. »Sie werden dir helfen, einen Platz in einer Jugendwohnung in Kiel oder in Plön zu bekommen. Wenn das klappt, kommst du sofort hier raus.«

»Geil. Hoffentlich bald.«

»Der Anwalt ist sich sicher, daß du mit einer Bewährungsstrafe davonkommst. Dann mußt du dich aber wirklich gut führen.«

Freddi nickte.

»Ich weiß.« Er rutschte unbehaglich auf seinem Stuhl herum. »Wenn ich sechzehn bin, gehe ich sowieso nach Hamburg und heuer an. Wenn ich mir eine Weile die Welt angeguckt habe, kann ich immer noch einen Beruf lernen. Im Dorf habe ich jedenfalls keine Chance.«

»So leicht würde ich es denen aber nicht machen. Niemand

hat das Recht, dich für alle Zeiten zu verurteilen, nur weil du mal einen Fehler gemacht hast. Das finden die anderen auch.«

»Wer?«

»Zum Beispiel dein Lehrer, der Herr Ochs«, sagte Barbara matt. Es klang nicht sehr überzeugend.

Freddi lachte nur.

»Herr Ochs«, wiederholte er und zündete sich eine neue Zigarette an. »Der tut immer so, als ob er einen versteht, aber wenn es hart auf hart kommt, läßt er dich hängen.« Freddi musterte Barbara einen Augenblick lang. »Haben Sie etwas mit ihm?«

Barbara schoß das Blut in die Wangen. Sie ärgerte sich darüber.

»Wie kommst du darauf?« sagte sie schroff.

Freddi lachte.

»Er versucht es doch bei jeder. Auf der Klassenreise nimmt er immer seinen Ehering ab. Einmal habe ich ihn auch mit der kleinen Bruhns gesehen.«

»Die Besuchszeit ist zu Ende«, verkündete ein Beamter und klopfte auf die Tischplatte zwischen ihnen. »Bitte beenden Sie ihr Gespräch.«

Barbara sah Freddi an und seufzte.

Freddi stand auf. Er schob die Zigaretten in die Hosentaschen und schob Barbara die Streichhölzer zu.

»Jetzt werden Sie bloß nicht sentimental«, murmelte er und drehte sich um.

»Tschüs«, rief Barbara und hatte einen Kloß im Hals.

Lässig, die Hände in den Hosentaschen, schlenderte Freddi auf die beiden Beamten am Ausgang zu.

Kapitel 45

Barbara legte vorsichtig eine neue Packung Eiswürfel auf den Fuß von Bärbel Plettenberg, den sie so hoch wie möglich auf die Lehne des Sofas gelagert hatte.

»Sie müssen den Fuß mindestens vierundzwanzig Stunden kühlen. Sie haben womöglich einen Muskelriß, auf jeden Fall eine starke Zerrung. Die Muskeln sind einfach nicht trainiert. Wo sind Sie denn bloß umgeknickt?«

»Im Garten. Ich wollte nur das Hühnerfutter nach hinten bringen. Ich bin wohl in eine Bodendelle getreten. Einfach so.«

Bärbel Plettenberg klang ein bißchen zu selbstzufrieden, als daß Barbara aufrichtiges Mitleid hätte empfinden können, obwohl der Anblick des verunstalteten Fußes, das Ergebnis des schlecht gerichteten und schlecht verheilten, mehrmals entzündeten offenen Bruchs, sie betroffen und wütend machte. Schlecht verheilte Knochenbrüche waren immer schmerzhaft. Ein unnützer Schmerz. Man konnte ihn heutzutage so einfach verhindern.

»Ich kann meine Mutter doch nicht die ganze Arbeit allein machen lassen«, sagte Bärbel Plettenberg. Es klang lauernd.

»Haben Sie das denn wirklich nötig?« fragte Barbara. »Muß Ihre Mutter wirklich auf dem Markt stehen und Eier verkaufen? Haben Sie nicht ohnedem Ihr Auskommen? Sie besitzen doch so viele Grundstücke und Häuser.«

Bärbel Plettenberg sah die Ärztin haßerfüllt an.

»Wie kommen Sie denn darauf, daß wir reich sind?« rief sie. »Was meinen Sie denn, was das alles kostet, die Medikamente, das Haus, die Tiere. Wer soll denn das bezahlen? Etwa Mutter mit ihrer kleinen Rente? Die reicht doch nicht einmal zum Leben.«

»Warum kaufen Sie dann immer mehr Grund und Boden auf?« wagte Barbara sich noch ein Stückchen weiter vor. »Warum verkaufen Sie nicht einfach mal ein paar Immobilien oder Grundstücke oder legen Ihr Geld in Wertpapieren an? Ich verstehe Sie nicht.«

Statt einer Antwort griff Bärbel Plettenberg nach ihrer Gehhilfe und drohte damit wie ein Zerberus.

»Sie können wohl gar nicht genug bekommen«, zischte sie und sah Barbara schräg von unten an, die Augen zusammengekniffen, das ganze Gesicht verzerrt. »Tun Sie bloß nicht so unschuldig, Frau Doktor. Ich kenne die Menschen. Ich war immer krank, stand immer abseits, da lernt man die Menschen kennen. Sie wollen alle nur das eine: siegen. Aber mich kriegt ihr nicht klein, mich nicht. Meine Mutter, die ist zu gut für euch, die könnt ihr über den Tisch ziehen. Aber mich nicht. Meine Häuser, die gebe ich nicht her.«

Sie stampfte mit dem Stock auf, haarscharf neben Barbaras Fuß.

»Sie sind krank, Bärbel. Sie brauchen eine gute psychotherapeutische Betreuung. Sie brauchen Hilfe. Sie können nicht Ihr ganzes Leben hier bei Ihrer Mutter verbringen und Ihre Rachsucht gegen sich und die ganze Welt richten.«

»Kann ich das nicht? Wer sollte mich wohl daran hindern?«

»Ich werde Sie daran hindern«, sagte Barbara fest und

nahm der Patientin einfach ihre Krücke weg. Bärbel Plettenberg schrie auf. Dann ließ sie sich zurück auf das Polster fallen.

»Ich werde Sie daran hindern, Ihr Leben einfach so wegzuschmeißen«, sagte Barbara und griff nach den Händen ihrer Patientin. Sie waren eiskalt. »Mit einem Diabetes kann man leben, Ihren Fuß kann man wieder richten in einer guten Klinik. Ihre Depressionen aber, um die müssen wir uns ganz intensiv kümmern. Aber auch das werden wir in den Griff bekommen. Es gibt außerdem keinen Grund, warum Sie nicht noch einmal ein Kind bekommen könnten.«

Bärbel Plettenberg starrte Barbara an. Ihre Finger lagen wie tote, kalte Fische in ihren Händen.

»Ich werde nie wieder ein Kind haben«, entgegnete sie leise.

»Natürlich werden Sie das. Sie sind noch jung. Sie haben Ihr Leben noch vor sich. Kalle Diem ist tot. Nicole Diem wird das Dorf bald verlassen. Sie haben einen schlimmen Unfall gehabt, bei dem Sie eine Fehlgeburt erlitten, aber Sie haben Ihre Rache gehabt. Sie werden wieder gesund werden und neue Kraft schöpfen.«

»Alle werden mit dem Finger auf mich zeigen«, sagte Bärbel Plettenberg. »Weil er mich sitzengelassen hat wegen dieser Schlampe. Weil ich ihm nicht gut genug war.«

»Kein Mensch wird mit dem Finger auf Sie zeigen, wenn Sie anfangen, wieder wie ein normales Mitglied der Gemeinde zu leben und zu handeln. Sie müssen es nur wollen, dann fängt auch für Sie jetzt ein ganz neuer Abschnitt an.«

»Wenn man krank ist, hilft einem keiner«, murmelte Bärbel. Es klang wie ein altbekannter Refrain aus einem Kinderlied, den man schon fast vergessen hat.

Barbara packte ihre Verbandstasche zusammen und schloß den Arztkoffer.

»Und nicht vergessen, regelmäßig die Eiswürfel erneuern und den Fuß kühlen, mindestens bis heute abend. Morgen früh komme ich wieder vorbei und schaue nach Ihnen.«

Bärbel Plettenberg drehte sich zur Wand.

»Nach Ludger Frien bin ich die reichste Frau im Dorf«, murmelte sie und fing plötzlich an zu kichern. Es klang nicht wirklich fröhlich, eher verzweifelt. Barbara reichte ihr die Hand zum Abschied.

»Wissen Sie was«, fuhr Bärbel Plettenberg fort. »Wenn Sie wollen, schenke ich Ihnen das alte Pfarrhaus. Bitte, sagen Sie nicht nein.«

»Ich möchte immer noch sehr gern das Pfarrhaus *kaufen*«, sagte Barbara. »Aber nur, wenn Sie auch die Grundstücke am See verkaufen und das Haus von den Diems, und überhaupt, nur dann, wenn Sie jetzt wieder vernünftig werden.«

Als Bärbel sah, daß Barbara sie nun endgültig verließ, winkte sie ihr nach.

»Guten Abend, Frau Doktor, und grüßen Sie den lieben Gott von mir, wenn Sie ihn sehen.«

Kapitel 46

Jürgen Stähr sah zu, wie Barbara die Kartoffeln in Alufolie wickelte und in die Asche legte. Das Feuer war fast heruntergebrannt, und besonders viel Glut gab es nicht. Frau Claasen kam aus dem Haus auf die Terrasse und ließ sich in einem knarrenden Gartenstuhl nieder; man hörte es bis auf die Wiese unter den Obstbäumen, wo Barbara das Feuer angezündet hatte. Barbara kam hoch und strich ihre Hosenbeine glatt. Jürgen Stähr ließ sie keinen Moment aus den Augen. Mit bewundernden Blicken verfolgte er jede ihrer Bewegungen.

»Ich frage mich, womit ich Sie verdient habe«, sagte er schließlich leise und umfaßte zart ihren Arm.

Barbara runzelte die Augenbrauen, aber es war schon so dunkel hier draußen unter den Bäumen, daß der Doktor das mit Sicherheit nicht sehen konnte.

»Ich«, begann sie und rieb sich den Ruß von den Händen. »Ich finde auch, daß ich ziemlich viel Glück mit Ihnen allen hier habe.«

Der Doktor stand vor ihr und rührte sich nicht. Barbara dachte an Frau Claasen, die allein auf der Terrasse saß und darauf wartete, daß sie zurückkämen. Der Tisch vor ihr war gedeckt mit dem alten Blümchenmustergeschirr, das Barbara in den Schränken ihres neuen Hauses entdeckt hatte. Echtes

Porzellan, und das Muster war schon fast wieder modern. Der Doktor stand erwartungsvoll vor ihr. Sein Blick lag wie ein Schatten auf ihrem Gesicht. Barbara wagte nicht, die Augen zu heben. Es wäre eine Entscheidung gewesen, über deren Konsequenzen sie sich im Augenblick nicht recht im klaren war. Warum kannten alle Männer, denen sie hier begegnete, immer nur ein ganz oder gar nicht? Warum konnte man nicht einfach nebeneinanderher existieren und gut Freund sein?

»Ich denke, wir sollten zurück auf die Terrasse gehen«, sagte Barbara leise. »Der Sekt wird warm.«

»Natürlich«, sagte Jürgen Stähr, drehte sich herum und legte die andere Hand auf ihren Arm. »Ich wollte Ihnen nur sagen, wenn Sie jemals Hilfe nötig haben, ich bin jederzeit für Sie da. Ich bin zwar kein besonders guter Heimwerker, aber sagen wir mal so, ich weiß mir zu helfen.«

»Ich danke Ihnen«, sagte Barbara und drückte fest seine Hand. Sie war warm und zart und fühlte sich zerbrechlich an. Ihre dagegen war kräftig und kühl.

Mit Colettes Hilfe hatte Barbara die Terrassenmöbel geschrubbt, bis sie aussahen wie neu. Ein neuer Sonnenschirm vervollständigte das Ensemble. Mit ein paar Kanistern Wasser hatte sich auch die Küche des alten Pfarrhauses schnell wieder herrichten lassen.

Barbara hatte sich vorgenommen, an diesem Abend, wenn die Gäste gegangen wären, die erste Nacht in ihrem eigenen Haus zu verbringen. Sie hatte die gute Stube ausgeräumt, den Boden gewischt, die Wände von den Spinnweben befreit und eine Campingliege mit Schlafsack in der Ecke aufgestellt. An die einzige Steckdose im Zimmer hatte sie die Nachttischlampe aus ihrem Schlafzimmer bei Frau Claasen angeschlossen. Einen Vorhang vor dem Fenster würde sie noch nicht brauchen. Die Zweige und Blütendolden des Fliederbusches und einiger unbekannter Schlinggewächse füllten den ganzen Fensterrahmen aus. Der Abend war warm und mild, und Jürgen Stähr und Frau Claasen bewunderten lange den Sonnenuntergang, den man von der Terrasse aus so schön beobachten konnte. Der Doktor erläuterte ganz nebenbei die Vogelpopulationen. Barbara hatte bisher nur die Frösche quaken gehört. Nun wußte sie, wer sich noch alles auf ihrem Grund und Boden herumtrieb.

»Wenn Sie Glück haben, nisten sich Schwalben unter Ihrem Dach ein. Als Standort ist das Haus für sie ideal. Aber die Vögel gehen auch nach Sympathie.«

Frau Claasen lächelte ein wenig verkrampft. Barbara beobachtete sie aufmerksam. War da etwa ein bitterer Zug in ihrem Gesicht?

»Aber sie werden sicher nicht lange zögern«, fuhr Jürgen Stähr fort. »Es gibt wohl niemanden im Dorf, der unsere neue Kollegin noch nicht ins Herz geschlossen hätte.«

Frau Claasen Gesicht lag im Schatten.

»Sind Sie etwa anderer Meinung?« fragte der Doktor.

»Natürlich nicht«, sagte die Arzthelferin schnell. »Übrigens war heute nachmittag der Herr Scholz da, der Vater von Freddi. Er war natürlich mal wieder angesäuselt. Mit hochrotem Kopf, unrasiert, ein richtiger Flegel. Er wollte Frau Doktor sprechen; ›so ginge das nicht weiter‹, hat er gemeint. Ich nehme an, es ging um seinen Sohn.«

»Ich denke, der ist im Untersuchungsgefängnis«, sagte Stähr.

»Gott sei Dank nicht mehr«, sagte Barbara. »Seit gestern ist er in Kiel in einer betreuten Jugendwohnung. Hoffentlich ist er dort auch vor seinem Vater sicher.«

»Es sah ganz so aus, als wolle der Scholz seinen Ärger irgendwo loswerden«, sagte Frau Claasen. »Ich glaube, Sie sollten gut auf sich aufpassen. Der Junge ist es wirklich nicht wert, daß Sie sich wegen ihm Ärger einhandeln.«

»Da bin ich anderer Ansicht«, sagte Barbara. »Ist da jemand?« Sie lauschte in die Dunkelheit, hörte aber mal wieder nur die Frösche. Es war nun ganz dunkel, und der Mond stand als großes, helles, spiegelverkehrtes C am Nachthimmel. Plötzlich bewegte sich etwas hinter dem Sonnenschirm, der noch immer aufgespannt hinter Frau Claasens Stuhl stand. Barbara sprang auf. Jürgen Stähr ebenfalls.

»Ich bin es! Nicht erschrecken!«

Ehe Barbara die Gestalt identifizieren konnte, erkannte sie Colettes Stimme. Die Nachbarin hielt eine Flasche Wein in der Hand und ließ ein wollenes Dreieckstuch vom Kopf auf die Schultern rutschen.

»Entschuldigt, wenn ich hier so hereinplatze. Darf ich mich einen Augenblick dazusetzen?«

Barbara räumte die Windlichter beiseite, rückte einen Stuhl zurecht und versicherte, daß Colette bestimmt nicht stören würde. Sie lief rasch in die Küche und kam mit einem sauberen Glas zurück. Sie schenkte Wein ein.

»Meine Mutter ist da und paßt auf die Kinder auf«, sagte Colette. Ihre Stimme klang gepreßt. »Ich mußte einfach mal raus.«

»Wo ist Peter?« fragte Barbara.

Colette ballte die Fäuste.

»Dieser Scheißkerl.«

Frau Claasen sah Barbara an und schüttelte den Kopf, als wollte sie sagen: ›Sie meint es nicht so. Gar nicht hinhören.‹

»Er ist, ach was, es wissen ja doch schon alle, oder? Nur ich wußte es nicht. Bis heute abend. Er hat etwas mit der Tochter von den Bruhns.«

Barbara schob ihr rasch das Weinglas rüber, und Colette nahm einen großen Schluck.

Frau Claasen zitterte ein wenig mit dem Kopf und sah fragend zu Jürgen Stähr.

»Doris fängt doch im September bei euch in der Praxis als Lehrling an«, sagte Colette.

»Ich habe es wirklich nicht gewußt«, sagte Frau Claasen und dachte daran, daß dem Mädchen der Ruf vorauseile: ›Schön und blöd.‹ Aber auf so etwas sollte man eigentlich nichts geben.

»Sie ist gerade erst siebzehn«, fuhr Colette fort. »Sowie sie die Schule hinter sich hatte, hat Peter sich auf sie gestürzt wie ein geiler Bock. Wenn er es wenigstens diskret machen würde. Aber hier, vor allen Leuten – auf dem Fahrrad vor sich auf der Lenkstange ist er mit ihr herumgefahren. Wie ein Schüler!«

»Seit wann interessiert es dich, was die anderen im Dorf klatschen?« fragte Barbara. »Hier weiß doch sowieso jeder alles – und vergißt es auch genauso schnell wieder.«

»Als Lehrer müßte er sich schon etwas anders benehmen«, meinte Frau Claasen. »Vorbildlicher.«

Der Doktor sah verträumt in den Nachthimmel. Wahrscheinlich kannte er sich mit den Sternen genausogut aus wie mit den Vögeln. Nur auf der Erde, unter den Menschen, schien er ein bißchen fremd zu sein.

Colette wischte sich die Augen trocken und trank ihr Glas in einem Zug leer.

»Ich hole uns jetzt die Kartoffeln aus der Glut«, sagte Barbara und stand auf. Der Wind rauschte in den Pappeln an der Straße, dann mischte sich ein anderes Geräusch hinein. Es hörte sich an, als ob ein Auto langsam den Koppelweg hinauffuhr. Dann sah Barbara die tastenden Scheinwerfer auf der Straße. Sie blieben an ihrem Zaun vor dem Grundstück hängen.

Barbara überließ ihre Gäste einen Augenblick sich selbst. Das war sicher Peter Ochs, der seine Frau abholen wollte. Sie würde es ihm ausreden. Besser, die beiden sprachen sich morgen in aller Ruhe und in nüchternem Zustand aus. Schade, daß der schöne, ruhige Abend so unfriedlich zu Ende ging.

Im Licht der einen Straßenlaterne sah Barbara, daß es sich nicht um einen Pkw handelte. Der Wagen vor ihrem Grundstück war ein Transporter, und gar nicht mal ein kleiner. Dann flog die Tür auf, und ein Mann kletterte vom Fahrersitz.

Barbara ging bis zur Hausecke. Sie traute ihren Augen nicht. Sie kannte den Wagen, der über und über mit bunten Malereien bedeckt war. Sie war schon selbst mit ihm durch die Lande gefahren. Er enthielt nichts anderes als den gesamten Hausstand von Thomas Gerdes.

Mit langen, von der Fahrt noch steifen Gliedern ging Thomas auf das Haus zu. Er sah das Loch in der Hecke nicht und schwang sich statt dessen mit einem Satz über den Zaun in den Garten. Dann erblickte er Barbara, die an der Hausecke stand.

»Barbarina, mia Bella«, rief er leise und lief mit offenen Armen auf sie zu. »Was für ein wunderbares Fleckchen Erde hast du für uns gefunden!«

»Mitunter muß man in die Vergangenheit zurück, wenn man die Zukunft gewinnen will.« Dieser Satz bewahrheitet sich für die erfolgreiche New Yorker Journalistin Micah, die nach langer Abwesenheit in ihren Geburtsort, eine Kleinstadt in Georgia, zurückkehrt. Dort wird sie mit ihrer Kindheit konfrontiert, die an einem Abend vor zwanzig Jahren nach einem erbitterten Streit in ihrem Elternhaus abrupt endete. Nun liegt ihr Vater im Sterben. Sein letzter Wunsch ist es, zu verhindern, daß das alte Familienhaus einer geplanten neuen Straße weichen muß. Der Kampf um das Haus bringt den sterbenden Vater und seine jüngste Tochter einander wieder näher …

Heimwärts ist ein bewegender Roman über den amerikanischen Süden von heute, über Treue und Verrat, Vertrauen und Habgier, Leidenschaft und Tod – und der Roman einer wiedergefundenen Kindheit.

Anne Rivers Siddons

Heimwärts

Roman